악양루에 오르다 登岳陽樓

가까운 친구들에게서는 편지 한 통 없으되
늙고 병든 내게는 외로운 배 한 척 있을 뿐
관산의 북쪽에는 전쟁이 한창이니
난간에 기대어 눈물 흩뿌린다

親朋無一字, 老病有孤舟.
戎馬關山北, 憑軒涕泗流.

황규영 新무협 판타지소설

초판 1쇄 찍은 날 § 2004년 12월 24일
초판 1쇄 펴낸 날 § 2005년 1월 4일

지은이 § 황규영
펴낸이 § 서경석

편집장 § 문혜영
편집책임 § 유경화
편집 § 장상수 · 김희정
마케팅 § 정필 · 강양원 · 이선구 · 홍현경

펴낸곳 § 도서출판 청어람
등록번호 § 제1081-1-89호
등록일자 § 1999. 5. 31
어람번호 § 제2-0495호

주소 § 경기도 부천시 원미구 심곡1동 350-1 남성B/D 3F (우) 420-011
전화 § 032-656-4452 팩스 § 032-656-4453
E-mail § eoram99@chollian.net

ISBN 89-5831-359-5 04810
ISBN 89-5831-261-0 (세트)

...tastic Oriental Heroes

漂師

황규영 新무협 판타지 소설

표사

도서출판 청어람

목차

鏢師

第一章

칠성표국을 치기 위해서 준비된 병력 중 만사대행문 소속의 무사들은 삼백 명이었다. 그중 고수의 숫자가 백 명이었고 일반 무사들은 이백 명 정도였다.

사실 만사대행문 정도의 문파가 보유한 일반 무사들의 숫자는 이백보다 훨씬 많았다. 하지만 고수의 숫자는 백 명에서 더 이상 여유가 없었다.

고수라고 하는 것은 그렇게 쉽게 도달할 수 있는 경지가 아니었다. 수많은 무사들 중에서 다른 사람들보다 특출한 실력을 갖추었기에 고수라고 불러주는 것이었다. 무공의 체계가 혁신적으로 바뀌어 개나 소나 고수가 된다고 하면 그건 이미 고수가 아니었다. 그중에서 다시 뛰어난 자가 고수가 되는 것이었다. 결국 고수의 숫자는 언제나 일반 무사들보다 훨씬 부족할 수밖에 없었다.

만사대행문이 보유한 고수의 숫자는 백 명이 조금 넘었다. 만사대행문이 하북의 남부에서 차지하는 지위는 제법 높았다. 그 명성을 이용해서 사파의 떠돌이 고수들을 많이 끌어 모았다. 백 명은 그렇게 해서 겨우 만들어낸 숫자였다.

이번 원정대에는 그 백 명의 고수 거의 대부분이 차출되었다. 금의기가 이번 일에 투입하는 각오는 그만큼 대단했다. 당문이 자기들을 건드리는 약한 놈들은 확실히 짓밟아서 효과를 보고 있듯이, 그도 만사대행문을 건드리는 자잘한 곳은 확실히 밟아주려고 했다. 당문의 이름에 포함된 공포라는 것을 만사대행문도 얻기를 바랐다. 덤으로 정사협동문도 자신의 병력 동원 능력을 보고 기가 죽기를 바랐다.

물론 아내인 하북요화 미파랑이 두려운 것도 사실이었다.

원정대의 총 병력은 칠백 명이었다. 만사대행문이 동원한 삼백을 제외한 나머지 사백은 총관이 뛰어다니면서 협력 관계의 사파들을 괴롭혀 끌어온 숫자였다.

총관은 이 무사들을 동원하는 과정에서 딴 주머니를 제법 챙겼다. 그리고 그는 뒷돈을 주지 않은 대부분의 협력 관계 문파에서는 꽤 악독하게 굴었다. 각각의 문파는 총관이 만사대행문의 이름으로 하는 협박을 버텨내지 못하고 굴복했다. 그들 중 대부분은 보유하고 있는 고수들을 절반 이상 내놓아야 했다.

그래도 그 덕분에 만사대행문은 이번 행사에 주변 사파들에서 총 백 명의 고수를 확보할 수 있었다. 그리고 그 외에 삼백 명의 무사들을 추가로 지원받을 수 있었다.

협력 문파에서 뺏어온 전력과 만사대행문의 핵심 전력을 합치니 칠성표국을 치러 가겠다고 모인 병력은 칠백 명이나 되었다. 이백 명의 고수들과 오백 명의 무사들이었다. 고수와 무사의 비율이 이 대 오라면, 그건 정말 대단한 정예 부대였다.

이들 칠백 명은 하북 남부 사파의 진국이었다.

그런데 중소 사파에서 동원된 무사들은 대단히 불만이 많았다.

이번에 동원된 문파들은 만사대행문이 하는 일에서 흘러나오는 떡고물을 먹고사는 곳들이었다. 물론 다른 수입도 여러 가지 있었지만, 떡고물을 못 먹게 되면 꽤나 아쉬워지는 처지들이었다. 하북 남부에 있는 사파들 중에서 그런 문파는 모두 이번 일의 대상이 되었다. 그리고 그 문파들의 숫자는 하북 남부 사파의 절반 정도 되었다.

따라서 그들 문파들은 이번 원정에 무사들을 파견해 달라는 강압적 요청을 거절할 수 없었다. 밉보여서 밥을 굶을 수는 없었다. 하지만 마음이 편치는 않았다. 이번 일에 대한 만사대행문의 준비 상태를 보면 편할 수가 없었다.

만사대행문은 이번 일에 전력을 모두 투입했다. 보유 중인 고수들의 대부분을 투입하고 문주가 직접 움직였다. 군소 사파에서는 그들의 준비 태세를 보고 잔뜩 긴장했다. 드디어 정사협동문과의 일전이 벌어지는 것은 아닐까 두려워했다.

그런 싸움에는 발을 담가봤자 좋은 결과를 보기 힘들었다. 전투가 벌어지면 위험한 자리는 자신들의 몫이었고 안전하고 공 세우기 좋은 자리, 이를테면 전투가 한참 진행된 후에 적의 뒤를 습격하는 부대 역할 같은 것은 만사대행문의 차지였다. 안 봐도 뻔했다. 재주는 군소 사파가 부리고 결과물은 만사대행문이 먹는 것. 그것이 거대 문파의 횡포였다.

금의기는 자기가 누구를 노리고 병력을 모았는지, 그리고 언제 어디로 출발하는지에 대한 모든 것을 비밀에 붙였다. 총관도 군소 사파들에 들러 무사들을 차출할 때 목적지에 대해서는 일절 언급하지 않았다. 어차피 그 비밀 유지가 오래가지 않을 거란 건 그들도 잘 알고 있었다. 그래도 상관없었다. 상대가 준비할 시간이 없을 만큼 가까운 곳에 도착할 때까지만 소문이 나지 않으면 충분했다. 그 이상은 바라지도 않았고 필요도 없었다.

그리고 이런 비밀 유지는 정사협동문이 함부로 경거망동하지 못하도록 하는 데도 도움이 될 거라고 생각했다. 그만한 병력이 준비되면, 평화 협정으로 아직 준비가 부족한 정사협동문은 웅크리고 들어가 수비 태세로 전환할 거라고 기대했다.

금의기는 칠백의 대병력으로 칠성표국을 쓸어버리고, 위세를 자랑하면서 느긋하게 돌아오려는 기대에 부풀어 있었다. 감히 만사대행문의 움직임에 방해가 되는 놈들에게 경고가 되도록 확실히 멸문시키려고 했다. 일벌백계였다. 세력을 자랑함으로써 정사협동문과의 싸움에서도 유리한 위치를 점하려고 했다.

물론, 처음부터 비밀이 유출되었을 가능성도 고려했다. 그래도 큰 상관은 없었다. 기대했던 효과는 줄어들지만 그들의 병력은 대병력이었다. 고수 이백에 무사 오백이면 꽤 큰소리치는 문파들도 단숨에 쓸어버릴 수 있었다. 구대문파나 오대세가 정도라면 몰라도, 그 아래 문파는 따로 대비하지만 못한다면 싹 쓸어줄 수 있었다. 표국으로 위장하고 있는 들도 보도 못하던 문파 정도는 그들의 적수가 아니었다.

그들의 출발은 전룡대원 원종목의 이목을 피할 수 없었다. 원종목은 만사대행문에 병력이 모이기 시작할 때부터 그들이 칠성표국을 노리고 움직이리라 예상했다. 광룡과 전룡대는 칠성표국의 이름으로 만사대행문의 전투 부대를 몰살시켰다. 칠성표국의 사람들조차 그들을 습격했던 자들의 정체를 모르는데 무림의 다른 사람들이 그 사실을 알 리가 없었다.

하지만 전룡대원인 원종목은 그들이 잡아먹은 것이 만사대행문의 의기천검대임을 잘 알고 있었다. 그런 그가 만사대행문이 병력을 모으는 것을 보고도 목적지를 눈치 채지 못하기에는 이런 일에 경험이 너무 많았다. 그는 만사대행문의 이동 초기부터 멀찌감치 떨어져서 그들의 이동 경로를 감시했다.

만사대행문은 칠성표국에 대한 정보를 비교적 손쉽게 얻을 수 있었다. 그들이 비록 하북에 있다고 하지만, 칠성표국의 명성은 곡부를 넘어 산동에 널리 퍼져 있었다. 물론 소문은 소문이었고 허황되게 들리는 것이 많아 그 신뢰도에는 문제가 좀 있었다.

"우리의 적은 표국이다."

회의장에서 금의기가 선언했다. 그를 바라보고 있는 각 문파의 지휘부가 웅성거렸다. 사파의 문주 하나가 자리에서 일어섰다.

"이만한 인원이 모여야 상대할 만한 표국이라면 중원표국이 틀림없군요. 그들 자체의 전력만 해도 천 명쯤 된다고 알고 있습니다. 우리보다 많은 숫자입니다. 하지만 우리는 고수의 비율이 높고 뭉쳐 있으니 그 힘이 집중되어 있습니다. 반면에 그들은 고수의 비율이 우리보다 낮고 또 흩어져 있습니다. 이대로 몰아쳐 간다면 우리의 승리는 어렵지 않을 겁니다."

그가 일단 긍정적인 말로 이야기를 시작했다.

"그런데 시작은 쉬울지 몰라도 끝은 어렵습니다. 그들은 우호 세력이 많습니다. 우리가 그들에게로 몰려가는 동안 그 사실이 탄로나면 그들은 우호 세력을 끌어 모을 겁니다. 그들의 저력은 바로 강대한 문파들과의 인맥입니다. 이건 불가능합니다. 우리는 결국 패배할 겁니다. 만에 하나의 확률로 승리한다고 해도, 우리의 주력은 걸레 조각이 될 겁니다. 이만한 전력이 날아간다면 하북 남부에서 우리는 정파의 눈치나 보고 살아야 합니다."

하북쌍부문의 문주인 해공성이 말했다. 하북쌍부문은 하북 남부에서는 그래도 규모가 좀 되는 곳이었다. 그곳은 돈을 받고 쌍도끼를 빌려주는 폭력 대행 전문 문파였다. 그래서 실력있는 무사들을 제법 많이 보유하고 있었다. 그리고 그런 무식한 곳의 문주인 해공성은 그런 문파의 문주답지 않게 무공보다는 논리적으로 말하는 쪽으로 명성이 더 알려진 사람이었다. 문파의 덩치나 무림에서의 약간의 이름값 덕분에 그는 금의기의 발언에 반대 의견을 말할 수 있었다.

회의장에는 그 외에도 무사들을 차출당한 문파들의 문주나, 문주의 권한 대행인 사람들이 모여 있었다. 문파의 전력 상당수를 이번 원정대에 차출당한 문파들은 자기들이 보낸 놈들이 알아서 잘할 것이라고 생각하고 손 놓고 지내지를 못했다.

"걱정 마라. 우리의 목표는 중원표국이 아니다. 우리는 칠성표국을 목표로 한다."

금의기가 이해한다는 듯이 말했다. 감히 자신의 말에 반론을 제기한 놈이 거슬렸지만 넘어가기로 했다. 칠성표국과의 전투에서든 지금의

회의에서든 자신의 승리를 자신했기 때문에 부리는 여유였다.

좌중이 조용해졌다. 산동은 하북과 붙어 있었다. 한 문파의 문주나 문주와 비슷한 지위를 가진 그들은 일반인보다는 정보에 밝았다. 그래서 그들도 칠성표국의 이름 정도는 들어보았다.

"산동의 떠오르는 별이라는 그 칠성표국 말입니까?"

군소 문파 문주 하나가 물어보았다.

"그렇다. 바로 그 칠성표국이다. 우리는 그들을 치러 간다."

금의기가 의기양양하게 말했다. 어디 이만한 적인데도 니들이 몸을 사리겠냐는 자신감이 있었다.

갑자기 회의장의 긴장이 탁 풀어졌다. 사람들이 몸을 의자에 기대고 서로 간에 잡담이 오가기 시작했다.

"하하, 금 문주님. 우리는 무슨 큰일이라도 일어난 줄 알고 깜짝 놀랐습니다. 그런 거라고 미리 말씀해 주시지 그러셨습니까?"

하북 남부에서 인신매매를 주업으로 하는 취인문의 문주가 너털웃음을 터뜨리며 말했다.

"큰일이 아니라는 말이냐?"

만사대행문주 금의기가 물었다. 풀어줬으니 쥘 때였다. 악당들을 부려먹으려면 쥐었다 폈다 하는 짓을 잘해야 한다는 것을 그의 인생 경험이 가르쳐 주었다.

"하하하. 우리도 칠성표국에 대해서는 대충 알고 있습니다. 뭐 그런 표국을 치는 데 이렇게 많은 병력을 모으셨습니까?"

취인문주의 여유만만한 모습에 금의기는 내심 쾌재를 불렀다.

"당신이 아는 칠성표국은 어떤 곳이냐?"

그가 웃고 있는 취인문주에게 물었다. 그래도 한 문파의 주인이라고

너라고 부르지는 않았지만 깔보는 마음이 강하니 자연스럽게 반말이 나왔다.

"음, 뭐다냐. 야, 군사. 설명 좀 드려라."

그가 옆에 앉은 자신의 문파의 군사에게 말했다. 인신매매 조직답지 않게 멋을 차리는 취인문의 군사가 손에 든 커다란 부채를 흔들면서 자리에서 일어났다.

"예. 칠성표국은 요사이 산동에서 꽤 유명해진 표국입니다. 표사 하나하나가 산적 오십 명을 상대한다거나 당문이 한 수 접어준다거나 중원표국도 당했다는 등의 소문이 퍼져 있습니다. 대부분이 황당한 소문들인지라 그 내용들은 일고의 가치도 없다고 할 수 있습니다. 표국의 규모는 소규모 표국이다가 최근에 중형으로 확장되었습니다. 아, 표사를 신규로 모집했더니 고수들이 열다섯 명이나 표사가 되겠다고 몰려들었다는 허황된 이야기도 있습니다. 하지만 그런 헛소문의 힘인지 요사이 산동의 떠오르는 별이라는 칭송이 산동 지역 상인들 사이에서 돌고 있습니다."

군사가 부채를 흔들거리며 칠성표국에 대해서 간단하게 늘어놓았다.

"하하, 들으신 바 대롭니다. 거, 머리 숫자가 하도 많으니 우리 문파가 무찌르려면 피 값을 많이 치러야 할 곳이긴 합니다만, 이만한 병력으로 몰려간다면 한순간에 쓸어버리고도 남을 수 있겠지요. 이런 쉬운 싸움이라니, 우리 문파의 명성이 올라가겠군요. 불러주셔서 감사합니다."

취인문주가 포권을 하며 인사까지 했다.

"좋은 이야기였다. 잘 알고 있구나."

금의기는 입맛을 다셨다. 다들 아는 수준이 거기서 거기였다. 그도 특별한 조사없이 저 정도 정보만 가지고 전투 부대를 보냈다가 처남을 잃었다. 처남 일만 생각하면 아직도 아내 보기가 무서웠다.

"그런데 말이다. 이건 어떻게 생각하나? 우리 전투 부대 하나가 놈들을 공격하러 갔다. 의기천검대였지. 알지? 의기천검대. 내 직할대야. 그놈들 고수 열에 무사 스물이었거든? 어디 가서 박대받지 않는 규모 잖아? 그런데 그 부대가 그대로 녹아버렸다. 거의 몰살당했어. 여기서 중요한 건, 의기천검대가 박살나는 동안 놈들의 피해는 전혀 없었다고 하는 거지."

금의기가 따지듯이 빠르게 말했다. 회의실이 다시 조용해지고 사람들이 의자 등받이에서 등을 뗐다.

"그리고 당신들은 모르는 일이 있는데 말이야."

그가 말을 끊었다. 뭔지 모를 긴장감이 흐르자 침 삼키는 소리가 들렸다.

"우리는 이 일을 중원표국에게서 의뢰받았다. 그들은 이들의 정체를 알고 있었을지도 모른다는 뜻이지. 어쩌면 자기네가 해결하기에는 버거웠다는 뜻일 수도 있어."

이제 아무런 잡담도 들리지 않았다.

"자, 이제야 당신들을 이렇게 끌어 모아놓은 이유를 알겠나."

만사대행문주 금의기가 모두를 노려보면서 말했다. 그의 몸에서 좌중을 압도하는 기세가 뿜어져 나왔다. 금의기는 군소 사파들의 문주들을 정신적으로 장악하려고 했다.

그러나 대부분이 한 문파의 주인이나 핵심 인물인지라 그 기세에 압도되어 넘어가는 사람은 별로 없었다. 그래도 그럭저럭 효과는 충분했다. 이제 아무도 이 일을 만만하게 보지 않았다.

"그렇다면 그놈들이 얼마나 강하다고 보십니까?"

이번에는 고리대금업을 지독하게 해서 돈을 모은 수전문주가 물었다.

"칠성표국은 요사이 개봉에서 유명한 곳이다. 꽤나 유명하지. 소문들을 조합해 보니 몇 가지 공통된 이야기가 나왔다. 일단 그들은 원래 삼십 명 정도의 소규모 표국이었지. 그런데 어느 날 갑자기 표사 하나가 오십 명의 산적을 상대할 만큼 대단한 곳이라는 소문이 퍼지기 시작했다. 중원표국과의 전투에서도 승리했다고 하고, 그리고 사천당문에서도 한 수 양보했다고 소문이 퍼졌다. 시간이 좀 지나고 나서 신규 표사들을 모집했는데, 육십 명의 신입 표사들 중에 열다섯 명이 고수라는 이야기가 흘러나왔다."

금의기가 취인문의 군사가 했던 말을 다시 했다. 그러나 아까와는 달리, 각 문파의 문주들은 이제 그 말 중에 진실도 섞여 있을지 모른다는 생각을 했다.

"그럼 사십오 명의 고수와 사십오 명의 무사입니까?"

뭔가 심상치 않은 분위기를 느낀 문주 하나가 설마 하며 조심스레 물어보았다.

"최대치로 보면 그렇지. 그런데 원래의 삼십 명이 모두 고수라고 보는 건 조금 무리한 점이 있다. 지금도 믿어지지 않는데 고수만으로 구성된 표국이라니, 얼토당토않지. 안 그래? 하지만 그 소문을 무시할 수도 없고. 그래서 일단 소문의 반만 믿어보기로 했다. 그놈들이 평범한 놈들은 아니니까, 처음 삼십 명 중 절반인 열다섯 정도는 고수라고 봐야 할 것 같았으니까. 그런 이유로 우리 만사대행문에서는 그들의 전력을 고수 삼십 명과 무사 육십 명 수준으로 보고 있다."

그 말을 듣고 나서 굳어져 있던 사람들의 얼굴이 펴졌다. 다시 여유들을 가지기 시작했다.

"그렇다면, 우리 전력으로 상대하기에 충분하잖습니까? 고수 삼십 명에 무사 육십 명이라면, 우리 문파만으로도 상대가 가능합니다."

만사대행문의 영향력 아래에 있는 어중이떠중이 사파들이 모인 곳에서 수전문은 그나마 큰 편이었다. 가난한 사람들 등을 쳐서 긁어모은 돈도 많았고 또 채무자가 가진 돈을 박박 긁어오려면 힘이 있어야 했다. 돈의 힘과 폭력의 필요성 때문에 그들은 제법 큰 세력을 유지하고 있는 사파였다. 힘을 가진 수전문주가 일어서서 큰소리를 쳤다.

"물론이지. 가능한 일이다. 물론, 당신네 문파는 그 과정에서 아새끼들은 다 죽어버리고 아무것도 남지 않겠지만 말야."

수전문주는 머쓱해져서 자리에 앉았다. 틀린 말은 아니었다.

"우리가 이만큼 모인 것은 압도적인 실력 차이를 보이기 위해서다. 당문이 그들에게 양보했다고 한다. 정말일지도 모른다. 그런데 그 잔뜩 꼬인 당문 놈들의 성격상 겨우 그 정도 전력에게 양보를 한다는 건 말이 안 된다. 결국 그 말은, 당문이 그들과 모종의 관계가 있다는 뜻이겠지."

"당문이……."

당문이라는 말에 모두들 껄끄러워하는 기색이 역력했다. 당문의 복수는 중소 사파가 감당하기에는 무리가 있었다.

"그래서 이 병력이 필요한 것이다. 우리는 이 정도 병력을 모아서 움직일 힘이 있다. 만약에 보복을 하려고 든다면 당문이라도 가만두지 않겠다. 그걸 보여주어야 한다."

금의기가 그렇게 주장했다. 사실은 정사협동문을 위협하고, 당문 같은 명성을 얻고, 그리고 결정적으로 자신의 아내인 미파랑에게 이만큼의 병력을 모아서 처남의 복수를 하러 간다는 것을 보여주기 위해서였다. 금의기의 관점에서는 어쨌든 끝만 좋으면 그만이었다.

"당문이 개입되었다면, 충분히 그렇게 해야지요. 당문과 시비가 붙으면 잠자리가 찜찜해서……."

취인문주가 조심스럽게 말했다. 정사지간의 존재인 당문은 그 가진바 전투력도 강력한 곳이었지만 그보다 독술과 계략, 그리고 복수심으로 유명한 곳이었다. 어중간한 문파가 당문과 원한을 졌다가는 몰락할 수도 있었다. 자기들 같은 자잘한 문파는 당문의 시범 사례에 딱 좋은 먹잇감이었다.

"이제 왜 당신들이 이만큼 필요한지 알겠느냐?"

"알겠습니다. 미리 말씀하셨으면 아이들을 더 데려오는 건데 언질이라도 주지 그러셨습니까? 하하!"

단순한 성격의 사파 문주 하나가 쉽게 대답했다. 생각이 단순한 문주일수록 빨리 얼굴이 펴졌고, 그나마 머리가 좀 있는 사람들도 분위기가 그리 흘러가자 하나둘씩 긍정적으로 생각하기 시작했다. 어쨌든 고수 이백에 무사 오백이라는 전력은 어마어마한 힘이었다. 드러내지도 못하고 몰래 숨겨두는 힘 따위에게 무너질 전력이 아니었다. 그들은 그렇게 믿었다.

*　　　　*　　　　*

칠성표국의 명성은 더 올라가고 있었다. 지난번 표행에서 의기천검대가 신분을 밝히지 않고 그들을 습격했었다. 범상치 않은 놈들 서른의 습격이었다.

수레를 끄는 마부들이 새로운 소문의 주역이었다. 그들도 이 바닥에 오래 있으면서 칼을 보는 눈이 조금은 있었다. 무공의 경지 같은 것이야 알 수 있을 리 없었지만, 칼 휘두르는 것을 보면 좀 하는 사람과 막 칼을 쓰는 어리버리는 구분할 수 있었다.

그들이 보기에 지난번에 습격해 온 삼십 명은 그 칼솜씨의 화려함으로 볼 때 대단한 사람들이었다. 그중에서도 잘 보이지도 않을 정도로 칼을 쓰고, 또 그 빠른 몸놀림 등을 보이는 사람들이 다수 섞여 있었다. 그 사람들은 보통 실력자가 아님을 보면 알 수 있었다.

그런데 칠성표국은 그 삼십 명의 잘나갈 것 같은 무사들의 상당수를 죽이고 나머지를 쫓아버렸다. 비록 숫자가 세 배였다고는 하지만 그 와중에 칠성표국의 표사들은 하나도 죽지 않았다. 중상을 입은 사람조차 없었다. 있어봐야 경상이었다.

그것이 그들에게 준 인상은 정말 대단했다. 일반 표국이라면 아무리 숫자가 압도적이라고 해도 삼십 명의 산적을 구십 명의 표사들이 맞아 싸우게 된다면 피해가 없기 어려웠다. 그것도 달아나는 산적들을 추격한 것도 아니고 서로 맞붙어서 싸웠을 때는 사상자가 나와야 정상이었다.

마부들이 기억한 것은 숫자였다. 고수들이 섞인 것 같은 잘나가는 도적단 삼십 명이 덤벼들었다가 그대로 녹아버렸다. 완벽한 승리이었다. 칠성표국에 대한 소문은 사실이었다. 특하나 처음에 소표두 하나가 나서서 적의 대장을 무찌른 것은 정말 강한 인상을 주었다. 그건 화려하고 멋진 싸움이었다. 이기는 편에 서서 볼 때는 더없이 신나는 싸움이었다.

그런 싸움을 봤다는 것 자체가 자랑거리였다. 표행 내내 들르는 마을마다 그 일을 소문내지 않을 수 없었다. 목적지에 도착해서도 마찬가지였고 돌아오면서도 마찬가지였다. 그들의 표행의 경로를 따라, 그들이 뿌리는 소문이 퍼졌다.

표행에서 돌아온 칠성표국 표사들은 느긋한 시간을 가지고 있었다. 지난번 표행으로 다시 많은 돈을 벌어들였다. 지난번 표행을 의뢰한 상인은 어차피 없어질 표국에 사용되는 금액이라는 생각에 거금을 주겠다고 제의하며 칠성표국을 꼬셨었다. 결과적으로 칠성표국은 표물 수행을 완벽하게 해냈고, 상인은 약속한 대금을 지급하기 위해서 파산해야 했다.

수입이 커져 가진 돈이 많아졌지만 작은 표국 시절의 금전 개념을 가지고 있던 총표두는 그 씀씀이가 조금 커졌다.

국주 윤길은 말도 못했다. 이제 곡부 유흥가 최고의 손님은 칠성표국 국주 윤길이었다. 돈을 원없이 뿌렸다. 지나친 지출에 총표두 강대영이 충고를 했지만 씨도 먹히지 않았다. 강대영도 깊게 상관하지는 않았다. 어차피 뿌리는 건 윤길의 돈이었고 표국의 수입은 계속 늘어나고 있었다. 저러다가 돈 쓰는 것도 시들해지면 그만두려니 생각했다.

표행에서 돌아왔을 때 총표두 강대영은 크게 당황했다. 표국이 외부 세력에게 습격을 당했다. 그 와중에 곡부 유력 무가인 검군장의 무사들이 여럿 죽었다. 비록 물리쳤다고는 하지만 검군장에 그런 피해를 준 것으로 보아 제법 강력한 적이 쳐들어왔다고 느꼈다.

예전 같으면 하가장을 의심했겠지만 지금은 그렇지 않다. 하가장 주의 딸이 민택과 특별한 관계인데 그럴 리가 없다고 생각했다. 칠성표국에 그 정도 전력으로 쳐들어올 수 있는 곳 중에 원한이 있는 유일한 곳은 중원표국이었다.

하지만 중원표국이 의심스럽다고 검군장에 알려줄 수는 없었다. 그 랬다가 검군장이 겁을 먹고 손을 떼려고 하면 그들은 유력한 지지 세력 하나를 잃는 것이었다. 강대영이 파악하고 있는 자신들의 표국 전력은 고수 열여섯에 표사 한 무더기였다. 중원표국의 상대로는 턱도 없었다.

중원표국과의 관계에 뭔가 변화를 추구해야 했다. 나중에야 제대로 한번 경쟁해 볼 상대였지만 지금은 힘이 모자랐다. 대책이 필요했다.

그런 고민에 싸인 총표두는 언제나 안색을 찡그리고 있었다. 이런 상황에서 쉽사리 다음 표행을 나갈 수도 없었다. 이번에 중원표국이 표행 중인 그들과 표국 양쪽을 습격했다고 생각했다. 함부로 표행을 나갔다가 중원표국이 표행 쪽으로 힘을 모아 습격해 오면 버틸 자신이 없었다.

그는 중원표국이 자기들의 싸움 상대가 검군장이었음을 알 거라고 믿고 있었다. 그렇게 한바탕 싸움을 했는데 그 정도도 모를 거라고는 생각하지 않았다.

그는 중원표국이 칠성표국에 침투시킨 다섯 고수가 표국의 소표두 다섯임을 알지 못했다. 그들마저 잃은 이후로 중원표국은 곡부에서의 첩보 활동은 거의 포기하고 있었다. 정보는 필요했지만 이미 다섯 명의 고수를 투입했다가 날려먹은 경험이 있는 곡부였다. 그렇게 대비가 철저한 곳에 감히 첩자를 추가로 파견할 엄두가 나지 않았다.

검군장은 자랑도 아닌 일을 떠벌리고 다니지 않았다. 오히려 입단속을 했다. 그래서 이 일은 곡부에나 조용히 퍼질 뿐, 아직 멀리 소문이 나지 않았다. 곡부에 마땅한 첩보망을 가지지 못한 중원표국으로서는 그들이 싸운 미지의 장원 무사들이 모두 칠성표국을 지원하기 위한 세력이라고만 믿었다.

"마셔라, 마셔. 부담없이 먹어. 배가 터지도록 먹어라."

국주 윤길이 호탕하게 말했다. 요새 표행을 나가지 않고 놀고 있던 표사들에게 그가 직접 술과 고기를 베풀었다. 표국의 마당에서는 표사들이 윤길이 산 고기를 먹고 있었다. 넘치는 돈을 주체하지 못한 윤길이 평소에 우습게 보던 표사들에게 특별히 한턱 쓰는 중이었다. 마침 오늘은 총표두도 없었다. 요사이 뭔 고민이 그리 많은지 얼굴을 찡그리고 싸돌아다니기만 하는 총표두라고 생각했다.

'아저씨도 참. 이렇게 좋은 때에 불만은. 사람이 욕심이 적당해야지 얼마나 더 많은 돈을 벌려고 그러나. 아니지. 아저씨가 돈을 많이 벌면 나는 그 두 배로 버니 좋은 일이로구나. 히히. 아저씨, 고민 좀 많이 하시라구요.'

윤길이 속으로 공상을 하며 히죽거렸다.

그 고기를 먹으면서 표사들은 불만을 같이 씹었다. 표사들에게는 술과 고기가 주어졌다. 고기도 산처럼 쌓여 있었고 술도 여러 동이가 준비되어 있었다. 비록 돼지고기 삶은 것이었고, 술도 싸구려 막술이었지만 술이란 같이 마시는 사람과 분위기에 따라 맛이 달라지는 법이었다. 평소라면 즐겁게 먹고 마실 만한 음식들이었다.

그런데 지금 표사들의 기분은 그렇게 즐겁지 않았다. 열다섯의 신입 고수들과 석민까지 포함해 열여섯 명은 따로 마련된 자리에 앉아 있었다. 윤길은 원조 칠성표국 사람들 중에 석민이 고수라고 믿고 있는 유일한 사람이었다. 어디 가서 헛소리라도 퍼뜨릴까 봐, 표행에 참가하지 않은 윤길이 잘못 알고 있는 것을 그대로 놔둔 총표두였다. 그 소표두들에게는 산해진미가 제공되고 있었다. 예쁜 기생들마저 데려다가 자리에 앉혀놓았다.

고수들 입장에서야 이 정도 대우는 특별할 것도 없이 당연했다. 하지만 표사들 입장에서는 기분이 더러웠다. 특히 원조 칠성표국 표사들은 강대영으로부터는 딱히 이런 대접을 받아본 적이 없었다. 기분이 더욱 상했다.

술이라고 하는 것은 마실수록 사람의 자제력을 흩뜨려 놓는 효능이 있었다. 평소라면 꾹 눌러 참을 말이라도 용기를 내서 터뜨리게 만드는 것이 술의 힘이었다. 그리고 그 때문에 뒷감당 못할 일을 벌이는 것이 술의 부작용이었다. 술이 술깨나 마신 표사 하나의 자제력을 마서 버렸다.

"체, 누구는 입이고 누구는 주둥인감?"

표사 하나가 작게 투덜거렸다. 고수들 사이에서 향연을 벌이고 있는 윤길이 특하나 미워 보였다.

"쉿, 조용히 하라고 이 사람아. 국주 성질 몰라서 그래? 저기서 열받으면 이거라도 뺏어갈지 모른다고."

다른 표사 하나가 돼지고기를 씹으며 말했다. 말은 그렇게 하지만 그의 표정도 그리 좋아 보이지는 않았다.

"헹! 이 정도 고기 몇 푼이나 한다고? 나도 이제 벌 만큼 번다 이거야. 내가 이만큼 번 게 누구 때문인데? 총표두 어른 때문이라고. 국주 때문이 아니란 말이야."

그의 목소리가 조금 커졌다.

"어허, 이 친구가 정말."

또 다른 표사가 그를 말렸다. 그러나 이미 독한 싸구려 술이 잔뜩 들어간 그의 입을 막을 수는 없었다.

"이거, 왜 이래. 나도 목숨 걸고 표물을 지켜왔단 말이야. 내가 꼭 저게 먹고 싶어서 하는 말은 아닌데, 이건 좀 말하고 가야겠다고. 무공 좀 차이난다고 이래도 되는 거야?"

마침내 그 표사가 자리에서 일어나며 큰 소리로 말했다.

고수들이야 하수들이 그 정도 불평하는 것 정도야 그러려니 하고 넘어가려고 했다. 평소라면 따끔하게 혼을 냈을지 몰랐다. 하지만 민택의 눈치를 봐야 하는 그들은 함부로 표사들을 대하지 못했다.

그런데 윤길은 귀머거리가 아니었다. 무공이 낮아 특별히 밝은 귀를 가지지 못했다고 해도 고함 소리를 듣지 못할 수가 없었다.

"아니, 저놈이. 야, 관 표사! 억울하면 너도 고수가 되란 말이야. 부족한 실력을 탓해야지 어디서 행패야? 에잉, 이래서 실력없는 것들은 상대를 하지 말아야 하는 건데. 고기가 아깝다. 쳇."

윤길이 혀를 차며 말했다. 그 말이 몇몇 표사의 분노를 일으켰다. 그들이 따르는 것은 총표두 강대영이었지 표국을 물려받은 것이 이룬 업적의 전부인 윤길이 아니었다.

"국주님, 말이 심하십니다."

술이 마서 버린 표사가 처음 말한 한 명이 아니었고, 또 그 표사들 중 자신을 제어하지 못하는 표사가 더 없는 것도 아니었다. 다른 표사 하나가 일어나면서 퉁명스럽게 말했다.

그 모습을 보고 장석민이 벌떡 일어섰다.

"아니, 관씨, 송씨, 두 사람 감히 국주님에게 무슨 망발이야? 국주님께서 술과 고기를 베푸셨으면 잘 먹고 마실 일이지 어디서 행패야? 억울하면 나처럼 고수가."

얻어먹은 값을 한다고 한창 열변을 토하던 석민이 갑자기 말을 멈추었다.

석민은 고수들 틈에 끼어서 좋은 음식들을 먹으니 기분이 좋았다. 음식도 좋았지만 다른 표사들과는 차별된 고수의 대접을 받으니 그것이 더 즐거웠다. 한창 흥이 나는데 잔치판을 깨는 소리가 들리자 참을 수 없어 고함을 쳤다. 그런데 그의 눈에 표사들 틈에 끼어서 고기를 주워 먹는 민택이 보였다. 뜨끔했다.

"대신 나서서 따져야지. 국주님, 이거 너무한 거 아닙니까? 다 같은 표사인데 누구는 진수성찬에 비싼 술이고 누구는 대충 삶은 돼지고기에 막술이라니요. 나 항.산.적. 장석민. 이걸 그냥 넘어갈 수는 없습니다!"

그가 눈을 부라리며 국주에게 대들었다. 앞에 한 말이 있으니 더 열심히 대들었다. 민택이 기분 나빠하면 큰일이었다. 왜 이런 실수를 했는지 속으로 땅을 치고 후회했다.

"아니, 장 조장. 왜 이러나? 자네가 이럴 수가 있나?"

윤길이 당황해서 말했다. 말 잘 듣던 석민이 이렇게 나오니 어리둥절했다.

"그렇습니다. 우리도 우리끼리만 이러니 마음이 편치 않습니다."

암룡대장이 말했다. 그도 민택이 막술을 마시고 있는데 자기만 맑고 향이 좋은 이런 술을 마시는 것이 내내 부담이 되었다. 석민이 계기를 마련해 주니 한 수 거들고 나왔다.

"내가 그래서 처음부터 표사들이랑 같이 먹어야 한다고 그랬는데, 누구 들은 사람 없나?"

조장림이 슬그머니 머리를 들이밀었다. 뒤늦게 고수들이 사양하고 나서는 것을 보고 사태를 파악한 그였다. 좀 늦은 감이 있었지만 광룡에게 거친 요리를 먹이는 것을 반대해야 했다.

반면에 재호는 조용히 쭈그리고 있었다. 무식하게 쌈만 잘하는 민택이 돼지고기를 먹든 개고기를 먹든 그는 상관없었다. 쥐고기도 아깝다고 생각하던 판이었다.

"아, 씨그릿! 당신들 이렇게 나올 거야? 난 국주야, 국주. 칠성표국의 국주는 나란 말야. 어디서 소표두들이 대들어! 그리고 니들, 이게 얼마짜린 줄 알아? 이걸 다 표사들에게 먹이면 돈이 얼만 줄 알아? 알아? 귀한 거 먹여주면 고마운 줄 알아야 할 거 아냐?"

윤길이 마침내 고함을 쳤다. 소표두들의 눈빛이 날카로워졌다. 그들이 표국의 인물들에 대해서 곰곰이 분석해 보니 다른 놈들은 몰라도 이 국주만은 확실히 별 볼일 없는 놈이었다. 국주라고 하기는 했는데 존재감도 없고 사고도 잘 쳤으며 사람이 가벼웠다. 표국을 위장하기 위한 진정한 얼굴마담은 바로 이 국주라고 생각했다. 그런 국주가 이리 나오니 기분들이 상했다. 성질 급한 조장림이 나서려고 했다.

"무슨 일이냐!"

그때 총표두 강대영의 고함 소리가 들렸다. 마음이 불편하고 고민이 많아 곡부의 이곳저곳을 쑤시고 다니던 강대영이 돌아왔다.

강대영이 표국에 돌아와 보니 잔치가 벌어져 있었다. 머리 복잡한 요사이에 잔치 정도를 그에게 보고하고 할 필요는 없었다. 그런데 그 잔치에서 분위기가 안 좋아 보였다. 특히나 윤길이 소리치고 있었다.

"무슨 일이냐?"

그가 다시 물었다.

"아, 그게 말입니다. 국주님께서 우리 소표두들만 따로 요리를 먹어야 한다고 하시고 저희들은 그럴 수 없다고 하느라고요."

조장림이 당황해서 말했다. 사실 거짓말은 아니었다. 국주가 요리를 먼저 내고 잘 먹던 조장림이 지금 와서야 같이 먹자고 했다는 부분이 빠져 있었다.

"다 같이 고생했는데 다른 데도 아니고 잔칫상에서 음식을 가리다니. 내가 표행을 나가서 너희들만 좋은 음식을 먹었냐?"

강대영이 눈꼬리를 올리고 소표두들에게 말했다. 이건 좋지 않았다. 목숨을 걸고 싸우는 싸움터에서 사이가 안 좋은 사람이 있으면 아무래도 덜 도와주게 되는 법이었다. 표사 하나가 쓰러지면 다른 표사가 들쳐 업고 뒤로 뛰어야 했다. 소표두가 위험해지면 표사들이 달려들어 도와줘야 했다. 표사들이 위험해지면 소표두가 그들을 구해내야 했다. 그게 집단 전투였다. 소표두들과 표사들이 사이가 벌어지면 전투력의 하락은 불을 보듯 뻔했다.

"아, 그래서 제가 안 된다고 안 된다고 말했는데, 국주님이 먹으라고 먹으라고 하셔서 할 수 없이."

조장림이 변명을 했지만 총표두의 한마디에 금방 찌그러들었다.

"시끄럽다. 그리고 윤길아, 이게 무슨 짓이냐. 누가 너에게 이런 일을 하라고 가르치더냐?"

"아니, 아저씨. 소표두들이 일을 많이 하니 표사들보다 잘 먹는 게 당연하지 뭘 그거 가지고 그래요? 그리고 내가 명색이 국주인데 이 정도 잔치도 못해요?"

윤길이 대들었다. 대드는 건 윤길의 재능이었다.

"잔치가 문제가 아니잖느냐? 왜 위화감이 들도록 음식에 차별을 두었냐는 말이다. 그것도 이렇게 큰 차이를 두었냐는 말이다!"

강대영의 목소리가 커졌다. 화가 난 기색이 역력했다.

"비싸자나요."

윤길의 목소리는 작아졌다. 강대영이 화나면 무서웠다. 다른 문제도 아니고 이런 식의 문제라면 매를 들지도 몰랐다. 돈을 버는 문제도 아니고 쓰는 문제인데 더 개길 수가 없었다. 강대영이 화가 많이 난 것 같았다. 때리면 윤길은 맞아야지 무슨 용빼는 재주가 있을 리가 없었다.

"이까짓 게 얼마나 한다고 그러는 거냐? 음식을 만든 곳에 연락해서 당장 모든 표사들에게 돌아갈 만큼 가져오라고 해라. 뭐 하느냐. 어서 하지 않고!"

대영이 고함을 쳤다.

"알았어요."

윤길의 목소리가 더 작아졌다.

"이거 비싼 건데……."

조그맣게 중얼거렸다.

그 요리들은, 정말 비쌌다.

第二章

"*뭐*야! 또 휴가를 원해?"

강대영이 고함을 질렀다. 지난번의 싸움으로 불안한 마음에 민택과 석민의 교육도 중지한 상태였다. 석민에게만 그간 가르친 것을 계속 연습하도록 시켜두었을 뿐이었다. 그런데 그 틈에 민택이 휴가를 요구했다.

"네놈은 도대체가 정신이 있는 거냐, 없는 거냐? 지금 표국이 어떤 상황인지 알고나 있는 거냐?"

그가 화가 나지 않을 리가 없었다. 표국에 들어오자마자 휴가 요청, 첫 인솔자일 때 표행 중 이탈, 그리고 이제 표국이 중원표국과의 관계로 곤란한 상황에 처하자 다시 휴가 요청이었다.

"죄송합니다, 총표두님. 꼭 해야만 할 일이 있습니다."

민택이 대답했다.

그 모습이 당당하고 확신에 차 있었다.

'뭔가가 있구나.'

처음으로 그가 민택에 대해서 충분히 알지 못할지도 모른다는 의심이 들었다.

"무슨 일이냐? 솔직히 말해 봐라."

총표두 강대영이 제자 후보의 일이라 나름대로 긴장해서 물었다.

"빚을 갚아야 할 일이 있습니다."

피의 빚이었다.

"야, 이놈아!"

총표두가 고함을 쳤다.

"네놈이 하는 게 그러면 그렇지 내가 뭘 기대했는지 모르겠다. 빚이 얼마냐? 네가 그동안 받은 봉급으로 갚을 만큼이냐? 빚을 피해 고향으로 도망 온 것이냐?"

강대영이 화가 나서 말했다. 아끼던 민택이 빚을 지고 있다고 생각하니 분통이 터졌다.

"갚을 만큼의 능력은 있습니다."

민택이 대답했다. 전룡대는 언제나 피로 빚을 갚았다. 그들에게는 능력이 있었다.

"그래, 있겠지. 그동안 내가 너에게 준 봉급이 작지 않으니 되겠지. 에잉, 꼴도 보기 싫다. 후딱 가서 빚 갚아버리고 오너라."

총표두가 몸을 획 돌리며 말했다.

"감사합니다."

민택이 그 등에 대고 고개를 꾸벅 숙였다.

"일 끝나자마자 돌아오너라. 다른 데로 새지 말고."

분통이 터지는 건 터지는 거고, 내심 걱정이 된 강대영이 말을 덧붙였다.

"저, 총표두 어른."
민택이 물러가고 나서 석민이 강대영에게 다가왔다.
"넌 또 무슨 일이냐?"
총표두가 짜증나는 얼굴로 물었다.
"저, 저도 휴가를 좀."
"너는 왜!"
강대영이 고함을 빽 질렀다. 폭발했다. 손에 석민을 가르칠 때 쓰던 목검을 쥐었다. 석민이 화들짝 놀랐다.
"아, 아니, 그게. 아, 한 조장님이 이대로 새버리면 큰일이잖아요? 그러니 제가 따라붙다가 일이 끝나면 잘 데려오겠습니다."
석민이 다급히 변명을 했다.
"흠."
강대영이 생각을 해보았다. 당분간은 현 사태에 대해서 생각을 정리하기 위해서라도 표행을 나갈 생각이 없었다. 나날이 올라가는 칠성표국의 명성이었지만 지금 당장은 너무 위험했다. 표국이 한동안 먹고살 돈은 충분했다. 그리고 민택이 어디로 달아날 가능성을 완전히 배제할 수가 없었다. 그놈은 십 년 전에 이미 한 번 사라졌던 놈이었다.
"확실히 할 수 있느냐?"
그가 석민에게 목소리를 낮추고 물어보았다.
"제 봉급을 걸겠습니다."
석민이 주먹을 쥐고 대답했다. 그 말이 총표두를 만족시켰다. 돈 좋아하는 석민이 봉급을 걸었다면 그것만큼 확실한 약속은 없었다.

"믿겠다."

그가 석민을 믿었다.

*   *   *

만사대행문 주도 하의 칠성표국 원정 동맹군은 그 행동에 은밀함을 추구했다. 물론 추구하는 건 추구하는 거고, 칠백 명이나 되는 사람들이 그 모습을 숨기고 움직인다는 것은 쉬운 일이 아니었다. 주의에 주의를 기울이고 철저한 계획을 가지지 않으면 어려운 일이었다. 물론 그들은 실패했다.

그러나 그들의 목적은 그들의 행보 자체가 완벽하게 숨겨지기를 원하는 것은 아니었다. 단지 그들에 대한 정보가 다른 곳은 다 놔두고 칠성표국에게 조금이라도 늦게 전해지도록 하는 것이 목적이었다. 그리고 만에 하나 그들을 추적하는 자들이 있다면 그걸 방해하기 위해서 조심해서 움직이고 있었다. 그들의 이동 경로는 칠성표국을 향해서 거의 직선으로, 그러면서도 사람들이 사는 마을을 거치지 않고 산과 들만을 이용하도록 짜여져 있었다.

그들의 목적은 적어도 첫 번째 것에 한해서는 이루어지고 있었다. 칠성표국은 만사대행문이 어디로 이동하고 있는지 따위는 관심도 없었다. 만사대행문이 병력을 모았다는 소문이 났지만 어디 가서 한 판 하나 보다 생각할 뿐이었다. 지난번에 그들이 때려 부순 일단의 무사들이 만사대행문의 의기천검대라고는 상상도 하지 못했기 때문이었다. 그저 중원표국에서 보낸 자들이려니 했다.

그리고 만사대행문의 두 번째 목적, 즉 추격자들을 따돌리는 것은 그들의 능력을 벗어나는 일이었다.

세상에 알려진 전룡대는 정의문의 선봉 돌격 부대였다. 적의 공격의 흐름을 끊고, 쐐기가 되어 적의 주력을 꿰뚫어 혼란에 빠뜨리며, 만나는 적들마다 박살을 내는, 힘으로 밀어붙이는 막강한 전투 부대였다.

사실 그것이 전룡대의 주된 모습이었다. 하지만 그 과정은 무식하게 힘으로 밀어붙이는 것이 아니었다. 힘으로 밀기 전에는 언제나 정보 수집을 중요시했고 이길 수 있을 때에만 싸웠다. 이기지 못할 적이라면 이길 수 있는 상황에 끌어들인 후 싸웠다. 그 모든 것은 광룡이 주도했다. 광룡이 오기 전의 전룡대는 소모품인 돌격대일 뿐이었다. 그들에게서 있는 재능은 끌어내고 없는 재능은 만들어준 것은 광룡이었다.

전룡대에서 다년간 적의 이동을 감시하고 흘러나오는 정보를 수집하던 원종목은 어느덧 그 일이 경지에 이르렀다. 이제는 적이 모여 있는 대형만 보더라도 그들이 몇 개의 부대로 세력이 나뉘어 있는지 알아볼 수 있었다. 지난번에 싸운 삼 개 사파 연합군의 경우처럼 서로 사이가 나쁘면 그것도 구분할 수 있었다.

"별로 좋지 않구나."

원종목이 먼 산에서 칠백 명의 만사대행 동맹군이 모여 있는 모습을 보면서 중얼거렸다.

"종목이 형, 뭔데 그래요?"

그가 데려온 동료 대원들 중 하나가 물었다.

"대충 칠백이라 들었다. 저들이 칠백쯤 되니 모두 함께 움직이는 거겠지. 그런데 저 칠백 놈이, 한데 어울려 있다."

"에? 내 눈에는 좀 나눠져 있는 거 같은데요?"

"자세히 보거라. 몇 개의 부대로 나뉘어져 있지만 전체의 절반을 차지하는 건 가장 큰 부대 하나다. 그리고 주변의 몇 개로 나뉜 부대들과 그 큰 부대 사이에 사람들이 뻔질나게 돌아다닌다. 저건 그들 사이가 나쁘지 않고 협조가 잘되고 있다는 증거야."

"지난번 싸움 같은 행운은 없다는 건가요?"

"그렇지. 쉽지 않은 싸움이 될지도 모르겠다. 우리는 이제 뒤를 받쳐 줄 정의문도 없는데 말야."

원종목이 아쉽다는 듯이 말했다.

"그래도 대장님이 계신데요 뭐. 아무리 어려운 상황이라도 대장님은 답을 내시잖아요."

대원이 확신에 찬 얼굴로 말했다.

"그래. 나도 믿는다."

원종목이 자기 자신에게 말했다.

'대장님이시니까 뭔가 방법을 내시겠지. 다른 사람도 아니고 전룡대장 광룡이시니까.'

원종목이 속으로 생각했다. 하지만 불안한 마음은 어쩔 수 없었다. 그동안은 정의문의 본대가 뒤를 받쳐 주기 때문에 그들은 적의 예봉을 꺾거나 단위 전투 부대를 부수는 것만으로 충분했다. 적의 주력은 실컷 혼란에 빠뜨린 후 약화시켜서 정의문의 본대에게 넘겨주면 그만이었다.

그런데 이번엔 사이가 좋아 보이는 칠백 명의 부대였다. 그중 이백은 고수였다. 물론 승리를 의심하는 것은 아니었다.

'얼마나 피를 내주어야 하느냐가 문제야. 우린 완전한 숫자도 아니니까. 아니야. 대장님을 믿어야지. 대장님은 언제나 그랬듯이 이번에도 잘해주실 거야.'

원종목은 스스로를 다독였다.

*　　　*　　　*

전룡대원들은 많은 수가 복귀해 있었지만 전원이 돌아오지는 못했다. 지난번 싸움 이후로 정보 수집을 나가 있던 대원들은 일단 모두 복귀를 시켰다. 수상한 바람이 부는데 전투력이기도 한 대원들을 정보 활동에 계속 놔둘 수는 없었다. 대신 그 자리에는 사람을 사서 박아두었다. 그래도 모든 대원의 복귀는 어려웠다. 먼 곳의 가족을 데리러 간 두 명이 있었고 그들을 지원하기 위해 따라간 사람들도 있었으며, 그 외에도 섭병삼처럼 뺄 수 없는 임무에 투입시킨 대원들이 있었다. 그렇게 열 명이 빠졌다.

원종목 일행이 복귀한다고 해도 전투에 참여 가능한 전룡대는 팔십 명이었다. 머리 숫자만으로 보면 열 배 정도의 차이였고, 고수들의 숫자에서도 두 배 반이 차이가 났다. 고수들의 실력은 전룡대 쪽이 높겠지만, 상대편도 작정을 하고 왔다. 그만한 문파에서 전력을 기울인 부대면 지난번의 호엽사나 표조련사 같은 고수들이 몇 명쯤 있을지도 모른다고 예상해야 했다. 그들이 모두 광룡을 상대한다면 모를까, 그러지 않는다면 위험 부담도 커졌다.

가장 큰 문제는 뒤를 받쳐 줄 정의문이 없다는 데 있었다. 전룡대원들은 모두 그 사실을 내심 불안해했다.

광룡과 전룡대는 원종목이 합류한 후, 적들의 진격로 앞쪽에 자리를 잡았다. 만사대행문이 칠성표국으로 가기 위해서 꼭 통과해야 하는 길이었다.

"꽤나 사이가 좋아 보였습니다."

원종목이 광룡에게 그간의 정찰 활동을 보고하고 마지막으로 자신의 사견을 말했다.

"그렇다고 하더라도 그들이 급조된 조직이란 것은 변하지 않는다."

광룡은 그 정도는 예상하고 있었다. 연합군을 구성함에 있어서 한군데의 세력이 다른 곳을 다 감당할 만큼 강한 경우, 겉으로는 사이가 좋아 보이는 일이 많았다. 그러나 그렇다고 해서 약한 쪽에서 불만을 품지 않는 것은 아니었다. 그런 경우 약한 쪽은 일단 참고 수그리는 것인 때가 많았다.

"그렇습니다. 하지만 그들은 승리를 확신하고 있습니다. 그리고 지휘 계통이 통일되어 있습니다. 아무래도 만사대행문주가 직접 움직이고 있는 것으로 보입니다."

원종목이 못내 불안한 듯 말했다. 어쨌든 힘이 뭉쳐진 곳은 그 능력을 제대로 발휘하는 법이었다.

"상관없다. 오늘 밤부터 시작한다."

광룡이 선언했다.

밤이 깊었다. 원정대는 최소한의 경비 병력을 제외하고는 모두 잠에 빠져 있었다. 그들은 이번 원정을 느긋한 마음으로 참여하고 있었다. 그들의 목표는 압도적인 전력으로 적을 몰살시키고, 돌아올 때는 그 위세를 당당하게 자랑하며 돌아오는 것이었다.

그들은 고수들이 이백 명이나 포함된 총 칠백 명의 대 병력인 자신들의 앞을 가로막을 자가 있으리라고는 꿈에도 생각하지 못하고 있었다. 아무리 최악의 경우를 생각해 봐도 그들은 질 수 없었다. 그래서 경계도 대충대충이었다.

"아웅, 졸립다."

하북쌍부문 소속의 무사 하나가 보초를 서면서 중얼거렸다.

"윗대가리들은 우리가 편한 걸 못 본다니까. 누가 감히 우리를 건드린다고 이 밤에 보초를 서라는 거야? 보초를 섰으면 낮에 마차에라도 태워줘서 잠이라도 자게 해주던가. 피곤해 죽겠는데 지들은 고수라고 편히 자빠져 자면서 말야. 안 그러냐?"

졸립다고 한 보초의 옆에 선 자는 그래도 전방을 똑바로 쳐다보면서 대답했다.

"내 말이 그 말이다. 지랄 같은 놈들. 지들이야 잘 지켜라 한마디면 충분하니까 쉽게 하지. 실제로 보초를 서야 하는 건 우리들이라고. 아, 출세를 하던지 해야지 이거 원 더러워서. 나도 한 도끼 한다고. 내 도끼로 깬 골통이 지금까지 몇 갠데 말야."

그들은 지루함도 달래고 졸음도 쫓을 겸 잡담을 주고받고 있었다.

"니놈이 깐 건 전부 약골들 아니냐. 도끼라고 하면 나 정도는 써야지 말야."

"지랄하기는. 하여간 오늘은 이런 한밤중에 보초라서 두 배로 힘드네. 우리 내일은 조장한테 철전이라도 몇 개 쥐어주고 저녁 시간으로 빼달라고 할까?"

앞을 보던 보초가 꽁수를 제안하며 옆 자리의 동료를 돌아보았다.

사내 하나가 섬뜩한 미소를 지으며 그를 바라보고 있었다. 그 사내의 품에는 방금까지 자기와 이야기하던 동료의 머리가 입을 틀어막힌 채 안겨 있었다. 동료의 가슴에는 단검이 박혀 있었다.

"헛!"

그의 입에서 짧은 소리가 새어 나왔다. 처음 보는 얼굴이었다. 더 이상의 소리는 나오지 못했다. 뭔가가 그의 입을 틀어막았다. 이빨을 놀려 그것을 깨물어보려고 했다. 입이 열려야 고함이라도 질러 동료들을 불러올 수 있었다. 그런 그의 목으로 단검이 푹 박혔다. 소리를 낼려야 낼 수가 없었다. 피거품이 부글거리는 소리만 새어 나왔다.

"쉽군."

전룡대원 하나가 작게 말했다.

"아직 시작이니까. 이놈들도 대비다운 대비를 하기 전이잖아?"

원종목이 대답하고 다음 목표로 움직이기 시작했다. 두 개의 경계조는 두 명씩 네 명의 전룡대원들이 은밀히 제거했다. 일개 무사들로 된 보초들의 능력으로는 전룡대원들이 은밀히 침투 습격하는 것을 발각할 수도, 저지할 수도 없었다. 그들의 진짜 목표는 그 넷이 아니라 그 뒤에 있는 스무 명 규모의 경계 막사였다. 경계 무사들을 위해서 외곽에 설치된 막사였다.

각 초소의 위치는 담당자가 기분 따라 대충대충 세웠다. 야영지를 빙 둘러서 수백 명을 세운 것도 아니었다. 두 개의 경계 초소가 사라지고 나자 원정대의 경계망에는 큰 구멍이 뚫렸다. 그 구멍을 통해서 여섯 명의 전룡대원들이 은밀히 잠입해 왔다. 그리고 선행 암습조의 네 명과 합류했다.

"수고했다."

후위 암습조를 이끌고 있는 것은 광룡 본인이었다. 위험한 일을 할 때는 그와 같은 절대고수가 끼어 있어야 돌발 상황이 터져도 부하들이 살아남기 쉬웠다. 누구나 알지만 실행하지 않는 일이었다.

"저 막사입니다. 감시 결과 스무 명쯤은 있다고 파악됩니다."

원종목이 대답했다.

"시작하자."

광룡이 도를 꺼내 들고 말했다. 그는 자신의 도에 공력을 주입하고 천막의 벽에 슬쩍 대었다. 내공이 칼날 위를 맴돌았다. 도의 끝에 닿은 천 조각이 소리도 없이 쩍 갈라졌다. 광룡이 도를 조용히, 그리고 크게 원을 그리자 천막이 칼날의 움직임을 따라 소리없이 잘려 나갔다. 흘러내리는 천은 원종목이 옆에서 붙잡아 소리가 나지 않도록 했다.

그 구멍으로 광룡과 전룡대원 네 명이 발걸음 소리도 조용하게 들어갔다. 남은 다섯 명은 천막 바깥에서 다가오는 적이 없는지 경계를 했다.

천막 안에는 이십여 명이 잠들어 있었다. 잠든 인물들 중에 고수가 없기도 했고, 또 고수인 전룡대원들이 기척을 죽이고 접근했기 때문에 깨어나는 사람은 없었다. 모두 낮의 행군으로 인해 피곤에 지쳐 곯아 떨어진 상태였다.

광룡을 시작으로 전룡대원들이 칼을 사방으로 뻗었다. 일 초에 한 명씩 목이 잘려 목숨이 끊어졌다. 스무 명이 살해되는 데는 일 인당 네 번의 칼질이면 충분했다. 수련이 제법 된 무사들 몇은 아무리 잠에 빠져 있었어도 마지막 네 번째 칼질이 시작되기 전에는 잠에서 깨어났다. 하지만 미처 움직이기도 전에 네 번의 칼질이 모두 끝났고, 그들은 목숨을 잃었다. 고수들이 무사들을 상대로 날린 칼이었다. 누워 있는 자세로는 설사 깨어 있었다고 하더라도 피하기 어려운 칼질이었다. 자다 일어난 멍한 상태로 어찌할 수 있을 리가 없었다.

목이 잘린 시체 이십여 구에서 뿜어져 나오는 피가 천막의 벽을 붉게 칠하고 있었다.

"가자."

광룡이 부하들에게 말했다. 잘 자고 있는 놈들 목을 치는 건 그리 즐거운 일은 아니었지만 아군의 목숨 하나를 더 살릴 수 있다면 적의 모가지 따위는 백 개라도 따줄 수 있었다. 그 적이 흑도, 즉 사파라면 더 거슬릴 것이 없었다. 그것이 전룡대의 방식이었다.

그들은 들어왔던 그대로 조용히 사라졌다. 천막에서 흘러나오는 막대한 피가 풍기는 피비린내가 야영지를 뒤덮었다. 뒤늦게 그 냄새를 맡은 만사대행문 원정군의 노숙지에서 술렁이는 움직임이 시작되었다.

"뭐야! 얼마나 당했다고?"

만사대행문주가 분노를 이기지 못하고 고함을 질렀다.

"스물넷입니다."

총관이 움츠러들면서 대답했다.

"스물넷이나? 도대체 스물넷이나 죽을 동안 다른 놈들은 뭘 한 거야! 보초는 뭐 했어?"

만사대행문주로서는 환장할 노릇이었다. 스물넷의 멀쩡한 전력이 하룻밤 새에 죽어 자빠졌다.

"그게, 보초가 두 지점에서 넷이 먼저 당하고, 그 안쪽에서 잠을 자던 부하들 두 개 조가 당했습니다."

"어이가 없구나, 어이가 없어. 칠백 놈이나 있는데 스물넷이 죽을 동안 아무도 눈치를 채지 못했단 말야?"

"죄송합니다. 경비 책임자를 엄히 처벌하겠습니다."

총관은 그렇게 머리를 수그리고 대답했다. 어젯밤의 당직 사령은 협력 문파의 사람이었다. 그에게 죄를 떠넘기기로 마음먹었다.

"추격은 어떻게 됐어? 쫓아간 놈들이 있을 거 아냐? 그놈들이 뭐래? 설마 넋 놓고 구경만 하고 있는 건 아니겠지?"

"피 묻은 발자국이 조금 있었습니다만, 무슨 수작을 부렸는지 그마저도 금방 사라져 버려서……."

총관은 변명밖에 할 수 없었다. 문주 성질 건드려 봐야 득 될 건 없었다. 지금은 그저 수그려야 했다.

"이 새끼들이 빠졌구나. 빠져서 다른 놈들이 죽는 줄도 모르고 다들 자빠져 잤어. 오늘 낮에 휴식은 없다. 저녁때가 될 때까지 계속 진군이다."

금의기가 체벌의 뜻을 가진 명령을 내렸다.

"그리고 오늘 밤부터 경비 병력을 두 배로 늘려라! 개미새끼 한 마리도 기어들어 오지 못하도록 빈틈없이 세워라."

만사대행문주가 이를 갈며 말했다.

"알겠습니다."

총관이 안도하며 대답했다. 성질 더러운 문주가 이 정도 선에서 진정하는 것이 다행이었다. 총관 입장에서는 죽은 놈들은 죽은 놈들이었다. 자기가 살아야 했다. 하루쯤 행군 간에 휴식이 없는 것 정도는 무사들이나 힘들지 고수인 그에게는 일도 아니었다. 달리 사파가 아니었다.

낮 행군의 화젯거리는 당연히 지난밤에 당한 암습이었다. 대부분의 무사들은 죽은 자들이 소속된 하북쌍부문과 아무런 친분 관계가 없었지만 그렇다고 무관심하게 있을 수는 없었다. 지난밤의 시체는 자신의 모습일 수도 있었다. 단지 운이 좋았을 뿐이었다. 대부분의 무사들은 피가 연못을 이루는 현장을 직접 보았다. 시체는 일찌감치 치워져서 볼 수 없었지만 긴 밤 내내 코끝을 간질거리는 피비린내 때문에 모두들 잠을 설쳤다. 사실 그런 상황에서 잠이 잘 올 리가 없었다.

마침내 밤이 왔다. 금의기의 명령에 의해서 경비 병력은 두 배로 늘렸고 낮의 행군은 쉬지 않고 이루어졌다. 그 두 가지가 겹치자 무사들 사이에 불만이 터져 나왔다.

전날에는 사십 명의 보초가 이십 군데의 경계 지점에서 보초를 섰다. 그 사십 명이 한 시진을 보초를 섰으니 밤을 다섯 시진이라고 봐도 하룻밤 보초 근무에만 이백 명이 필요했다.

원정군은 고수 이백 명과 무사 오백 명으로 구성되어 있었다. 고수들은 당연하다는 듯이 보초 근무에 편성되지 않았고, 또 무사들 중에서 계급이 높은 자들도 보초를 서지 않았다. 그들은 보초를 서는 자들을 관리한다는 명목 하에 뒤쪽의 막사에서 잠을 자다 가끔 조는 보초가 없는지 순찰하는 것이 임무였다. 그런 식으로 이런 저런 이유를 대면서 빠져나가는 무사들이 대략 백여 명이었다.

결국 사백 명의 무사들이 남았고, 하룻밤에 이백 명씩이 보초에 동원되니 결국 이틀에 한 번 꼴로 잠자는 중간에 일어나 한 시진씩 보초를 서야 했다.

그것까지는 견딜 만했다. 오늘 밤은 힘들어도 내일 밤은 푹 잔다는 생각으로 참을 수 있었다. 그런 것을 고려해서 이십 군데의 경계 지점을 만든 것이었다.

그러나 이제 경계 지점의 숫자를 두 배로 늘리니 보초의 숫자는 한 시진에 팔십 명이 필요하게 됐다. 다섯 시진의 근무를 서는 데는 사백 명이 필요하고, 그 말은 내일 밤에도 오늘 밤처럼 자던 중간에 일어나서 경계 근무를 서야 한다는 뜻이었다.

게다가 사망자가 이십사 명이나 나온 덕분에 일부 무사들은 하룻밤에 두 번의 근무를 서야 하는 경우까지 겪어야 했다. 사파의 고수들은 그 와중에도 손을 빌려주지 않았다. 그들 하나의 전투력이나 감각이 일반 무사 몇 명 세워두는 것보다 훨씬 나음에도 불구하고 그들은 그것을 당연시했다.

낮에 놀고먹었다면 모를까, 힘들게 이동하고 밤에 보초까지 서는 것은 정말 괴로운 일이었다. 고수들이 한 손 덜어준다면 고맙겠지만 그렇게 착한 고수는 정파에서도 흔하지 않았다. 하물며 사파에서 찾는 것은 욕심이었다.

하지만 적이 야습을 해서 다른 무사들의 목을 딴 상황이니 경계를 강화시키는 것 자체에 불만을 가질 수는 없었다. 아무리 낮에 힘들게 움직였다고 하더라도 자기 목숨은 소중했다.

무사들의 불만은 그 보초 근무의 임무를 모두 무사들에게만 할당했다는 데 있었다. 경계 근무에 큰 보탬이 되는 고수들은 지휘 책임을 가진 몇 명을 제외하고는 모두 잘 퍼져서 자고 있었다.

"아함. 졸려죽겠네. 지들도 좀 도와주면 얼마나 좋아? 한 열 명만 나와줘도 얼마나 도움이 되냔 말야. 게다가 어젯밤에 죽은 녀석들 생각하면 목이 서늘한데. 이럴 땐 역시 고수가 있어야 든든하구만."

무사 하나가 투덜거렸다. 어제 죽은 자들은 그의 문파 소속도 아니었고 알지도 못하는 사람들이었다. 하지만 잠자던 사람들이야 그렇다고 처도 보초 네 명까지 끽소리도 내지 못하고 죽었다.

물론 이렇게 많은 병력이 있는데 감히 다시 숨어들려는 자들이 있으리라고 생각되지도 않았다. 고개만 돌려보아도 보초를 서는 다른 무사들의 머리통이 슬쩍슬쩍 보였다. 안심이 되니 잠이 왔다.

"새장가 가더니 뼈가 녹았냐? 벌써 졸면 어쩌겠다는 거야? 어때? 좋냐?"

그와 같이 보초를 서는 무사가 말했다.

"아, 그년이 말야. 얼마나 야들야들한지 아냐. 살살 녹는다고. 게다가 처녀드라고."

졸던 무사가 갑자기 신이 나서 말했다.

"에라, 이놈아. 겨우 열다섯 살짜리를 뺏어왔으면서 그럼 애엄마인줄 알았냐?"

동료 무사가 놀리듯이 말했다.

"어허, 뺏어왔다니, 나야 당연히 빌려준 돈의 대가로 그년을 받아온 것이란 말씀이지. 잘못이야 돈을 빌린 그년 애비가 잘못이지 내가 잘못이냐."

그가 가슴을 내밀고 당당하게 말했다.

"하긴, 네놈 말도 맞다. 그게 우리 수전문의 방식이지. 암."

그의 동료 무사도 맞장구를 쳐주었다. 자기도 이번에 돌아가면 동료의 수법을 본받아서 예쁜 애로 하나 구해볼 생각이었다. 그러다가 질릴 때 다시 팔아버리면 손해는 없었다.

수전문은 고리대금업 전문 사파였다.

"어제의 두 배로 보초가 늘어났습니다. 야영지를 빙 둘러 사십 군데에서 팔십 놈이 보초를 서고 있습니다."

원종목이 작은 목소리로 보고했다.

"숫자가 두 배로 늘었군. 역시 깨닫지 못하는구나."

광룡이 그럴 줄 알았다는 듯이 말했다.

"언제 이런 싸움을 해봤겠습니까? 더 큰 세력을 만들어 몰려가서 힘으로 눌러 버리는 놈들입니다. 무식하고 힘만 세지요."

섭병삼이 맞장구를 쳤다.

"가자, 아직 시작이다."

광룡이 몸을 일으키며 말했다.

"대장님. 저도 데려가 주십시오. 공을 세우고 싶습니다요."

석민이 그들의 대화에 끼어들었다. 그도 은근슬쩍 전룡대의 일원이 되고 싶었다.

광룡은 들은 체도 하지 않았다.

학도림의 손바닥이 석민의 뒤통수를 매섭게 후려쳤다.

"켁!"

석민이 비명 소리와 함께 고꾸라졌다.

"기지도 못하는 놈이 날려고 하고 있냐. 헛소리하지 말고 시간날 때 잠이나 자둬라. 일 끝나면 곧바로 이동이다."

학도림이 손바닥을 털며 말했다.

광룡의 뒤를 따라 십여 명의 전룡대원들이 조심해서 움직였다.

"아음, 야, 나 잠깐 눈만 감았다가 뜰 테니까, 누가 오면 얼른 깨워라. 넌 어제 그래도 좀 잤잖아. 알았지?"

새장가 이야기로 신나게 떠들던 보초 무사도 그 이야기가 시들해지자 졸음이 몰려옴을 느꼈다. 너무 졸려서 잘 움직이지 않는 입을 놀렸다. 그는 간밤에도 근무조였고, 또 습격 이후로는 완전히 날밤을 샌 상태였다. 낮에도 쉬지 않고 이동을 했다. 음담패설로 잠깐 정신을 차렸지만 그것도 한계가 있었다. 잠깐 눈 붙였다고 생각했는데 보초 순번이 돌아와서 나왔다. 정신을 차리기 쉽지 않았다. 이렇게 많은 놈들이 보초를 서는데 자기 하나 빠진다고 무슨 일이나 나겠냐 싶었다. 슬쩍 눈을 감았다.

그런데 그의 말에 옆의 동료가 대답하지 않았다.

"아니, 이놈의 자식이 삐졌나. 야, 내가 잠깐 눈 감고 나면 너도 눈 감을……."

무사가 중얼거리면서 눈을 슬며시 뜨고 고개를 돌리다 말을 멈췄다. 옆에 서 있어야 하는 동료 무사가 보이지 않았다. 이놈이 어디로 갔나 하는 생각에 고개를 둘러보다가 아래를 내려보았다. 처음 보는 얼굴이 무표정하게 그를 올려다보고 있었다.

"허, 컥!"

무사는 놀라 소리를 지르려고 했다. 하지만 그의 목소리는 목을 관통하는 검에 막혀 바깥으로 빠져나오지 못했다. 진한 피내음만이 서서히 퍼질 뿐이었다.

'제기랄, 따라오기 싫었는데.'

그의 눈에 고향에 꿍쳐 둔 재산들이며 다른 놈들과 몰려가서 질펀하게 놀던 유곽 등이 스치고 지나갔다. 마지막으로 새로 얻은 마누라가

46

생각났다. 돈 몇 푼으로 고리의 함정에 빠뜨려서 억지로 뺏어온 어린 아내였다. 그 아내의 모친이 피눈물을 흘리던 것이 생각났다. 아내가 펑펑 울던 눈도 생각났다. 무사의 눈에서 눈물 대신 피가 흘러내렸다. 그의 생각은 거기에서 끝났다.

그 옆 초소라고 사정이 다를 것이 없었다. 네 개의 초소에 여덟 명의 전룡대원들이 투입되었다. 각각의 초소에 두 명씩의 무사가 있었고 각각의 무사들에게 한 명씩의 전룡대원들이 은밀히 접근했다. 이런 싸움에 익숙한 전룡대였다. 그것도 구성원 모두가 무림고수인 전룡대였다. 기척을 숨기고자 한다면 일개 무사의 이목으로 감지할 수 있는 존재가 아니었다.

"모두 제거했습니다."

원종목이 광룡에게 보고했다.

명색이 적의 침입을 경계하라고 세워놓은 보초였는데도 불구하고 이렇게 허망하게 제거된 원인은 세 가지가 있었다.

첫째는 일반 무사들과 전룡대의 고수들과의 압도적인 무력 차이였다. 비슷한 능력을 가졌으면 몰라도 이렇게 차이가 나는 실력 차이라면 조용히 제거된다고 해서 이상할 것이 없었다. 그것도 겨우 한곳에 둘씩 세워놓은 보초 몇 군데를 치는 것이라면 더 말할 것도 없었다. 고수라 불릴 수 있는 실력은 시장에서 뺑뺑이 돌려서 산 것이 아니었다.

두 번째는 전룡대원들에게는 이런 일이 처음이 아니라는, 즉 그동안 수많은 시행착오를 겪으며 보초 제거에 경험을 쌓아왔다는 데 있었다. 어떻게 하면 가장 효율적으로 적의 제거가 가능한지에 대한 충분한 연구와 실전을 반복했던 전룡대였다. 적을 습격할 때 적이 방비하지 못하도록 경계망을 먼저 제거하는 것은 야습의 기본이었다. 전룡대는 이런 일에 대해서 충분하다 못해 넘치도록 경험해 왔다.

셋째로 만사대행문의 유기적이지 못한 협조 체계가 문제였다. 전룡대는 한 문파가 맡고 있는 지역 전체를 건드리지는 않았다. 한 번에 한 문파만을 노렸다. 각각의 문파는 서로 간의 대화 체계도 익숙하지 않았다. 또한 다른 문파의 보초들을 어두운 곳에서 그 머리통만 보고 구분하지도 못했다. 그래서 둘째 날 전룡대가 노린 것은 네 군데의 경계 지점을 맡은 수전문의 영역이었다. 그들이 제거되어도 양 옆의 다른 문파의 보초들은 특별히 눈치를 챌 것도, 그리고 말이라도 걸어보러 찾아올 이유도 없었다.

물론 이 세 가지 요인은 일부의 보초 제거만을 목표로 했을 때 최대의 효과를 내는 것들이었다.

만약 전룡대가 사십 군데의 보초 팔십 명 전체를 제거하려고 한다면 이처럼 조용히 처리하는 것은 상당히 어려웠다. 그 정도 인원이 움직여서 적을 제거하려고 든다면 그 와중에 문제가 생기기 십상이었다. 의외로 이목이 예민한 놈이 있을 수도 있었고, 우연히 고개를 돌리던 놈의 눈에 습격 장면이 들킬 수도 있었다. 경계 초소 중에는 혹시 고수가 섞인 곳이 있을 수 있었다.

광룡은 서두르지 않았다. 시간은 많았다.

암습조의 뒤를 지켜주고 있던 광룡은 원종목의 보고를 듣고서야 조심스럽게 움직이기 시작했다.

"오늘 막사에는 좀 더 예민한 놈이 있을지도 모른다. 아직은 조용히 처리해야 한다. 방심하지 말고 발걸음에 주의를 기울여라."

광룡이 명령을 내리며 적의 막사로 다가갔다. 그의 뒤로 전룡대원들이 은밀히 움직였다.

광룡은 천막으로 들어가기 전에 안쪽의 기척을 살폈다. 빛도 제대로 들어오지 않는 감옥에서 단련된 감각이었다. 얇은 천 조각 뒤에 있는 사람들의 기색을 감지하는 것은 일도 아니었다.

스무 명이 내는 여러 가지 잠자는 소리가 들렸다. 숨을 쉬는 간격들이 모두 긴 것을 보아 전부 잠든 것으로 생각되었다. 만약 그게 아니더라도 단칼에 처치하고 튀면 그만이었다.

내공을 머금어 극한으로 날카로워진 그의 도의 끝이 천막의 한쪽 벽을 슬그머니 밀었다. 도가 지나가는 자리를 따라 천이 처음부터 잘려 있었다고 주장하며 깔끔하게 갈라져 갔다. 떨어지는 천은 원종목이 받아 들었다.

다섯 명이 전날처럼 천막으로 들어섰지만 깨어나는 사람은 없었다. 광룡이 도를 들었다. 그를 따라 네 명의 전룡대원들이 자신의 무기를 들었다. 전룡대원들에게서 자연스럽게 살기가 흘러나왔다.

그 살기에 반응한 고수가 눈을 번쩍 떴다.

이십 명이나 자고 있던 막사가 허무하게 당하자 아무래도 불안했던 만사대행문주 금의기는 각각의 외곽 경계 막사에 고수 한 명씩을 배당하도록 지시했다. 물론 고수들보고 경계 근무를 서라는 뜻은 아니었다. 감히 접근하는 적의 살수들이 있으면 고수의 감각으로 알아서 깨어나서 처치하라는 뜻이었다. 그리고 금의기의 의도가 반쯤은 성공했다.

"누구냐!"

그 고수가 고함을 치며 자신의 검을 잡으려고 했다. 그러나 누운 자세에서 손을 뻗어 검을 잡으려고 하는 자와 이미 검을 들고 서 있는 자와는 많은 차이가 있었다. 누워 있는 자는 검을 들고, 잡고, 뽑고, 몸을 일으키고, 막는 등의 여러 동작을 해야 하는 데 비해 검을 든 자는 단지 슥 긋기만 하면 되었다. 더구나 실력에서도 전룡대원이 훨씬 우위였다.

전룡대원의 검이 날을 번쩍이며 사파의 고수에게로 떨어졌다. 수전문의 고수는 오른손으로 자신의 검을 잡았다. 그러나 시간이 부족했다. 거의 본능적으로 왼팔을 뻗어 날아오는 검을 제압하려고 했다. 왼손에 내공을 집중하고 금나수법을 펼쳐 날아오는 검을 낚아채려고 했다. 그는 전룡대원을 평범한 살수라고 생각했다.

만약 상대가 평범한 무사 수준이었다면 가능할 수도 있었다. 그러나 그 고수는 완벽하게 준비한 상태에서 전룡대원을 상대했어도 오래 버틸 수 없을 만큼의 실력밖에 없었다. 원래 이런 위험하고 불편한 일은 사파 내에서도 등급이 떨어지는 고수에게 할당되는 법이었다.

물 위에 뜬 나뭇잎이 다가오는 막대를 피해 맴돌듯, 전룡대원의 검이 부드럽게 회전하면서 그 고수의 손을 스쳐 지나갔다. 검의 아래에 있는 것은 숨을 쉬고 있는 고수의 옆구리였다. 검끝이 그곳을 파고들었다.

"크억!"

고수가 비명을 질렀다. 그 와중에도 그의 오른손은 자신의 검의 손잡이를 놓지 않고 있었다. 그러나 그 검을 뽑을 수는 없었다. 옆구리를 파고들어 온 검이 가슴 쪽으로 빠르게 올라왔다. 그 검의 궤적을 따라 그의 가슴이 쩍 하고 벌어졌다. 고수는 그대로 숨이 끊어졌다.

그 소란의 와중에 아직 당하지 않은 다른 무사들도 잠에서 깨어났다. 그러나 이미 살육이 한창 진행되던 와중이었다. 그들이 미처 제대로 대비하기도 전에 광룡을 포함한 다섯 명의 고수들의 칼을 맞았다. 이십 명의 무사들의 목이 떨어지는 시간은 순식간이었다. 하지만 이미 상당한 소음이 발생한 후였다.

"죄송합니다."

고수를 죽인 전룡대원이 광룡에게 말했다. 그가 적을 단칼에 처치하지 못해 소란이 커졌다.

"괜찮다."

광룡이 별일 아니라는 투로 대답했다.

"대장님, 놈들이 눈치 챈 것 같습니다."

밖에서 망을 보던 전룡대원 하나가 조용히 말했다.

광룡이 도를 들어 크게 한 번 휘둘렀다. 커다란 천막이 그의 도의 길을 따라 쩍 갈라졌다. 도를 따라 이는 바람이 두 조각이 난 천막을 양옆으로 밀어냈다. 피바다 위에 서 있는 다섯 명의 사나이들을 감추어주는 천막은 더 이상 없었다.

"가자."

광룡이 짧게 말하며 경공을 써서 움직이기 시작했다. 그의 바람 같은 움직임을 따라 십여 명의 전룡대원들이 달리기 시작했다.

그리고 그들의 바로 뒤를 그들이 남긴 흔적을 따라 수많은 무사들이 추격하기 시작했다.

사실 추격은 일도 아니었다. 땅바닥에는 전룡대원들이 뒤집어썼던 핏자국들이 여기저기 군데군데 남아 있었다.

"이 새끼들, 다 잡아 죽여라. 다 죽여!"

금의기가 소리치면서 추격대를 이끌었다. 또 무사들이 당했다. 완벽한 승리를 했어야 하는데 벌써 꽤 죽었다. 이래서는 체면이 손상된다. 농락당했다는 생각에 화가 치밀었다.

"문주님, 진정하십시오. 아무래도 수상합니다."

한참을 따라오던 총관이 문득 이상한 생각이 들어 금의기를 말리기 시작했다.

"바보 새끼야, 도대체 뭐가 수상해!"

금의기가 화를 버럭 냈다.

"흔적이 너무 명확합니다. 적의 매복이 걱정됩니다."

금의기가 화를 내자 총관이 조금 움츠러들면서 말했다.

"매복? 매복이 무슨 상관이야! 하라 그래! 이 숫자로 밀어버리면 그만이다!"

금의기가 다시 소리를 질렀다. 당장 추격에 나선 것만 수백 명이었다. 어떤 적이든 밟아버릴 자신이 있었다.

총관은 속이 탔다.

'대가리에 똥만 찬 새끼가 한번 말하면 알아먹지를 못해.'

총관이 속으로 욕을 해댔지만 일단 말려야 했다.

"물론 문주님이 직접 이끄시는데 질 리가 있겠습니까만, 그래도 매복한 놈들에게 당하면 피해가 없을 수는 없습니다. 그럼 그건 문주님의 명성에 누가 되는 일, 그냥 몇 놈만 정찰대로 앞에 보내고 그 뒤를 따라가는 것이 어떻겠습니까?"

총관이 좋은 말로 금의기를 띄워주며 설득에 들어갔다.

그 말에 금의기의 얇은 귀가 열렸다. 정찰대 몇 놈 앞에 보내는 것 정도야 별일있겠냐 하는 생각이 들었다. 바닥에 남는 자국을 보니 너무 명확해서 조금 늦게 움직인다고 해도 그다지 큰 문제는 없을 것 같았다. 이미 여럿이 죽었는데 더 죽으면 정말 체면이 살지 않았다.

"알았다. 애들 뽑아서 보내라."

금의기가 손해 볼 것 없다는 생각에 총관의 말에 동의했다.

정찰대라고 하는 조직을 운영하고 그 뒤를 본대가 따르는 방식의 이동 방법은 본대에게 상당한 안전을 확보할 수 있었다. 이 방식 자체가 정찰대를 희생시켜 본대의 안전을 도모한다는 것이니 그건 당연했다. 그러나 여기에는 문제점이 하나 있었다. 정찰대는 앞을 정찰할 시간을 확보해야 했다. 만약 본대가 걸어온다면 앞의 정찰대는 열심히 뛰면서 움직여 정찰을 하는 것이 가능했다. 체력 소모가 심하므로 오래 활동하지는 못하고 수시로 교대해야 했지만 그럭저럭 가능한 일이었다.

그러나 만약 본대가 열심히 달려오는 중이라면, 정찰대는 그 앞에서 같이 달림으로써 미끼의 역할을 하는 것 이외에는 할 수 있는 일이 없었다. 어차피 정찰대의 능력으로는 적을 상대할 수는 없었다.

금의기가 원하는 것은 정찰대를 죽어라고 달리게 하고, 본대도 그 뒤를 따라 뛰는 것이었다. 그런데 지금은 그럴 수가 없었다. 정찰대는 목적지를 아는 것이 아니라 적의 핏자국이라는 흔적을 따라 움직여야 했다. 본대는 그런 정찰대의 뒤를 따라가는 것이니 아무래도 좀 천천히 간다는 느낌을 받게 했다.

물론 본대가 직접 움직인다고 해도 흔적을 찾아야 하는 것은 마찬가지였으므로 정찰대를 운용하는 것에 비해서 그 속도 차이는 별로 없었다. 하지만, 그래도 화가 잔뜩 난 금의기의 입장에서는 느끼는 게 달랐다. 울화통이 터졌다.

"앞에 간 새끼들은 뭐 하는 거야! 그거 하나 찾는 게 그리 어렵나!

이 새끼들, 돌아가서 두고 보자!"

그는 길길이 뛰면서 전진했다. 그렇게 한참을 전진하자 울창한 숲의 중간에 제법 큰 개울이 나타났다. 그리고 그 개울 앞에서 안절부절못하고 있는 정찰대 몇 명이 보였다.

"뭐냐. 니들 왜 거기 서 있는 거냐?"

그의 물음에 정찰대의 대장이 다가왔다.

"문주님, 놈들이 냇물을 타고 움직인 것 같습니다. 흔적이 사라졌습니다."

"냇물을 타고 움직였으면 위아래로 나눠서 찾으면 될 것 아니냐?"

"그게, 여기에 피 묻은 옷을 버려두고 도망갔습니다."

그가 한쪽에 쌓인 옷가지 몇 벌을 가리켰다.

"아마도 냇물에 목욕을 해서 피를 씻고 사라진 것 같습니다. 으윽!"

정찰대장이 자신이 분석한 바를 명확히 이야기하다가 신음 소리를 냈다. 금의기가 그의 정강이를 걷어찼기 때문이었다. 머리가 띵해질 정도로 아팠지만 참아야 했다. 사파의 문주들은 잔인해질 때는 그 끝이 없는 경우가 많았다. 금의기라고 예외가 아니었다.

"이 새끼야, 얼마나 천천히 뛰었으면 그놈들이 목욕까지 하고 달아나냐! 이건 니 잘못이잖아!"

그가 고함을 지르면서 계속 정찰대장의 온몸을 걷어찼다. 따라온 부하들이 듣고 있었다. 이틀이나 습격을 당했으니 희생양이 필요했다. 임시로 임명한 정찰대장 정도가 적당했다.

"문주님, 진정하시지요."

너무 채여 바닥에 나뒹군 정찰대장을 금의기가 본격적으로 밟기 시작하자 좀 말려야겠다는 생각이 든 총관이 말했다. 정찰대장은 그도 꽤 가깝게 지내는 사람이었고 이번에 공이라도 세우라고 정찰대장으로 추천했다. 맞는 것을 보고 있기가 안쓰러웠다.

"너 이 새끼. 뭐? 매복이 걱정되니 정찰을 하고 가자고? 니 말 듣다가 그 새끼들 때 빼고 광낼 때까지 기다렸잖아! 어떻게 책임질 거야!"

금의기가 화살을 총관에게 돌렸다. 책임져 줄 사람은 많으면 많을수록 자신에게 날아올 불신의 눈총이 줄어들었다.

"스물여덟! 스물여덟 놈이나 죽었단 말이냐!"

만사대행문주 금의기가 비명에 가까운 고함을 질렀다. 추격할 때는 바빠서 미처 몰랐는데 야영지로 돌아와서 인원 점검을 해보니 스물여덟이나 죽었다. 전날의 희생까지 합치면 이제 칠백 명의 병력 중에 오십여 명이 당했다. 십 분의 일에 가까운 인력 손실이었다. 열 명 중 하나가 죽었다는 뜻이었다. 웃고 넘길 수 있는 숫자가 아니었다.

"예, 어쩔 수 없이."

총관이 잔뜩 움츠러들면서 말했다.

"닥쳐, 새꺄. 어쩔 수 없다니? 어쩔 수 없으면 돼? 어?"

"죄송합니다. 하지만 막사에서 당한 스무 명 중에는 수전문의 고수도 한 명 끼어 있었습니다. 아마도 그가 싸움을 좀 벌이는 바람에 적의 습격이 알려졌던 듯합니다."

총관의 말에 금의기의 눈이 동그래졌다.

"고수가 죽었어? 무사 새끼들도 아니고 고수가 죽었어? 고수가 얼마나 아까운 놈인데 그런 놈이 죽도록 나둬! 무사 새끼들이야 돈만 주면 얼마든지 모을 수 있잖아. 고수 하나 얻기가 얼마나 힘든지 알아!"

금의기가 화를 버럭버럭 냈다. 그에게 있어서 대우할 가치가 있는 인간의 한계는 무공이 고수인 사람까지였다. 그 아래는 돈만 주면 얼마든지 살 수 있는 물건과 같은 존재들이었다.

"죄송합니다. 적의 전력이 고수 하나로는 어쩌지 못할 만큼 제법 되는 것 같습니다."

총관이 얼른 말을 돌렸다.

"그렇겠지. 칠성표국 새끼들 중에 고수가 삼십 명은 있을 거 아냐? 몇 놈만 왔어도 고수 하나로는 버티기 어려웠겠지. 육시럴. 아새끼들 사기는 어떠냐?"

총관의 말솜씨에 휘둘린 금의기가 고수를 배치했음에도 당했다는 말에 의기소침해졌다.

"그게, 그다지 좋지 않습니다."

"얼마나?"

금의기도 예상하고 있는 일이었다. 이런 일을 당하고 사기가 오르면 그게 비정상이었다.

"많이 나쁩니다."

총관이 더욱 기가 죽어 말했다. 아직 총관질을 더 해야 했다. 남은 평생 돈을 펑펑 쓰면서 놀고먹으려면 돈이 좀 더 필요했다. 협력 문파들을 쥐어짜기에는 총관만큼 좋은 자리도 없었다. 그래서 이런 사태를 보고해야 하는 현실이 싫었다. 잘못하면 잘릴 판이었다.

"명색이 깡다구있는 악당들만 모였다는 새끼들이 몇 놈 죽었다고 기가 그리 죽어? 그렇게 의기… 겁이 많아서야 어따 써먹어?"

금의기가 투덜거렸다

총관은 변명을 해야 했다. 그가 무사들을 잘못 관리해서 떨어진 사기가 아니란 것을 이해시켜야 했다. 총관 자리를 지켜야 했다.

"이번에 죽은 녀석들 중에, 막사에서 자던 스무 명은 난도질을 당해서 죽었습니다. 그런데 그들의 죽은 모습이, 막사가 찢어져 있는 바람에 모두에게 공개되었습니다. 그걸 본 무사들의 사기가 말이 아닙니다."

총관이 보기에 그건 불가항력적인 일이었다. 이십여 명의 시체가 잠자는 사이에 그렇게 비참하게 죽어 있는 모습은 참혹했다. 아무리 악당 일로 먹고사는 사파의 놈들이라고 해도 겁이 나게 마련이었다. 개중에는 자기가 그동안 그런 모습으로 제거한 시체들 생각이 나 몸을 떠는 자들도 있었다.

"땅에 떨어졌다는 말이냐?"

금의기가 총관의 말을 듣고 다시 물었다.

"예. 그렇게도 표현할 수 있습니다."

총관이 조금 밝게 대답했다. 자기가 하고 싶던 말이었다.

"표현 같은 개소리 하지 마라. 사기가 개판이냐? 있는 그대로 말해라."

의기가 다시 화를 내면서 말했다. 총관은 어마 뜨거라 하고 어깨를 움츠렸다.

"솔직히 말씀드리면, 모두들 두려워하고 있습니다. 어젯밤의 그 일 이후 다시 잠을 자는 자가 없습니다. 모두 다음은 자기 차례가 아닐지 두려워합니다."

총관이 보기에는 그건 큰일이었다. 이미 전투력은 말이 아니었다. 피곤에 지친 무사들은 제대로 싸울 수 없었다.

"젠장, 칠성표국 놈들에게 이런 대단한 재주가 있을 줄은 몰랐군. 보초 근무 체계를 다시 바꿀 필요가 있겠다. 오늘 밤에는 보초 위치를 여러 군데로 흩지 말고 집중을 시켜라."

의기가 나름대로 묘안이라고 생각한 작전 지시를 내렸다.

"집중을 시키라 하심은?"

총관이 의아한 듯이 말했다. 보초란 원래 경고를 하기 위해서 세우는 것이지 그 자체만으로 전투력을 가지고 싸우는 부대가 아니었다. 전시에 보초는 적의 습격을 알리고 죽어주는 것이 임무였다.

"보초 서는 위치는 예전과 같이 줄이고, 한 위치마다 네 명씩 보초 숫자를 늘려라."

"예, 알겠습니다."

금의기의 말에 총관이 떨떠름하게 대답했다. 그 정도면 설마 끽소리도 못 내고 당하겠냐 싶었다.

"그리고 오늘 저녁은 사람 사는 마을로 들어가자."

"네?"

총관이 의아한 듯이 물었다. 그들의 이동은 인적을 피해서 이뤄지고 있었다. 갑자기 마을이라니 무슨 소린가 했다.

"마을에 들어가서 쉬고 보초까지 잔뜩 세워놓으면 지깟 놈들이 어쩌겠냐? 그래도 표국 놈들이면 정파 쪽 아니냐. 마을 사람들 있는 곳에서 습격이야 하겠냐."

"아, 예."

총관이 무슨 소린지 겨우 알아들었다.

"하지만 그러면 그 마을 놈들이 우리에 대해서 소문을 내지 않겠습니까?"

총관은 그게 걱정이었다. 어설픈 작전이었지만 그래도 인적을 피해가기로 했었다. 마을 사람들 눈에 띄면 그 작전은 도로 아미타불이었다.

"그러니까 조그마한 마을로 골라라. 내일 아침에 싹 쓸어버리지 뭐."

금의기가 별것 아니라는 듯이 말했다. 총관은 순순히 고개를 끄덕였다.

第三章

만사대행문과 그들을 따르는 사파의 무사들이 행군을 마치고 찾아들어 간 곳은 작은 시골 마을이었다. 오십 명도 채 살지 않는 마을에 험악한 무림인들이 수백 명이 몰려들었다. 마을 사람들은 모두 공포에 빠져서 어쩔 줄을 몰랐다.

"영웅들께서 이렇게 저희 마을을 찾아주시니 영광이옵니다."

마을의 촌장인 노인이 대표로 나서서 좋은 말로 이들을 달래려고 했다.

"니가 촌장이냐?"

금의기의 말에 촌장은 즉시 넙죽 엎드렸다.

"그렇습니다. 영웅들께서는 바라시는 것이 있으면 말씀만 하십시오."

금의기의 두 자루 검을 본 촌장이 겁을 잔뜩 먹고 말했다. 자기가 말

한마디 잘못하면 마을 사람들이 몰살당할 수 있다는 것을 본능적으로 느끼고 있었다. 인상 더럽고 행동 함부로 하는 무림인이 수백이었다. 두려워하지 않을 수가 없었다.

"아, 별거 아냐. 우린 그냥 마을 중앙에서 자다 갈 거야. 신경 쓰지 말라고. 그냥 먹을 거나 좀 내봐. 그리고 이 마을은 왜 젊은 여자들이 없어?"

금의기가 투덜거렸다.

사파의 무림인들은 마을에 혹시 젊은 여자라도 없을까 군침을 삼키며 둘러보고 있었지만 금의기도 그런 것은 아니었다.

사실 관심은 많았지만 이렇게 보는 놈이 많은 곳에서 당당하게 외도를 했다가는 그 사실이 아내인 하북요화 미파랑의 귀에 들어가지 않을 리가 없었다. 그는 아내가 무서웠다. 바람을 피워도 몰래 피워야 했다.

대신에 여자들이 있으면 잡아다가 부하들에게 던져 주려고 했다. 그의 입장에서는 돈 안 드는 포상이었다.

"저, 문주님. 마을에는 피해를 주시지 않는 게 좋지 않을까요?"

총관이 금의기에게 작은 목소리로 조언을 했다.

"이 새끼 이거 오늘 이상하네. 왜 그러는데?"

금의기가 이상하다는 듯이 총관을 쳐다보며 물었다.

"우리가 마을에 피해를 주면, 놈들에게 명분을 주지 않겠습니까? 그냥 내일 아침에 한번에 하시지요?"

총관의 말에 금의기도 아차 싶었다.

"야, 이놈들 몽땅 모아다가 어디 광에라도 가둬놔라."

금의기가 입맛을 다시며 말했다.

"놈들은 마을의 한복판에서 야영을 하고 있습니다. 보통의 정파라면 마을 한복판을 싸움터로 삼는 것은 피하는 편이니 그걸 노리고 있는 것 같습니다. 보초의 위치는 스무 군데로 줄어들었습니다만, 각각의 위치에 네 명씩으로 경계 인원을 늘였습니다."

원종목이 조용히 보고했다.

"무능한 지휘관은 부하들의 목숨을 잡아먹고 산다. 금의기는 배부르겠구나."

광룡이 혼잣말처럼 중얼거렸다.

"오늘도 어제처럼 하시겠습니까?"

원종목이 물었다.

"피곤하지 않느냐?"

광룡이 원종목에게 질문했다.

"아닙니다. 이것이 저의 일, 대장님도 계신데 며칠 밤 정도는 끄떡없습니다."

"틈날 때마다 눈을 붙여두어라. 너의 임무가 크다."

원종목은 이번 싸움에서 적을 추격하고 보초의 정보를 수집하여 보고하는 임무의 책임자였다.

"예."

"오늘 움직이기로 정해진 대원들을 불러라."

"어제처럼 하시겠습니까?"

원종목이 다시 물었다.

"아니, 오늘 많은 인원을 쓰는 것은 이유가 있기 때문이다. 같은 상대에게 같은 수법을 반복하면 적에게 배를 내밀고 찔러달라고 하는 것과 같다. 모든 것은 사용할 때와 장소가 있는 법이다. 오늘은 다른 방법을 쓴다."

"마을 사람들 쪽으로는 누구를 보내시겠습니까?"

"석민이를 보내라. 어차피 일이 시작되면 저놈들은 중요하지도 않은 마을 사람들한테까지 신경 쓰지 못한다."

광룡의 말에 석민이 벌떡 일어섰다. 아직 어떻게 해야 하는 건지 듣지는 못했지만 자신에게도 뭔가 임무가 떨어졌다.

그런 그의 어깨를 학도림이 툭 쳤다.

"야."

"옛!"

석민이 바짝 긴장해서 대답했다.

"잘해라. 응?"

학도림이 걱정스럽다는 듯이 말했다.

"오늘도 올까?"

한 무사가 검 손잡이를 꼭 쥐고 중얼거렸다.

"재수없는 소리 하지 마."

그 옆의 무사가 주위를 두리번거리면서 대답했다. 그의 눈은 쉴 틈 없이 어둠을 이리저리 훑고 있었다.

"이번엔 어려울 거야. 우리는 넷이라고. 넷이나 되는 숫자를 소리없이 죽일 수는 없다고."

무사는 스스로에게 하는 건지 동료에게 하는 건지 알 수 없는 말을 했다.

"죽는다는 말 하지 말라니까. 재수없게. 하여간, 숫자가 많으니 쉽게 당하지는 않을 거야. 우리야 잠깐만 버티면 돼. 그럼 주변에 아군이 몰려오지 않겠어?"

"에라이. 명색이 취인문도라는 새끼들이 그렇게 기가 죽어 있냐! 자부심을 좀 가져라."

자꾸 움츠러드는 동료들을 보고 짜증이 난 무사 하나가 말했다.

"사람 장사하는 인신매매범들이 자부심은 개뿔이……."

그 말을 듣고도 무사 하나가 중얼거렸다. 용기를 주려고 하는 말은 알겠는데 자부심과 자신들은 아무래도 어울리지 않았다.

"새끼들아, 그러니까 습격해 오는 놈들이 있으면 잡아다가 팔아먹자니까. 뒤에서 받쳐 주면 못 팔아먹겠냐?"

"계집이라면 데리고 놀다가 유곽에 팔고, 어리버리한 놈들이라면 광산이나 고기잡이배에다 팔면 되지만, 칼깨나 쓴다는 성질 더러운 무림인들을 어따 파냐?"

뭔 헛소리냐는 듯이 무사 하나가 물었다.

"니가 여자 장사 쪽 일만 해서 잘 모르나 본데, 그런 잡놈들은 잘 묶어다가 싸움터에다가 팔면 거 나름대로 돈 된다. 그리고 실전 연습하는 데 쓴다고 무공 좀 하는 놈들 구해달라는 곳도 가끔 있다고. 잘 싸우는 놈들은 그런 데 팔아먹으면 돈도 짭짤하게 줘."

동료가 모르는 것을 알고 있다는 생각에 무사 하나가 신이 나서 말했다.

"정말? 거 참 독한 놈들이구만. 에잉, 나도 이 바닥에 있지만 사파 놈들 참 지독해. 그런데 너무 쎈 놈을 어쩌지? 실전 연습을 하려면 만만한 놈들이 필요할 거 아냐?"

"어허, 무슨 소리. 실력이 좋을수록 비싸게 팔려. 실력 좋은 놈은 산 채로 잡기가 어렵기 때문에 구하기가 더 힘들거든. 고수를 산 채로 잡아다가 넘길 수만 있으면 한몫 단단히 잡을 수 있다고."

그 무사는 신이 나서 말했다. 그들은 그런 식으로 서로의 공포를 없
애주기 위해서 쉴 새 없이 입을 나불거렸다.

"뭔가 있다."

대화에 참여하지 않고 전방을 주시하고 있던 다른 무사 하나가 조용
히 말했다. 그들의 앞으로 십여 명의 사내들이 걸어오고 있었다. 손에
든 병장기가 희끗희끗 보였다.

"누, 누구냐. 감히 여기가 어딘 줄 아느냐! 정체를 밝혀라!"

적이 오면 잡아다가 팔아먹겠다고 하던 사내가 고함을 질렀다. 지금
까지 큰소리는 탕탕 쳤지만 막상 적을 보니 겁이 났다. 그 외침으로 적
에게는 위협을, 자신에게는 용기를, 뒤의 본대에게는 경고를 했다.

그리고 그 소리를 신호 삼아 걸어오던 사람들이 일제히 달려들었다.

"으헉!"

그 무사는 검을 마구잡이로 휘두르며 뒷걸음질쳤다. 전룡대원의 검
이 무사의 손목을 그었다. 손이 검을 쥔 채로 허공으로 천천히 떠올랐
다.

"으악!"

오른팔이 가벼워지면서 뭔가 싸악 빠져나가는 느낌에 무사는 공포
에 질려 비명을 질렀다. 그런 그의 가슴을 날이 시퍼렇게 선 장검이 갈
라 버렸다.

다른 세 명도 그다지 다른 처지가 아니었다. 애초에 대등한 실력도
아니었다. 실전 경험 풍부한 날고 기는 고수들인 전룡대원들이 보초들
의 두 배가 넘는 숫자로 습격했다. 잠시라도 버틸 수 있을 리가 없었
다. 그 초소의 모든 보초들은 한두 초식도 제대로 펼쳐 보지 못하고 가

숨이 갈리고 목이 떨어져서 죽었다.

그러나 그들은 모두 보초로서의 임무를 충실히 수행했다. 죽을 때 그냥 죽지 않고 비명도 지르고 고함도 치다가 죽었다. 그 소리는 뒤에 멀찍이 있는 본대에게 전해질 만큼 충분히 컸다.

그런 일이 세 군데의 감시 초소에서 동시에 일어났다. 열두 명의 일반 무사는 삼십 명의 고수들의 습격을 받아 순식간에 목숨을 잃었다. 그들 모두가 질러대는 단말마의 비명 소리가 밤의 적막을 깨뜨렸다.

세 초소의 뒤쪽에는 이십 명 정도로 구성된 외곽 경비 부대가 있었다. 그 부대는 경계 근무자들이 서로 돌아가면서 근무를 서기 쉽도록 모여 있는 곳이기도 했고, 유사시에 긴급 출동하기 위한 부대이기도 했으며, 적이 습격해 들어오면 시간을 벌기 위한 부대이기도 했다. 그리고 지난 이틀 동안 몰살당한 부대들과 같은 성격의 곳이었다. 그 부대의 무사들은 이미 이런 곳 중 두 군데가 이틀에 걸쳐서 몰살당한 것을 잘 알고 있었다. 감히 잠이 올 리가 없었다. 뜬눈으로 밤을 새우던 그들은 비명 소리를 듣자마자 곧바로 무기를 움켜쥐고 몰려왔다.

그들은 하나를 제외하고는 모두 일반 무사들이었다. 대부분의 고수들은 더 안쪽에 안전이 확보된 곳에서 발 뻗고 자고 있었다. 구하기 쉬운 일반 무사들의 죽음 따위야 사파의 고수들이 알 바 아니었다.

외곽 경비는 언제나 무사들의 몫이었다. 적이 습격해 오면 외곽에서 시간을 끌고, 안쪽에서 고수들은 전열을 가다듬어 반격을 한다는 것이 이 배치의 핵심이었다.

이 진형은 적이 대규모로 쳐들어올 때는 주 전력인 고수들을 보호하고 대응 태세를 갖출 시간을 벌어줄 수 있는 방법이었다. 그런데 이것은 일반적인 무림문파들 간의 싸움에서는 아주 유용한 진이었지만 지금과 같은 경우는 오히려 약점이 노출되고 있었다.

이십 명의 무사들이 경계 초소까지 달려왔을 때는 이미 싸움은 끝난 상태였다. 그 무사들은 바닥에 흩어져 있는 다른 무사들의 시체를 보고 두려운 마음이 들어 주춤거리기 시작했다. 싸움이 시작되자마자 달려왔는데 이미 일이 끝나 있었다.

그런 그들을 삼십 명의 전룡대원들이 덮쳤다. 이십 명의 만사대행문 원정대 무사들도 일단 칼을 들고 저항을 했다. 잠시만 버티면 뒤에서 아군이 몰려올 터였다. 이미 뒤에서 함성 소리들이 들리고 있었다. 그들은 이삼십 명의 적이 전부 무공의 고수, 그것도 무림에 유명한 전투 부대인 전룡대라고는 상상도 하지 못했다. 그저 아주 잠깐만 버티면 된다고 생각했다.

"쳐라!"

스무 명 중에 유일한 고수가 명령을 내렸다.

두 전투 집단이 충돌했다.

만사대행문에 파견된 취인문 무사들의 기대와는 달리, 싸움은 일방적으로 흘렀다.

무사 하나가 사람 장사 하면서 익힌 칼질을 필사적으로 펼쳤다. 그의 검은 한 전룡대원의 급소들을 노리고 어지럽게 휘둘러졌다. 어리숙한 보통 사람은 그 현란한 칼빛에 눈이 현혹되었다가 급소를 당하고 마는 환검술이었다.

물론 일반인이 볼 때나 그랬다. 전룡대원이 보기에는 죽고 싶어 환장한 놈이 파닥이고 있을 뿐이었다. 전룡대원이 검을 뻗어 허공만 열심히 베고 있는 무사의 칼을 세 번 연달아 두들겼다. 검의 속도에서도 정확도에서도 차이가 컸다. 쇳소리가 짧은 간격으로 들리면서 무사의 칼을 든 팔이 바깥쪽으로 쫙 퍼졌다.

그런 그의 열린 가슴으로 전룡대원이 검을 쭉 뻗었다. 직선으로 날아간 검끝이 무사의 심장에 박혔다. 전룡대원이 발로 시체의 몸을 차면서 검을 뽑았다. 검을 한번 흔들어 피를 털어내고 다른 목표를 찾아 고개를 돌렸다.

모든 무사들이 그 무사처럼 몇 번의 칼질만에 당한 것은 아니었다. 원래대로라면 그 이십 명의 무사들은 쫄짜들로만 채워졌어야 했지만 지금은 비상 상황에 경계 강화 상태였다. 고수도 하나 있었고 고수는 아니지만 칼 좀 쓴다는 무사도 둘이나 있었다.

적들 중 유일한 고수에게는 학도림이 달려들었다. 하북 남부의 인신매매 전문 사파인 취인문의 고수는 자신에게 급속히 다가오는 학도림을 향해 검을 뻗었다. 학도림의 신체 요혈 여러 군데를 노리고 그의 검이 어지러이 춤을 추었다. 그 기세가 현란해서 마치 솔잎을 허공에 쫙 뿌리는 듯했다.

학도림의 도가 크게 허공을 가르고 지나갔다. 덤벼들던 날카로운 검끝의 기세들이 그 겨를에 깨끗이 소멸되었다. 작은 여러 번의 공격을 큰 한 번의 수법으로 정리해 버린 한 수였다.

다음은 학도림의 차례였다. 학도림의 도가 그 고수의 검에 비해서 상대적으로 느리고 무겁게 허공을 그었다. 고수는 그 도의 진행 방향이 어디로 바뀔지 알 수 없었다. 고수의 선택은 두 가지가 있었다. 그 도의 궤도에서 벗어나기 위해 뒤로 물러서거나 도의 진로를 일찌감치

가로막는 것이 있었다. 그는 후자를 택했다.

고수의 검이 학도림의 도를 요란하게 두드리기 시작했다. 여러 번의 작은 공격으로 큰 움직임을 봉쇄하려고 했다. 한 점만 집중해서 공격하면 가능한 일이었다. 조금 전에 손해를 본 한 수에 대한 보답이었다.

그러나 학도림의 도법에는 느린 속에 다양한 변화가 숨어 있었다. 고수의 검이 부딪칠 때마다 그의 도는 조금씩 각도를 바꾸었다. 다양한 각도와 상태에서 부딪치다 보니 고수의 검의 힘은 사방으로 분산되어 버렸다.

고수는 기겁을 했다. 죽어라고 저지를 하려고 했지만 도가 다가오는 속도는 조금도 늦어지지 않았다. 가만 있다가는 도를 피할 길이 없어 보였다. 막을 수 없으니 이제 피해야 했다.

그가 두어 걸음 재빨리 뒷걸음질을 쳤다. 도의 기세에서 순간적으로 멀어지는 듯했다. 그리고 바로 그 순간, 학도림의 몸이 화살이 쏘아지듯 앞으로 튀어나갔다. 고수와 학도림의 거리가 순식간에 좁혀졌다. 도의 궤적은 여전히 그대로였다.

고수는 기겁을 했다.

"으헉, 이런 개 같은!"

그가 욕설을 뱉으며 자신의 검을 들어 학도림의 도를 정면으로 막았다. 다른 방법이 없었다.

고수의 검과 학도림의 도가 정식으로 맞부딪쳐 잠시 흐름이 정지되었다. 마치 힘 겨루기를 하는 듯한 형상이었다. 그러나 그 순간은 찰나였다. 검은 그대로 있었지만 도가 갑자기 변화를 일으켰다.

학도림의 도는 고수의 검의 면을 타고 뱀처럼 흐르며 뒤로 돌아갔다. 학도림의 몸도 도를 따라 뒤로 흘렀다. 막아서는 힘이 없어지자 검이 빈 허공을 향해 허무하게 내밀어졌다.

검의 뒤에는 경악으로 눈을 부릅뜬 고수의 가슴이 있었다. 검의 수비를 넘어선 도가 그 가슴을 노리고 화살처럼 뻗었다.

아무리 이런 상황이 됐다고 해도 명색이 고수였다. 딱지 쳐서 따먹은 무공이 아니었다. 고수는 그 급박한 상황에서도 검을 잡은 두 손 중 오른손을 풀었다. 그 손을 뻗어 도를 막으려고 했다. 오른손을 잃더라도 찔러오는 도를 밀쳐 낼 수만 있다면 살 수 있었다. 가만히 있다가는 꼬치구이 신세가 될 판이었다.

학도림의 도가 한 번 더 변화를 일으켰다. 직선으로 덤비던 도가 마지막 순간에 베는 동작으로 다시 바뀌었다. 베려고 하면서 그 날이 급격한 변화를 일으켜 미끄러지며 절삭력을 배가시켰다. 도는 학도림의 내공을 가득 품고 칼날의 날카로움이 극대화되었다.

학도림의 도가 막아서는 고수의 오른팔을 거침없이 잘라 버리고 고수의 가슴까지 가르기 시작했다. 고수가 재빨리 몸을 뒤로 빼던 와중이라 즉사는 면했지만 가슴이 쩍 갈라지며 피를 콸콸 쏟았다. 그리고 그런 고수를 향해 학도림의 도가 반대 방향에서 다시 한 번 둥글게 원을 그리며 움직였다. 고수가 충격으로 정신이 없는 와중에 검을 돌려 그 도를 막으려고 했다. 그러나 이미 중상을 입은 상태에서 필요한 속도를 낼 수 있을 리가 없었다. 학도림의 도가 고수의 가슴을 반대 방향에서 가르고 지나갔다.

이십 명의 외곽 경비 부대에 유일한 고수는 그렇게 목숨을 잃었다. 취인문의 간부로서 인신매매 업무에서 핵심적인 일을 담당하던 자의 최후였다.

그런 그의 시체를 보면서 학도림은 자신의 검술에 다시 한 번 자부심을 느꼈다. 그가 광룡을 만난 건 정말 삼생의 행운이었다.

무사 급에서는 최상위의 실력을 가진 두 명도 특별히 용한 수를 내지 못했다. 일반 무사들 사이에서는 호랑이처럼 날뛰던 그들이었지만 상대는 더 많은 숫자의 고수들이었다. 그들이 칼 좀 쓴다는 것을 눈치 챈 고수들이 여럿이서 동시에 달려들었다.

한 명의 무사는 전룡대원 중 하나의 공격을 두 번이나 성공적으로 막아내었다. 하나하나의 검에 든 위력이 장난이 아니었기 때문에 두 번의 수비를 하는 데 가진 바 능력을 총동원하고 운까지 따라주어야 했다. 하지만 그의 운은 거기까지였다. 그 모습을 본 손이 남는 전룡대원이 곧바로 등을 노리고 검을 뺐었다.

무사는 그 사실을 눈치 채고 몸을 돌려 그 공격을 막으려고 했다. 그러나 앞에서 상대하던 전룡대원이 그러도록 놔둘 리가 없었다. 그의 검은 뒤의 동료와 속도를 맞추어 앞쪽에서 무사를 공격했다.

무사가 약해서가 아니라 전룡대원들이 강해서였다. 그는 양쪽의 공격을 모두 막아보고자 한쪽으로는 검을, 다른 쪽으로는 팔을 뺐었지만 어느 쪽도 성공하지 못했다. 그의 양 겨드랑이를 전룡대원들의 검이 거침없이 뚫고 지나갔다. 양쪽에서 깊숙이 꽂힌 검에 의해서 그의 몸이 빨래줄에 널린 빨래 꼴이 되었다.

실력 좋던 또 하나의 무사는 더 쉽게 목숨을 잃었다. 그는 그나마 대열의 뒤쪽에 있었기 때문에 전투에 참여하는 것이 다소 늦었다. 그리고 그가 싸움에 돌입했을 때는 이미 일반 무사들이 여럿 쓰러진 후였다. 그가 검을 들고 뭘 해보려고 하기도 전에 그에게로 놀고 있던 전룡대원들의 검이 무수히 날아들었다. 그는 보통의 무사들과 다를 것 없이 몸의 급소 여러 곳을 베여 죽었다.

전룡대는 하수라고 해서 널널하게 상대해 주지 않았다. 이번 습격에서 가장 중요한 것은 시간이었다.

취인문의 스무 명의 무사들 중에서 달아난 자는 없었다. 달아나려고 하는 자들은 제법 있었지만 그들은 전룡대원들에 의해서 등에 칼을 맞고 죽었다. 만사대행문은 습격자의 정체를 정확히 몰라야 했다. 혼란에 빠져야 했다. 어둠 속에서 어렴풋이 본 것이 전부여야 했다. 그래서 생존자를 남겨서는 곤란했다. 적어도 오늘은 그랬다.

이십 명이 몰살당하는 데 소모된 시간은 순식간이었다. 이렇게 되면 천막에서 조용히 살해당하나 한번 붙어보고 죽으나 그리 큰 시간 차이가 없었다. 단지 전날에 비해서 소란이 좀 더 요란하게 퍼진다는 것 정도만이 달랐다.

그러나 전투 시간이 짧았다고 해서 어제와 같은 상황으로 이어지지는 않았다. 만사대행문 주도의 칠성표국 정벌대는 고수들을 비상 대기시켜두고 있었다. 만사대행문주 금의기는 만일을 대비해서 이백 명의 고수들 전원을 완전 무장한 상태로 모아놓고 선잠을 자게 했다. 그 고수들은 적의 습격 소식이 전해지자마자 곧바로 잠에서 깨어났다. 그리고 재빨리 전열을 가다듬은 후 일제히 몰려나왔다. 습격해 온 적을 무찌르기 위해서였다.

그러나 그들이 그렇게 최소한의 시간만을 소모하고 전투 장소에 도착했을 때는 이미 전룡대원들은 볼일을 다 보고 한창 후퇴하는 중이었다. 최소한의 전과를 이루고 나서 꽁지가 빠져라 도망치고 있었다.

아무리 압도적인 전력 차이더라도 적이 잡혀야 무찌를 텐데, 만사대행 동맹군은 서른두 구의 시체만 만날 수 있었다.

"이, 이, 이 개새끼들!"

만사대행문주가 분노를 참지 못하고 악을 썼다.

"이 새끼들을 전부 갈아 마시지 못하면 내가 성을 갈겠다."

그가 길길이 날뛰면서 사방으로 검을 휘둘렀다.

"추격해! 뭘 기다리는 거야! 적의 꽁무니라도 쫓아. 한 새끼도 놓치지 마!"

금의기가 고함을 질렀다. 그의 명령에 따라서 이백 명의 고수들이 우르르 몰려 나갔다.

"문주님, 적의 매복을 대비하셔야 합니다."

총관이 다급하게 말했다. 뭔가 수상했다.

"야 이 새끼야, 니 말 듣다가 어제도 저 새끼들 놓쳤잖아! 아가리 닥쳐!"

금의기가 버럭 화를 내며 고함을 질렀다. 총관은 그 소리에 입을 다물어 버렸다. 불안하기는 했지만 확실한 일도 아닌 것에 공연히 자리를 걸고 싶지 않았다. 금의기는 만사대행문의 문주로서 인사권자였다.

달아나는 자들도 쫓는 자들도 모두 무공 고수였다. 일반 무사들끼리의 추격과는 그 움직이는 속도가 달랐다. 어두운 한밤중에 숲으로 둘러싸인 곳을 달리느라 움직임에 제한이 많기는 했다. 그래도 그들은 쑥쑥 잘도 전진했다.

물론 추격대가 고수들이라고 하지만 어려움이 없는 것은 아니었다. 그들은 숫자가 너무 많았다. 이백 명의 부대는 함께 움직여야 했다. 그들 중에는 경공이 상대적으로 약한 자들이 섞여 있었다. 느리다고 떨구고 가다 보면 가장 빠른 몇 명만 앞서게 되는 수가 있었다. 그런 자들은 싸움이 벌어지면 가장 위험했다. 사파의 고수들이 그런 위험을 감수할 리가 없었다. 경공의 고수들도 자연스레 다른 무사들의 수준에 속도를 맞추었다.

전룡대원들은 급속기동으로 적을 타격하는 일이 잦은 돌격대였다. 급속기동 자체를 무척 여러 번 해왔다. 또한 전원이 경공에 조예가 깊은 부대였다.

그래서 추격대와 전룡대 사이의 거리는 점점 멀어졌다. 전룡대는 어느새 추격대의 시야에서 벗어나 버렸다.

추격대의 고수들이 약 반 시진 가량을 죽어라고 달리고 나서야, 그들은 마침내 전룡대의 흔적을 완전히 잃어버렸다. 꽁무니를 못 본 지는 오래였고, 이제 적이 이동한 흔적도 제대로 찾을 수 없었다.

"찾아라, 찾아내! 그 새끼들을 찾아내! 뭐 하는 거야. 왜 정지했어. 달려. 달리란 말야!"

금의기가 악을 바락바락 썼다. 그러나 이미 잃어버린 흔적을 다시 찾을 수는 없었다.

석민은 조심스레 시골 마을의 창고로 다가갔다. 마을 사람들을 전부 이곳에 몰아넣었다는 정보를 원종목에게서 들었다. 그리고 광룡은 그에게 마을 사람 전원의 구출을 지시했다. 일이 시작되면 한가하게 창고나 지킬 놈은 없다는 것이 광룡이 석민을 동원하는 공식적인 이유였다.

석민은 지시받은 대로 조심스레 창고의 문을 열었다. 문이 비틀리는 소리를 내기 시작했다. 석민은 깜짝 놀라 숨을 멈추고 주변을 둘러보았다. 한창 싸움질이 벌어지고 무사들은 모두 싸움터 쪽으로 몰려간 후였다. 광룡의 말대로 싸움터와 반대 방향인 이곳에 관심을 가지는 자는 아무도 없었다.

석민이 다시 문을 조심스럽게 열었다. 소리가 나지 않도록 천천히 하느라 온 신경을 집중했다.

"나리, 무슨 일이십니까?"

어둠 속에서 두려움에 떨며 뭉쳐 있던 오십여 명의 마을 사람들 중에서 촌장이 앞으로 조심스레 나서며 물었다. 촌장의 지위라고 하는 책임감은 이런 순간에 앞으로 나서는 용기를 주는 힘이었다.

"쉿! 구해주러 왔으니까 얼른 좀 나오쇼."

석민이 손가락으로 그 큰 입을 가리며 말했다.

그 말에 마을 사람들의 얼굴에 화색이 돌았다. 어디서 싸움 소리가 나더니 누군가 문을 열고 자신을 도와준다고 했다. 지옥에서 부처님을 만난 것처럼 반가웠다.

"오, 관군이 왔군요. 장군님, 감사합니다. 자, 모두들 장군님 말씀을 잘 들었지? 어서 나오라고."

촌장이 반가움에 조금 큰 소리로 마을 사람들에게 말했다.

"아, 할아버지. 좀 조용히 하라니까."

석민이 화들짝 놀라서 말했다. 자신은 이미 고수이니 무사 몇 정도가 온다면 얼마든지 상대해 줄 수 있겠지만 적들에게는 고수가 득시글거렸고 무사들도 수백 명이었다. 들켰다가는 끝장이었다.

석민의 말에 촌장은 그때서야 깜짝 놀라며 입을 닫았다. 함부로 떠들 상황이 아닌 것을 눈치 챘다.

"어서 나를 따라오라고. 어서."

석민이 손을 흔들며 그들을 불러들였다. 그런 그를 따라 마을 사람들이 우르르 창고에서 빠져나오기 시작했다.

"조용히 따라오슈. 소리 내지 말고."

석민이 마을 사람들을 이끌며 마을 뒷산으로 걸음을 옮겼다. 적이 눈치 채기 전에 산으로 숨어들어야 했다.

"아얏, 으, 으, 우애. 헙."

조그만 꼬맹이 하나가 석민을 따라오다가 돌부리에라도 걸렸는지 털썩 넘어졌다. 금방 그 눈에 눈물이 가득해지면서 울음을 한바탕 울어 제끼려고 했다. 그 작은 입을 솥뚜껑만한 석민의 손이 덥석 막았다.

"꼬맹아, 울면 안 돼. 남자는 함부로 우는 게 아냐. 너 남자잖아. 쪼매만 참아라. 알았지?"

석민이 조심조심 하는 말에 꼬맹이가 고개를 끄덕거렸다.

석민이 조심스럽게 꼬맹이의 입에서 손을 뗐다. 다시 울려고 하면 즉시 막을 생각이었다. 다행히 조용했다.

"아저씨."

꼬맹이가 석민을 불렀다.

"어허. 장군님보고 아저씨라니."

촌장이 화들짝 놀라면서 꼬맹이를 꾸짖었다.

"왜?"

석민이 전혀 개의치 않고 물었다. 어차피 그는 장군이 아니었다.

"나 여잔데 그럼 울어도 돼?"

꼬맹이가 석민에게 궁금하다는 듯이 물었다.

석민이 화들짝 놀라며 꼬맹이를 안아 들었다.

"넌 아저씨가 안고 갈게. 이제 넘어져서 아픈 일은 없을 거야. 그러니까 울지 마. 알았지?"

"응."

꼬맹이가 석민의 옷깃을 꼭 잡고 대답했다. 석민은 그런 꼬맹이를 안고 주변을 두리번거리면서 이동하기 시작했다.

"저 곰탱이가 제법이군."

멀찍이서 석민이 하는 일을 보던 원종목이 중얼거렸다. 그의 옆에 서 있던 수십 명의 전룡대원들도 고개를 끄덕였다. 만약 석민이 일을 그르치면 도와주러 나서려고 대기하던 대원들이었다.

이번 일을 석민에게 맡긴 것은 반드시 그에게 맡겨야만 할 필요성이 있었기 때문이다. 하지만 석민의 평소 성격으로 보아 실수할 가능성이 얼마든지 있었기 때문에 만약을 대비해서 그들이 대기하고 있었다.

마침내 마을 사람들이 뒷산을 타고 깊은 산속으로 숨어들자 석민은 걸음을 멈추었다. 이 정도 움직였으면 충분할 것 같았다.

"자, 여기까지 왔으니 이제 안전할 거요."

석민의 말에 마을 사람들이 넙죽 엎드리며 절을 했다.

"장군님, 감사합니다. 장군님 덕분에 마을 사람들이 목숨을 건졌습니다. 당장은 가진 것이 없으나 이 은혜를 반드시 갚고 싶으니 장군님의 존성대명을 가르쳐 주십시오."

촌장이 간절한 어조로 말했다. 그는 자신들이 죽다 살아났다는 것을 눈치 채고 있었다. 만사대행문주와 총관의 대화를 들었기 때문이다.

"어, 허험. 장군은 무슨. 난 장군이 아니라."

장석민이 대답을 하다가 민택의 말을 곰곰이 떠올려 보았다. 민택은 그에게 마을 사람들을 구조하는 과정에서 광룡 한민택이나 전룡대에 대해서는 일절 발설을 하지 못하도록 지시했었다. 입이 간질거렸다. 잔대가리를 굴리자 광룡의 지시를 비껴가는 좋은 묘안이 머리 속에 떠올랐다.

"본좌는 항.산.적. 장석민이라고 하지. 산동 칠성표국에 있는 무림 고수야."

마을 사람들은 항산적 장석민과 칠성표국을 기억했다. 수백 명의 정체를 알 수 없는 적들 틈에서 그들을 구해준 무림고수였다.

석민의 생각은 민택의 손바닥 안에 있었다.

이백 명이 지친 몸을 이끌고 터벅터벅 야영지까지 돌아왔다.

마을 중턱의 야영지로 돌아온 금의기가 갑자기 쌍검을 뽑아 휘두르기 시작했다. 화려한 그의 검술이 유감없이 펼쳐졌다. 하북에서 유명한 금의기의 쌍검술이었다. 가슴속의 분노를 태워 버리려는 듯, 그의 검은 허공을 빈틈없이 베어갔다. 검술을 한참이나 펼친 후, 그가 한숨을 크게 내쉬었다.

"보초를, 보초를 강화해라! 철저하게 세워! 그놈들이 몽땅 몰려와도 막아설 만큼 보초를 세워라!"

그가 침착한 어조로 말했다. 지친 부하들의 휴식에 관해 조언을 좀 하고 싶었던 총관은 그런 그의 모습을 보고 그냥 입을 다물어 버렸다. 금의기가 저런 모습을 보일 때 모르는 자는 무공으로 스스로의 마음을 다스리는 수양이 깊은 자로 보기도 했다. 하지만 총관은 진실을 알고 있었다. 저건 제 분을 못 이겨 지랄발광을 하다가 그걸 억지로 참고 있는 모습이었다. 저럴 때 잘못 건드리면 시체 치우는 수가 있었다.

"아, 그리고 창고에 가둬놓은 마을 놈들 중에서 여자는 몽땅 끌고 와

라. 남자 놈들은 목을 쳐 버리고. 이제 살려둘 이유가 없잖아."

의기가 생각난 듯이 말했다. 비밀 유지를 위해서 몰살시키려고 하던 마을 사람들이었다. 조금 빨라졌다고 해서 문제될 것은 없었다. 부하들의 사기도 안 좋은데 여자들이라도 던져 주려고 했다.

물론 창고는 텅 비어 있었다.

第四章

넷째 날 밤의 보초 숫자는 각각의 초소에 여덟 명씩 배당되었다. 이십 개의 초소에 총 백육십 명이었다. 단순히 숫자만 늘어난 것이 아니었다. 각 초소에는 두 명씩의 고수들이 배치되어 있었다. 또한 야영지 전체도 작게 만들어 적이 습격해 오면 즉시 대응하기 좋게 만들었다. 모든 고수들은 적이 습격해 오면 즉시 반격할 수 있는 몇 개의 기동 부대에 편성되어 있었다. 낮의 행군으로 모두 피곤에 지쳐 있었지만 잠을 자는 사람은 아무도 없었다. 근무 교대를 하고 본대로 돌아간 후에도 잠들지 않았다. 어차피 오늘 밤에 또다시 습격이 있을 거라고 모두 믿고 있었다.

"제발 내 쪽으로 와라. 아주 아작을 내줄 테니까."

도둑이나 강도들이 훔쳐 온 장물 처리를 주로 하는 활용문의 고수

하나가 검날을 흰 천으로 닦으면서 말했다. 그의 문파인 활용문은 규모가 아주 작은 사파로, 문파를 탈탈 털어도 고수라고는 문주와 그까지 단둘뿐인 곳이었다. 고수들이 득시글거리는 이곳에서 그동안 기도 못 펴고 지냈었다. 그러니 이번에 공을 좀 세워서 이름을 날리고 싶었다.

"대인, 그러다가 진짜로 올까 봐 두렵습니다."

그의 직속 부하 무사 하나가 조심스럽게 말을 건넸다. 암시장에서 장사를 하는 장물 처리 담당의 무사였다.

"오면? 오면 어떻다는 말이냐? 너 지금 나를 뭘로 보는 게냐? 내가 그놈들 정도를 막아내지 못할 것 같으냐? 내 뒤에는 이백 명의 고수들이 기다리고 있다. 이번에 오는 놈들, 내가 덫으로 끌어들여 주마. 꼭 물고 놔주지 않을 테다."

그가 단호하게 말했다. 그 결심이 너무 단호해 보여 무사는 걱정이 들었다.

"대인, 우리 활용문은 작습니다. 우리가 언제 이런 치열한 싸움을 했다고 그러십니까? 우리는 그저 암시장에 말썽 부리는 놈들이나 혼내주면서 살아가면 그만 아니겠습니까? 충분히 등 따시고 배부릅니다."

그가 상관을 설득해 보려고 했다.

"문주님도 그렇지만 우리 활용문은 그 생각이 문제야. 우리가 언제까지나 그러고 살려는 거냐? 나는 이제 암시장의 기도 노릇하기가 지겨워졌다. 말이 좋아 경비대장이지 결국 도둑놈들 뒤나 봐주는 것 아니냐. 큰물에서 놀자. 우리 활용문도 큰물로 가야 한다. 맨날 남이 훔쳐 오는 것 받아먹는 것에서 좀 벗어나 보자. 이젠 우리가 직접 물량을 확보해야 한단 말이다. 돈 많은 놈들 것을 우리가 직접 빼앗아오자는 말이다. 그렇게 하면 수익이 얼마나 대단하겠냐? 만사대행문이 흘리는 떡고물 주워먹는 것과 비교가 되겠느냐? 그러려면 쓸 만한 놈들이 더 필요하다. 힘이 필요하단 말이다. 힘을 모으는 데는 명성만큼 좋은 미끼가 없다. 우리 활용문을 위해서 나는 명성이 필요하다."

그가 일장 연설을 했다. 그는 활용문이 장물 처리나 하는 좀도둑 뒷바라지가 아니라 직접 도둑질과 강도질을 하는 큰 규모의 사파가 되기를 바랐다.

"헛, 와, 왔다!"

다른 보초 무사 하나가 다급하게 외치는 소리가 들렸다. 일장 연설을 하던 고수가 그쪽을 돌아보니 십여 명의 무사들이 그들의 경계 초소로 달려드는 것이 발견되었다.

"아, 그러게 재수없을까 봐 말렸더니."

처음에 고수를 말리던 활용문의 무사가 눈물을 글썽거리면서 검자루를 꼭 쥐었다.

"시끄럽다, 이놈아. 적이다! 적이 나타났다. 모두 대비하라! 이놈들! 얼마든지 와라. 내가 다 상대해 주마!"

활용문의 고수가 고함을 질렀다. 덤벼드는 적을 위협하기 위함이기도 했고 아군에게 적이 나타났음을 알리기 위해서기도 했다. 활용문의 입장에서는 아군이 빨리 와야 했다. 습격해 오는 자들과 그들은 숫자가 비슷했지만, 지난 사흘간의 일을 보면 쉽게 막을 수 있을 만한 적이 아님을 알 수 있었다. 적들 중에 고수의 숫자가 얼마나 섞여 있을지 알수 없었다.

두 명의 고수가 섞여 있는 여덟 명짜리 초소는 이전과 비교해서 확실히 만만치가 않았다. 고수들은 싸움에 임해서는 당연히 자기의 몫을 했다. 달리 고수가 아니었다. 그들은 자신들이 상대하는 전룡대원들의 공격을 침착하게 막아가며 시간을 끌었다. 적을 조금도 경시하지 않았으며 싸움을 이기려는 것보다 자신의 몸을 지키는 데 최선을 다했다. 지금은 시간을 끄는 게 장땡이었다. 쉽게 결판이 나지 않았다.

하수들도 필사적으로 버텼다. 그들은 검 하나하나에 목숨을 걸고 휘둘렀다. 아차 하면 죽는다는 생각이 머리 속에 가득했다. 그들도 수비에만 최선을 다했다. 조금도 욕심을 부리지 않았다.

전룡대원 중 하나의 검이 활용문 고수를 노리고 들어왔다. 고수가 보기에 이 습격자의 검끝이 제법 흔들리는 것이 녹녹치 않아 보였다. 막무가내로 흔드는 검이야 아무나 할 수 있지만 이렇게 살아 움직이는 검끝은 그만한 실력이 받쳐 주어야 가능했다. 그는 이 습격자가 환검 계열의 무공을 익힌 것으로 판단했다. 그러나 환검이든 막검이든 중요한 건 그 경지였다.

활용문의 고수는 어수룩하지 않았다. 검을 무겁게 휘둘러 환검의 면을 한번 강하게 두들겨 줌으로써 그 변화를 깨버렸다. 전룡대원의 검이 다시 크게 빙글 돌더니 독사가 독니를 박듯이 직선을 그리며 매섭게 달려들었다. 고수가 자신의 앞쪽으로 검을 맹렬히 휘저어 그 공격을 방해했다. 그것만으로 안심이 되지 않아 두어 걸음 뒤로 물러섰다.

싸움의 흐름이 잠시 끊어졌다. 그 고수는 곧바로 반격을 위해 몸을 앞으로 던지며 검을 쭉 뻗었다. 이번에는 전룡대원이 그 공격을 흔들리는 검으로 여러 차례 두들겨 위력을 해소시키면서 뒤로 물러섰다. 잠시의 공방 이후로 둘은 서로를 노려보았다.

고수는 상대의 실력이 만만치 않다고 느꼈다. 이건 금방 결판이 날

만한 상대가 아니었다. 그럼 다행이었다. 시간은 자신들의 편이었다. 그들의 뒤에는 이백 명의 고수들과 사백 명이 넘는 무사들이 있었다. 그들이 달려오고 있었다.

그렇게 여덟 명의 보초들은 필사적으로 버텼다. 그들에게는 무척 긴 시간이, 그러나 실제로는 아주 잠깐의 시간이 흘렀다.

그런 전투가 서로 인접한 초소 세 군데에서 동시에 벌어졌다. 각각의 초소에 열 명씩, 총 삼십 명의 전룡대원들이 습격해 왔다. 세 곳 모두 전룡대원들의 습격을 견디며 목숨을 부지하는 데 최선을 다하는 상황이 벌어지고 있었다.

"우리가 간다! 조금만 더 버텨라!"

보초들의 뒤쪽에서 응원하는 고함 소리가 들렸다. 소리가 웅웅거리며 퍼지는 것으로 보아 고수가 지른 고함이라는 것을 알 수 있었다. 한 무더기의 고수들이 검을 뽑고 달려오고 있었다. 활용문에게는 구세주였다.

그리고 그 소리가 신호가 되었다. 칼을 맞대고 열심히 싸우는 것처럼 보이던 전룡대원들이 일제히 후퇴를 시작했다. 그들은 꽁지가 빠져라 달아났다.

"어디를 달아나느냐! 내 칼이 너희들의 피를 바란다. 목을 바쳐라. 으하하하!"

기가 잔뜩 살아난 활용문의 고수가 호탕하게 외쳤다. 앞장서서 전룡대원들을 추격하기 시작했다. 목숨도 건졌고 명성도 코앞이었다. 그의 옆으로 후방에서 지원온 고수들이 우르르 따라붙었다.

보초를 서던 무사들은 그 대열에 동참하지 않았다. 어차피 그들의 속도로는 쫓아도 따라잡기 힘들었다. 하지만 더 큰 이유는 그들이 방금 전투에서 큰 공포를 느꼈기 때문이었다. 그들은 어떻게 한 목숨 건지기는 했지만 전룡대원들과 몇 번 검을 섞으면서 압도적인 실력 차를 느꼈다. 살아남은 것이 기적이라고 생각하고 있었다.

전룡대원들은 총 삼십 명이 동원되었다. 그리고 그들은 보초들에게 별다른 피해를 입히지 못하고 도주하고 있었다. 그런 그들을 신나게 쫓는 숫자는 고수만 백오십 명이었다. 보초에 포함된 사십여 명의 고수들을 포함해서 약 오십여 명만이 본대에 남았다. 만약을 대비해서였다. 나머지 모든 고수들은 기동타격대로 동원되어 추격전에 나섰다.

추격하는 그들은 고수들이 둘씩 섞인 여덟 명의 무사들이 습격을 막아내는 것을 보았다. 양측의 격돌을 제대로 본 것은 이번이 처음이었다. 상대할 만한 놈들이라는 생각에 그들은 한껏 사기가 올랐다. 지난 며칠간의 복수를 화끈하게 해주겠다며 다들 이를 갈고 달렸다.

전룡대원들은 삼십 명의 인원을 그대로 유지하면서 달아나지는 않았다. 어느 정도 달아난 후에 그들은 열다섯씩 두 무리로 나뉘어졌다. 그리고는 서로 다른 방향으로 달아나기 시작했다. 저 멀리서 전룡대원들이 갈라지는 모습이 추격자들에게 보였다.

"문주님, 놈들이 두 방향으로 달아나고 있습니다."

총관이 다급하게 말했다.

"뭐가 걱정이냐. 둘로 나눠서 추격해라!"

금의기가 눈을 부라리며 외쳤다.

"하지만 그렇게 하면 우리의 전력도 나뉩니다. 적의 매복이 있다면."

"닥쳐, 이 새꺄. 니 말 듣다가 지난번에도 놓쳤잖아! 놈들은 칠성표국 놈들이다. 고수가 딱 삼십 명이 있는 놈들이라고. 저기 그놈들이 다 몰려왔는데 무슨 매복이 있어? 우리는 백오십 명이다. 반씩 나눠도 칠십오 명씩이야. 나눠서 추격한다. 한 마리도 놓치지 마라!"

금의기가 모두가 들을 수 있도록 큰 소리로 명령을 내렸다. 추격자들도 자신감에 넘쳐 있었다. 적이 열다섯씩으로 나뉘었다. 자신들은 칠십오 명씩으로 나눈다면 인원 비율은 여전히 다섯 배였다. 상관없었다.

"한 마리라도 놓치는 새끼들은 죽을 줄 알아라!"

금의기가 다시 한 번 명령을 내리며 한쪽의 전룡대원들을 추격했다. 그런 그의 뒤로 칠십여 명의 고수들이 우르르 쫓아갔다.

함부로 튀어나갔다가 공격받을 위험을 피하기 위해서 압도적인 병력의 추격자인 만사대행문 칠성표국 원정대는 잘 무리지어서 움직이고 있었다.

한참을 더 추격을 하자 전룡대원들과의 거리가 조금씩 가까워졌다. 조금만 더 하면 잡을 수 있을 것 같았다. 금의기가 그런 생각을 할 때 열다섯의 전룡대원들이 다시 다섯씩 세 무리로 나뉘어져 다른 길로 달아나기 시작했다.

"이 새끼들이 어디서 얕은 수를 부리고! 우리도 셋으로 나눈다. 한 새끼도 놓치지 말고 몽땅 잡아!"

금의기가 고함을 버럭 질렀다. 흩어지는 적을 모조리 추격해야 몇 놈 놓쳐도 나머지를 건질 수 있다고 생각했다. 그가 직접 한 무리를 이끌고 전룡대원들의 뒤를 추격했다.

그가 스물다섯 명의 고수들을 끌고 적을 추격하자 이제까지 조금씩 가까워지던 전룡대원들과의 거리가 다시 멀어지기 시작했다. 그는 답답했다. 거의 다 잡은 것 같은 적이었는데 놓칠지 모른다는 불안감이 슬금슬금 들기 시작했다.

부하들을 버려두고 혼자 튀어나갈까 잠깐 고민해 보았다. 그러나 그 생각은 떠오름과 동시에 머리에서 털어버렸다. 아무리 자기가 고수라고는 하지만, 그리고 상대가 어지간한 놈들이라도 다섯 놈 정도를 상대 못할 건 없었지만 혼자서는 뭔가 찜찜했다. 총관이 계속 매복 이야기를 하던 것이 떠올랐다.

저놈들이 문주인 자신을 노리고 이런 꿍꿍이를 벌이고 있는 것인지 모른다는 생각이 들었다. 어디선가 칠성표국의 나머지 표사들이 몽땅 숨어 있을지도 몰랐다. 그 정도라면 그 혼자서는 감당하기 힘들었다. 그런 생각 때문에 그는 대열을 이탈하지 못하고 있었다.

달아나는 기술에 대해서는 달인의 경지에 이른 전룡대원들은 그런 식으로 그의 시야에서 점점 사라져 갔다. 깊은 밤의 숲 속에서 일단 거리가 멀어지기 시작하자 시야에서 사라지는 것은 순식간이었다.

금의기의 추격대만이 그런 것이 아니었다. 다른 추격대도 모두 전룡대원들을 놓치고 있었다. 단 한 군데만이 예외였다.

숲 속의 분지 한 군데에서 다섯 명의 전룡대원들이 도주를 멈추고 검을 세워 그들을 기다렸다. 스물다섯 명의 추격자들이 그들을 쫓아왔다.

"헉. 헉. 이 새끼들, 더럽게 빠르네."

"그래도, 헉. 니들은, 헉, 이제 다, 헉, 죽었다."

스물다섯 명의 고수들이 비록 경공을 펼쳐 추격을 했다고는 하지만, 막대한 내공 소모와 체력 소모를 피할 수는 없었다. 특히 숲의 나무들을 피해 어지러이 추격해야 했기 때문에 내공 소모가 더 심했다. 그들은 모두 꽤나 지쳐 버렸다.

도주하던 다섯 명들 중 넷도 조금쯤은 지쳐 보였다. 그들의 입에서도 약간은 거친 숨소리가 새어 나왔다. 아무리 전룡대원들이라고 해도 이만한 추격전은 체력과 내공에 조금 부담을 주었다.

그들 스물다섯 명의 고수들 중 가장 무공이 강한 자가 먼저 몸을 진정시켰다.

"후우, 자, 어느 놈부터 나의 칼을 받을 테냐?"

숨을 한번 고르고는 앞으로 나서며 물었다.

"나야."

누군가가 대답을 하자 그가 뒤로 휙 돌아섰다. 목소리는 그의 등 뒤 방향에서 들렸었다.

정신없이 쫓아오느라 미처 몰랐다. 암습에도 일가견이 있는 전룡대원들이 매복해 있다가 은밀히 접근했다. 그들이 정체를 드러냈다. 그들 스물다섯을 오십여 명의 병력이 포위하고 있었다. 딱 두 배의 숫자였다. 그들이 쫓던 다섯 명을 더하면 두 배가 넘는 병력 차이였다.

"이놈들! 우리가 누군 줄 알고 이런 수작을 부리는 것이냐!"

사내가 고함을 질렀다. 뭔가 느낌이 안 좋았다.

"시끄럽구나. 죽을 놈에 대해서 자세히 알고 싶지 않다."

포위한 전룡대원들 중 하나가 대답하며 슬슬 걸어왔다. 그를 따라 나머지 대원들도 무기를 들고 다가왔다.

"겁먹을 것 없다. 저놈들 중에 고수는 이미 사방으로 흩어졌다. 나머지는 일개 표사 놈들이다. 단번에 쓸어버리자!"

그 고수가 다른 동료들의 사기를 생각해서 외쳤다. 본능은 달아나라고 경고를 하지만 다른 방법은 없었다.

"그거야 시험해 보면 알겠지."

광룡이 말했다. 그 고수의 몸이 다시 광룡 쪽으로 돌아섰다.

삼십 명을 이끈 것도 광룡이었고, 그중에 목표한 추격자들을 끌고 매복 지점까지 온 것도 광룡이었다. 적을 여섯으로 쪼개고, 매복한 곳으로 처리하기 적당한 숫자의 적을 이끄는 것이 광룡의 목적이었다.

그가 적을 매복지로 직접 끌고 온 이유는 간단했다. 최강의 전력인 그가 실제로 전투가 벌어질 장소에 있어야 만약의 사태를 막을 수 있었다.

광룡이 천천히 다가오기 시작했다. 바깥을 포위한 전룡대원들이 포위망을 바짝 조였다.

"기회는 한 번이다. 살겠느냐?"

광룡이 물었다.

"개소리 마라!"

그 고수가 호기롭게 외쳤다. 고수의 체면이 있지 순순히 목숨을 구걸할 수는 없었다.

"알았다."

광룡이 짧게 대답하며 발로 땅을 박찼다. 그의 몸이 스물다섯 고수들 쪽으로 곧장 날아갔다. 전룡대원들은 포위망을 더욱 바짝 조였다.

고수들 사이로 광룡이 달려들자 그의 경공에 놀란 만사대행문 고수들이 기겁을 했다. 예사 솜씨가 아닌 것을 알 수 있었다. 오늘 일에는 길보다 흉이 많을 것 같았다.

광룡이 도를 슥 내밀었다. 그의 도의 앞에 서 있던 두 명의 고수들은 이것이 무슨 초식인지 몰라 잔뜩 경계하며 좌우로 몸을 피했다. 그 사이로 광룡이 끼어들었다. 그의 왼손이 물러선 고수의 얼굴을 노리고 주먹을 쥐며 날아갔다. 그 고수는 한 걸음 더 물러섰다. 뭔지 알 수 없는 강한 기세가 광룡에게서 풍겨왔다. 일단 피해야 한다고 생각했다.

그와의 거리를 벌린 광룡의 도가 오른쪽 사내의 몸을 옆으로 그었다. 사내는 자신의 검을 세워 그 도를 막았다.

쇠가 깨질 듯한 소음과 함께 고수가 두어 걸음 뒤로 물러섰다. 광룡의 도에 담긴 기세를 제대로 감당하지 못했기 때문이었다. 그 기운을 해소시키기 위해서는 뒤로 물러서야 했다.

광룡이 다시 앞으로 걸어갔다. 그가 주먹을 뻗고 검을 뻗을 때마다 앞을 막고 있는 고수들이 버티지 못하고 옆으로 갈라섰다.

그렇게 몇 번을 하고 나자 이십오 명의 고수들은 두 무리로 나뉘기 시작했다. 모여 있어도 위험한 상황에서 분산된다면 죽음뿐이었다.

사실 광룡을 좀 괜찮은 일개 고수로 본 그들은 그 하나가 들어와서 설쳐도 크게 걱정하지는 않았다. 나머지 오십여 명에게 더 신경을 쓰고 있었다. 그리고 광룡이 일행의 중심으로 들어온 후에야 그들은 뭔가 잘못됐다는 것을 느꼈다. 조금 이상했지만 어쨌든 안팎으로 포위된 상황이었다.

"계략이다. 쳐라!"

고수 하나가 고함을 쳤다. 그 소리에 오히려 외곽을 포위하고 있던 오십여 명의 전룡대원들이 그들을 습격했다. 그리고 광룡이 도를 들었다.

광룡은 싸움의 중심에 있었다. 바깥에서는 더 실력이 좋은 고수들이 두 배의 숫자로 공격해 들어왔고, 안쪽에서는 절대고수 광룡이 속을 두들겼다.

광룡이 어쩔 줄 몰라 하고 있는 고수 하나를 큰 동작으로 베었다. 공격받은 고수는 내공을 잔뜩 끌어올린 상태로 검을 들어 도를 막아섰다. 가볍게 상대할 수 없다는 것 정도는 눈치 채고 있었다.

도와 검이 요란하게 부딪쳤다. 고수는 광룡의 도를 막고 힘을 죽여라 쓰기 시작했다. 도를 타고 밀려오는 경력이 장난이 아니었다. 막아내는 것에만 전력을 기울여야 했다.

광룡이 도를 조금 뉘며 고수의 검의 경로를 이끌었다. 검을 죽어라고 밀며 용을 쓰던 고수는 갑자기 사라지는 저항에 놀라 급히 팔을 당기려고 했다. 그러나 광룡의 도의 옆면이 그런 검의 옆면을 부드럽게 누르면서 끌어당겼다.

고수는 검이 끌려가는 느낌이 들었다. 검을 놓을 수는 없었다. 당황하며 검을 따라 한 걸음 앞으로 내디뎠다. 그 와중에서도 눈은 광룡을 똑바로 노려보고 있었다. 적을 시야에서 놓치면 죽는다고 배웠다.

부릅뜬 그의 시야로 광룡의 주먹이 크게 다가왔다. 광룡은 오른발은 그대로 두고 왼발로 한 걸음 앞으로 디디면서 왼쪽 주먹을 뻗었다. 그의 주먹이 직선으로 날아가 고수의 얼굴을 직격했다. 고수는 피할 수가 없었다. 이것은 총표두 일수삼검 강대영에게서 십 년 전에 전수받았던 권법 중 하나였다. 강대영이 보조 수단으로 익히고 있던 무공이니 그것이 무슨 대단한 신공은 아니었다. 하지만 그 주먹을 받치는 허리와 다리에는 일보경혼의 오의가 녹아 있었다. 하나의 무공이 높은 경지에 이르면 다른 무공의 수준도 끌어올리는 법이었다.

주먹이 얼굴을 가격했다.

뼈와 살이 튀며 고수의 얼굴이 박살났다. 그 주먹질 한 번에 얼굴이 함몰되며 일 장여를 날아갔다.

그 모습을 본 고수 두 명이 기겁을 했다. 가만둬서는 안 될 것 같아 둘이서 동시에 검으로 광룡을 공격했다. 광룡이 몸을 빙글 회전시키며 폭풍 같은 기세로 허공을 베었다. 두 자루의 검을 그의 도가 한 번의 움직임으로 연달아 후려쳤다. 고수 둘은 손이 울리는 충격을 겨우 감당하며 한 걸음씩 물러섰다.

평소에는 각종 범죄에서 날리는 실력을 보여주던 사파의 고수들이었지만 광룡이 그 속에 끼어들자 늑대를 만난 양 떼처럼 무력해졌다.

물론 그들 스물다섯이 죽을 각오로 광룡과 일전을 벌였다면 이야기는 그렇게 순조롭게 흐르지 않을 수 있었다. 스물다섯의 고수가 포위한 채로 동시에 달려드는 위력은 한 명이 감당하기 어려운 것이었다.

그러나 지금 그들의 바깥쪽에는 오십여 명의 전룡대원이 있었다. 실전으로 단련된 고수인 전룡대원들이었다. 스물다섯의 사파고수들이 광룡 하나만을 상대할 수 있는 상황이 아니었다. 반대로 스물다섯으로 외곽의 고수들을 상대하기도 버거웠는데 내부에서는 광룡이 설쳐 대고 있어서 수비에 집중할 수가 없었다.

이래서야 만사대행문 고수들이 이길 수가 없었다. 안팎으로 적을 상대해야 했다. 이런 경험은 처음이었다. 등 뒤에는 단 한 명뿐이었지만 안심할 수 없었고, 앞으로는 수많은 칼들이 날아오고 있었다. 그 칼들 중에 우습게 볼 수 있는 것은 하나도 없었다.

전룡대원들은 최대한 자신들의 안위를 생각하면서 검을 휘둘렀다.

그들은 어차피 만사대행문의 추격자들보다 더 숫자가 많았다. 수적 우위를 확보하기 위해서 수고를 감수하며 이런 짓을 벌였다. 게다가 더 고수였다. 적은 잔뜩 지친 상태였고 자신들은 충분히 쉬었다. 여러 가지 조건에서 그들이 압도적으로 유리했다. 성급하게 나설 필요도 없었고 시간도 많았다. 다른 적들은 동료들이 멀찌감치 떨어뜨려 놨다.

전룡대는 발이 빨랐다. 전룡대의 전법들 중에는 기동력에 의한 것이 많았으므로 당연히 발이 빨라야만 살아남을 수 있었다. 만사대행문에서 특별히 발빠른 몇 놈이 따로 추격해 온다면 모를까, 각각 스물다섯씩이나 되는 놈들이 몰려다니는 주제에 달아나는 전룡대를 잡을 수는 없었다.

전룡대원들이 시간을 끌면서 바깥의 고수들을 하나씩 제거하면 안쪽에서는 광룡이 양 떼 속의 늑대처럼 날뛰었다.

전룡대원들은 광룡을 믿었다. 광룡 혼자도 아니고 자신들이 이렇게 같이 싸우고 있었다. 광룡을 요런 한 줌의 잡고수들이 어떻게 할 수 있으리라고 감히 상상도 하지 않았다.

그렇게 치열한 전투가 흐르면서 만사대행문의 고수들은 하나씩 도륙되었다. 최대한 피해없이 처리하려는 외곽의 전룡대와 안에서 날뛰는 광룡의 능력이 어우러져서, 그들은 아무 피해 없이 싸움을 끝내가고 있었다.

마침내 마지막 고수가 전룡대원들의 검 세례를 맞고 죽은 후, 시체 조각들이 쌓여 있는 전장의 옆에 전룡대원들이 모여들었다.

"다친 놈은 없느냐?"

광룡이 혹시나 하는 마음에 물었다. 겨우 사파의 악당 스물다섯 놈 정도를 죽이는 데 중상자가 나온다면 전룡대의 손해였다. 광룡의 가치 기준으로는 그랬다.

"이 정도로 다친다면 전룡대라고 할 수 없죠."

"그런 바보 자식이 있다면 상처를 콱 째버려야지요."

무사히 끝난 전투 후에 전룡대원들이 서로 농담을 했다.

"돌아가자. 아직 할 일이 많지 않느냐? 내일 싸움에 대비해야지."

광룡이 말했다. 만사대행문을 이 정도로 용서해 줄 수는 없었다. 전룡대를 건드린 대가는 컸다. 어차피 사라져야 하는 악이었다.

"옛!"

전룡대원들이 광룡에게 대답하며 그의 뒤를 따랐다. 이제 약속된 지점에서 다른 대원들과 합류하고 만사대행문보다 먼저 이동하여 휴식도 취해야 했다.

"뭐야? 스물다섯이나 돌아오지 않았다고?"

"예, 문주님. 아무래도 좋지 않은 일이 생긴 것 같습니다."

"다 죽은 거냐?"

"정황으로 볼 때, 그럴 가능성이 높습니다."

"믿을 수가 없구나, 믿을 수가 없어. 표국 하나에게 고수 스물다섯이 몰살당하다니. 한 놈도 도망 오지 못하고 모두 당하다니. 믿을 수가 없다. 이건 사기야!"

그가 주먹을 꽉 쥐고 하늘을 향해 외쳤다.

"그럴 리가 없어. 왜 돌아오지 않아! 도망간 거냐? 엉?"

갑자기 금의기가 총관의 멱살까지 잡고 고함을 질러댔다.

"컥, 문주님. 아마도 당한 것이 아닐까 합니다."

총관이 숨이 막히면서도 자기 의견을 말했다. 금의기가 그런 총관을 내팽개쳤다.

"말도 안 돼. 스물다섯이 몽땅 당하다니, 그들은 모두 다 고수란 말이다. 고수는 쉽게 당하지 않는다. 당장 전장 한복판에 떨궈도 목숨은 건져서 도망 올 수 있는 놈들이란 말이다. 그런데 다 당하다니. 그럴 리가 없다, 그럴 리가 없어. 달아난 거야. 이 새끼들이 전부 달아난 거야. 달아난 거야아아!"

금의기가 악을 써댔다. 총관도 뭐라고 말을 붙이지 못했다. 스물다섯의 고수들이 증발한 것은 총관에게도 충격이었다. 이러다가 다른 일자리를 알아봐야 하는 것 아니냐는 생각이 조금씩 들었다.

"전진, 전진이다. 이까짓 거, 전진만이 살길이다. 가자. 어서 곡부로 가서 칠성표국을 몰살시키자."

금의기가 고집을 부렸다. 부하들은 따르는 수밖에 없었다.

만사대행문은 갈 길이 멀었다. 적의 습격을 피하려면 가능한 한 빨리 전진해서 적의 본거지를 쳐야 한다는 것이 금의기의 주장이었다. 그들은 낮에는 제대로 쉬지 않고 행군을 했다.

이 정도면 비밀 이동은 이미 물 건너간 후였지만 금의기는 그대로 가급적이면 사람들의 눈에 뜨이지 않기를 바랐다. 싸움을 시작하기도 전에 이렇게 많은 피해를 본 것이 창피했기 때문이었다. 또한 그의 생각으로는 이 싸움에서 이기는 최고의 방법은 밤마다 달려드는 모기 같은 놈들을 무시하고 적의 본거지를 쳐 버리는 것이었기 때문이다. 그러려면 가능한 한 열심히 이동해야 했다.

그렇게 이동했으니 밤이 될 때 마땅한 마을에 딱 떨어지게 도착할 리가 없었다. 애초의 행군 경로 자체가 사람들이 사는 곳을 피하도록 짜여져 있었다. 결국 노숙을 해야 했다. 총관은 어디 마을이라도 찾아서 하룻밤 쉬어 가자고 하고 싶었지만 금의기의 서슬 퍼런 모습에 입을 닫아버렸다. 그리고 마을에서 쉰다고 해서 안전하다는 보장도 없었다. 지난번의 경험으로 볼 때, 자고 있는 집을 불 질러 버리지나 않으면 다행이었다.

그렇다고 큰 도시로 들어가기도 곤란했다. 칠백 명, 이제 백여 명이 죽어서 육백여 명이 도시 하나에 몰려가면 여러 가지로 괴로워졌다. 그 지역의 문파들, 특히 정파들에서 의도를 잘못 이해하고 전력을 모아 공격해 오려고 할지도 몰랐다. 지금 쫓아오는 놈들도 버거운데 그런 놈들까지 일일이 상대하면 끝장이었다.

다섯째 날 밤은, 금의기의 명령에 의해서 전 부대가 잠을 자지 않고 주둔지를 지켰다. 따로 보초를 두지 않고 육백여 명 전원이 보초를 섰다.

무사들도 특별히 불만을 표하지는 않았다. 단 며칠 만에 일곱 중 하나가 죽었다. 언제 자기 차례가 될지 몰랐다. 피곤해 죽겠지만 눈을 부릅뜨고, 동료가 졸면 두들겨 패서라도 깨웠다. 새벽쯤이 되니 모두 눈이 시뻘게져서 제정신들이 아니었다.

"진작에 이랬어야 했다. 진작에 이랬어야 했어."

만사대행문주도 눈이 벌겋게 되서 중얼거렸다. 그는 다른 부하들보다는 좀 더 많이 잤고, 또 더 내공이 높았지만 그래도 피곤을 느끼고 있었다.

"문주님, 하지만 계속 이렇게 하면 무사들의 피로가 너무 심해집니다."

총관이 의무감을 가지고 다시 한 번 더 충고를 했다. 배고픈 병사나 지친 병사는 제대로 싸울 수 없는 법이었다.

"시끄럽다. 그럼 곡부에 도착하기도 전에 한 줌씩 뜯어먹히란 말이냐?"

금의기가 짜증을 냈다. 며칠간의 습격으로 인해서 화가 잔뜩 난 금의기였다. 이제 총관이 무슨 말을 하든 듣기 싫었다.

"그런 것은 아니지만 무사들도 좀 쉬어야 하지 않을까 해서 드린 말씀입니다."

총관은 변명이 필요했다. 이만한 직장은 없었다.

"닥쳐라. 휴식은 적을 무찌르고 한다."

분노에 잠식당한 만사대행문주가 또다시 호통을 쳤다. 계속 안 된다는 말만 하는 총관을 보고 화를 냈다.

"한계에 온 것 같습니다."

원종목이 광룡에게 말했다.

"많이 지쳤겠지?"

광룡이 멀찍이서 만사대행문의 야영지를 바라보면서 말했다.

"그렇습니다. 지난 며칠 동안 제대로 잠을 잔 자가 많지 않아 보입니다. 현재 절반의 병력이 동시에 경비를 서고 있고, 나머지 절반도 제대로 잠을 자지 않고 뭉쳐 있습니다. 전원이 전투 준비 상태입니다. 그럼에도 불구하고 졸고 있는 자들이 곳곳에 보입니다. 체력의 한계에 온 자들입니다."

"예상대로 진행되는구나."

"오늘쯤에 하는 게 어떨까요?"

광룡의 옆에서 야영지를 보고 있던 학도림이 물었다.

"확실한 것이 좋겠지. 아직은 조금 이르다. 서두름은 곧 경솔함이다. 경솔함은 피를 먹는다. 우리는 급할 것이 없다. 그리고 섭병삼이 돌아오기 전에 일이 끝나서도 곤란하다. 그러니까."

광룡이 고개를 가볍게 흔들며 말을 이었다.

"오늘은 놈들에게 확신을 준다."

광룡이 기분 좋은 듯이 말했다. 그 모습을 보던 학도림은 문득 만사대행문 놈들이 조금 불쌍하게 느껴졌다. 그리고 곧바로 그런 생각을 털어버렸다. 전장에서 동정은 사치였다. 전장의 동정은 주인을 무는 독니를 가지고 있었다.

만사대행문 경계조는 이제 대폭 개편되어 있었다. 네 방향을 지키는 백여 명 단위의 네 부대와 중앙에서 대기하고 있던 이백여 명의 본진으로 재편성되었다.

보유 고수들의 상당수가 최외곽에 배치되어 있었고, 그들을 보좌하는 개념으로 일반 무사들을 뿌려놓고 있었다. 내곽에는 전투 준비를 완료한 상태로 병력들이 대기하고 있었다. 물론 내곽은 꾸벅꾸벅 조는 자들도 종종 있었지만 대부분은 눈을 뜨고 있었다. 지난 며칠간 죽은 사람들 숫자가 상당했다. 생명의 위협을 느끼는 상황이었다. 감기는 눈을 억지로 뜨고 있었다.

"뭔가 온다!"

최외곽을 지키던 고수 하나가 조금 큰 소리로 말했다. 그의 앞에 삼십 명의 전룡대원들이 무기를 들고 나타났다.

"놈들이다! 쳐라!"

그 방향을 지키던 고수 하나가 큰 소리로 명령을 내렸다. 적의 주력이 나타났다. 만사대행문 쪽은 잔뜩 대비가 되어 있었다. 이 지긋지긋한 습격을 종결시켜 버리고 두 다리 쭉 뻗고 자고 싶었다.

"와아!"

육백여 명의 생존자 중 삼백 명이 몰려 나갔다. 적이 쳐들어온 방향의 백 명과 본진 이백 명을 합쳐 삼백 명이었다. 나머지 삼백여 명은 주둔지를 지키며 혹시 있을지 모를 적의 다른 습격을 대비했다. 어차피 삼백 명이면 수적 우위만 해도 열 배였다. 그중에는 고수도 백 명이 섞여 있었다. 절대무적이었다. 적어도 그들은 그렇게 생각했다.

전룡대원들은 압도적인 전력의 반격을 받고는 곧바로 도주하기 시작했다. 광룡이 그 도주 대열의 최후방에서 혹시나 대열을 이탈하고 먼저 달려올 수도 있는 적의 경공고수를 경계했다. 그러면서 삼십 명의 전룡대원들은 열 명씩 세 무리로 나누어 달아났다.

"흩어지지 마라. 절대로 흩어지지 마라. 계략이다! 한 놈만 쫓아라!"

추격대를 이끄는 만사대행문주 금의기는 행여 어저께 같은 각개격파를 당할까 두려워 부하들의 분산을 막았다. 그들은 가운데 한 무리만 죽어라고 쫓았다.

"제가 놈들을 붙잡겠습니다!"

금의기의 부하 중 경공에 조예가 깊은 고수 하나가 앞으로 튀어나갔다. 발이 잘 보이지 않았다. 그는 자신이 적을 조금 견제하기만 하면 뒤를 쫓는 동료들이 금방 들이닥칠 수 있을 거라고 생각했다. 아군이 삼백 명이나 따라오고 있었다. 그중 일반 무사들은 일찌감치 대열에서 떨어져 나갔다. 남은 것은 백여 명의 고수들이었다. 든든했다. 그래서 겁이 없어졌다. 어쨌거나 발목을 잡는 데 성공만 한다면 대단한 공을 세우는 것이었다. 잘하면 승진도 가능할 수 있었다.

"이놈들! 나 백리비각 위예국의 검을 받아라!"

그가 호탕하게 소리까지 지르며 검을 흔들었다.

전룡대원들은 만사대행문과의 거리를 유지해야 했다. 만사대행문에서 양측의 무공 차이가 별로 없다고 생각하게 해야 했기 때문이었다. 그래서 그들은 위예국의 추격을 방관할 수밖에 없었다.

위예국이 가장 먼저 따라잡은 사람이 광룡이었다. 광룡이 최후방에서 이런 사태에 대한 대비를 하면서 달리고 있었기 때문이었다. 위예국이 눈을 빛내며 검을 뻗었다. 넓은, 그리고 두 팔이 흔들리는 것에 따라 역동적으로 꿈틀거리는 광룡의 등을 향해 날카로운 칼날이 덤벼들었다. 위예국은 뒤로 처진 이 한 놈이 달리는 것을 견제해서 속도가 늦어지게 하려고 했다. 일단 그렇게만 되면 뒤따라오는 동료들에게 넘겨줄 수 있었다.

광룡의 몸이 옆으로 슬쩍 빠졌다. 위예국의 검은 허공을 갈랐다. 광룡이 달리던 도중에 바닥을 한 번 거칠게 걷어찼다. 흙이 튀면서 달리는 속도가 순간적으로 늦추어졌다. 위예국은 죽어라 달리던 중이었으므로 속도를 따라 늦출 수가 없었다. 광룡이니까 가능하지, 원래 경공이란 것은 속도를 그렇게 급격히 변화시키기 어려운 법이었다. 광룡의 몸이 위예국의 옆을 달리는 상황이 되자, 광룡이 달리는 속도를 위예국과 맞추었다. 이 과정이 순식간에 일어났다.

광룡이 오른손을 주먹 쥐었다. 옆으로 크게 원을 그리며 휘둘렀다. 위예국이 발걸음을 조금이라도 늦추며 그 주먹을 피하려고 했다. 속도 조절은 광룡이 여러 수 위였다. 광룡이 달리는 속도는 그런 위예국에게 맞추어져 있었다. 주먹은 여전히 위예국에게로 날아갔다. 위예국은 기겁을 했다. 귀신이 달라붙은 것 같았다. 바로 옆에 붙은 이자는 그림자처럼 뗄 수가 없었다. 급히 두 손을 들어 광룡의 주먹을 막았다.

광룡의 주먹이 위예국의 두 손을 후려쳤다. 위예국은 자신의 손을 타고 넘어드는 쇠몽둥이를 느꼈다. 이자는 진짜였다. 그냥 고수가 아니었다. 그 순간에 그는 그것을 눈치 챘다.

광룡의 주먹은 위예국이 막은 양손에 장애를 받지 않았다. 그의 주먹은 거침없이 위예국의 얼굴을 후려쳤다. 주먹과 얼굴 사이에 양손이 있었지만 위예국이 받은 타격은 엄청났다. 위예국의 머리가 획 돌아갔다. 그의 달리는 속도가 급격히 떨어졌다. 광룡의 속도도 같이 떨어졌다.

광룡의 몸이 빙글 회전하면서 왼쪽 주먹을 다시 크게 휘둘렀다. 그 주먹은 아래에서 위를 향해 솟구쳐 올라왔다. 주먹이 위예국의 턱을 올려쳤다. 위예국의 머리가 뒤로 확 젖혀졌다. 몸이 허공으로 슬쩍 뜨다가 뒤로 넘어갔다. 달리던 속도가 있었기 때문에 그의 몸은 발부터 앞으로 던져지는 형상이 되었다. 넘어가는 위예국의 얼굴을 옆에서 달리던 광룡이 잡았다. 위예국의 몸은 아직 공중에 뜬 상태였다. 뒤통수를 무릎으로 찍었다. 위예국의 머리가 다시 앞으로 확 젖혀지며 몸 전체가 크게 빙글 돌았다. 그 상태로 땅바닥에 엎어졌다. 광룡에게 세 대나 얻어맞고 살아남기를 바라는 건 욕심이었다. 땅에 떨어지기도 전에 위예국의 목숨은 끊어져 있었다.

달리면서 몇 대를 때리는 과정에서 추격대들과의 거리가 가까워졌다. 광룡이 그들을 힐끗 보더니 다시 달아났다.

어두운 밤이라 금의기도 싸움의 정확한 내역을 본 것은 아니었다. 그러나 금의기를 포함한 그들 백여 명은 다들 고수였다. 대략적인 움직임은 보았다.

일단 위예국은 너무 허무하게 당했다. 대충 보면 주먹질과 발길질에 당한 것 같았는데 위예국의 반응이 너무 서툴렀다. 저놈이 정말 고수가 맞나 싶었다. 돈으로 명성을 산 걸지도 모른다고 생각했다.

일단 상대가 위예국의 공격을 피한 것은 칭찬할 만했다. 그러나 그 후에 위예국은 상대의 주먹질을 제대로 막지 못하고 한 대 얻어맞았다. 그게 문제였다. 두 손으로 적의 주먹을 막았음에도 불구하고 얻어맞았다는 것은 상대를 얕잡아 봤거나 상대가 정말 대단한 고수여야 했다. 그런데 칠성표국에 그게 가능할 만큼 대단한 권법의 고수가 있다고 보기는 어려웠다. 그것보다는 위예국이 경솔했다고 보는 것이 백배는 가능성이 높았다. 애초에 혼자 튀어나갔던 위예국이었다. 무공이 더 높은 금의기도 하지 않는 짓이었다.

그 다음 동작인 주먹질도 특별히 특이한 것이 아니었다. 주먹을 올려치는 것 자체는 무슨 특별한 무공 동작이 아니었다. 다른 무공과 섞어서 펼쳐진다면 무공의 한 초식이 될 수 있었지만 달아나던 놈은 오른 주먹을 쭉 뻗어 돌리고, 상대가 제대로 막지 못한 것을 보고 왼쪽 주먹으로 올려치기를 했을 뿐이었다. 특이하다면 그 행동을 달리는 도중에 한 것뿐이었다. 무공이라면 무공이었고 막싸움이라면 막싸움이었다.

그리고 마지막에 머리를 붙잡고 무릎으로 뒤통수를 깨버린 무릎치기는 틀림없는 일반 싸움꾼들의 동작이었다. 그런 초식을 가진 무공이 없는 것은 아니었지만 무인의 수련장보다는 저잣거리에서 흔히 볼 수 있는 수법이었다. 세 개의 동작이 미리 예정된 경로를 거친 절묘한 운용이었다면 모를까, 그게 아닌 다음에야 그들 중 누구나 할 수 있는 수준의 공격이었다. 자기보고 하라면 얼마든지 따라 할 수 있었다.

그래서 그들은 위예국이 상대를 경솔히 보았다고 생각했다. 상대는 고수 한 새끼였다. 자기들은 고수 백 분이었다.

"놓치지 마라!"

금의기가 다시 큰 소리로 명령을 내렸다. 열 놈이었다. 일단 저 열 놈이라도 잡고 싶었다.

"추격해! 추격해! 똑바로 하란 말야!"

금의기는 계속 고함을 질렀다. 그러나 볼일 다 본 전룡대원들과 추격대들 간의 거리는 조금씩 멀어지고 있었다.

"놓쳤습니다."

만사대행문 총관이 금의기에게 보고했다.

"으득! 알아! 몇 놈이라도 잡아서 정체를 파악했어야 했는데 이 새끼들이 쥐새끼처럼 잘도 숨는구나."

만사대행문주가 가슴을 치며 아쉬워했다.

"칠성표국 놈들이 틀림없습니다. 군이 확인을 하실 필요까지야."

총관이 말했다. 어차피 그들의 적이 누구인지는 다들 예상하고 있었다. 뻔히 아는 일을 군이 조사해 볼 필요까지는 없어 보였다.

"그래도 직접 고문을 해서 대답을 듣는 거랑은 맛이 틀리잖냐?"

금의기가 입맛을 다시며 말했다. 몇 놈 잡아 모두 보는 앞에서 각을 뜨면 사기가 좀 올라갈 것 같았다.

"하긴, 그것도 그렇습니다. 그나저나 계속 삼십 놈이 움직이는 것으로 봐서, 칠성표국 놈들이 고수들을 전부 투입한 것 같습니다."

총관이 차라리 다행이라는 듯한 표정으로 말했다. 어떻게 해서든 저 놈들만 잡으면 더 이상 위험은 없었다. 저런 쥐새끼 같은 고수들이 삼십 놈이나 있으니 만사대행문의 의기천검대가 몰살당한 것도 이해가 갔다.

"나도 그렇게 생각한다. 그놈들의 전력이 그쯤 된다고 결론났잖아."

"그렇습니다. 삼십 놈이면 우리가 예상한 최대치와 일치합니다. 어쩌면 지원 세력을 몇 명 더 얻었을지 모르지만, 지금 하는 꼴을 봐서는 저 인원이 전부라고 생각해야 합니다."

총관이 오랜만에 금의기와 의견 일치를 보았다.

"그래, 이 새끼들. 감히 삼십 새끼로 나를 개고생을 시켜? 앞으로는 오늘처럼 전원 집단 경비 체제로 간다. 목적지에 도착할 때까지다!"

"하지만 그렇게 하면 무사들이 너무 지치게 됩니다. 낮에는 이동하고 밤에는 선잠을 잔다면 정작 싸움터에서는 제대로 된 힘을 쓸 수 없습니다. 차라리 하루 낮쯤은 자게 해주는 것도 좋지 않겠습니까?"

총관이 논리적인 이유를 내세워 반대를 했다.

"겨우 삼십 놈이다. 칠백 명이, 으득, 육백 명이 삼십 놈을 당하지 못한다는 게 말이 되냐? 어차피 낮이나 밤이나 습격당하는 데는 매일반이다. 일찌감치 곡부로 가서 그놈들의 본거지를 박살 내면 돼. 좀 피곤해도 이 정도 전력 차이면 못 이길 것이 없다. 잠 며칠 안 잔다고 안 죽어!"

금의기는 단호했다. 이런 대병력을 가지고 적이 두려워서 지체를 한다는 것은 그의 체면에 용납할 수 없는 일이었다. 이미 충분히 자존심을 다친 후였다.

그리고 그의 기준으로는 부하들이 잠 좀 못 잔다고 해도 죽지만 않으면 그것으로 충분했다. 써먹을 수만 있으면 되었다. 어차피 자신은 무공도 높고 짬짬이 잠도 자기 때문에 무리한 행군을 해도 별로 힘들지 않았다.

"하지만 병사들이 싸움에서 힘을 쓰지 못할 텐데요."

"시키는 대로 해라. 안 되는 건 정신력으로 극복하면 된다. 만약 니 말대로 했다가 다시 아새끼들이 죽어 자빠지면 니가 책임질 거냐?"

만사대행문주의 말에 총관이 몸을 움츠렸다. 대책은 전혀 없이 무조건 정신력으로 열심히 하라고 하는 건 무능한 지휘관이 하는 말의 표본이었다. 이건 아니다 싶었다. 하지만 책임을 지라는 말에 고개를 저었다. 그렇게까지 충성하고 싶지는 않았다. 그는 고용주가 아니라 피고용인이었다.

여섯째 날, 전 무사들은 자는 둥 마는 둥 하면서 적의 습격에 대비했다. 처음 사 일간의 습격으로 전 병력의 이 할 가까이가 죽었다. 어제 하루는 이처럼 제대로 경계를 선 덕분에 피해없이 넘어갈 수 있었다. 하지만 이미 사기는 땅에 떨어졌다.

외곽을 차지한 대규모의 경비 병력은 당연히 눈을 뜨고 있었고, 안쪽에서 쉬게 되어 있는 무사들마저 어영부영하면서 보냈다. 경비는 교대 근무가 원칙이었다. 경비를 서게 되면 눈을 또랑또랑하게 뜨고 사주를 경계했고, 교대 후에 안쪽 영역으로 들어간 무사들도 제대로 잠들지 못했다.

"야 이 새끼야. 자지 말란 말야. 눈깔을 똑바로 뜨고 적을 찾으란 말이다!"

고수 하나가 잠깐 졸아버린 무사의 뺨을 후려쳤다. 며칠째 잠도 못 자고 목숨까지 위험하자 모두 신경이 극도로 예민해져 있었다. 작은 일에도 화를 잘 냈다. 그런 와중에 옆에서 졸고 있는 무사를 보면 짜증이 났다. 잠을 깨우는 손바닥에는 감정이 잔뜩 섞여 있었다.

얻어맞은 무사도 불만이 가득한 얼굴이었다. 그러나 고수에게 개길 수는 없었다. 언제 잠들었는지도 모르게 깜빡 졸았는데 뺨을 맞았다. 뺨을 맞는 것은 여러 가지 일반적인 맞는 자세들 중에서 가장 자존심이 상하는 일이었다. 그는 속으로 불만을 가득 채우며 사주 경계를 했다. 어쨌든 죽을 수는 없었으니 정신을 차려야 했다. 이번 일만 끝나면 한 일주일 정도 내리 자고 싶었다. 졸려서 짜증이 가득해질 때마다 허벅지를 아프게 꼬집고 머리를 흔들었다.

잠을 못 자는 것은 대단한 고통이었다.

"대비가 단단합니다. 어찌시겠습니까?"

원종목이 광룡에게 물었다.

"오늘 우리는 미리 이동해서 한잠 푹 자둔다. 저놈들이야 밤새도록 저러고 있겠지. 신경을 자극할 몇 명만 남기고 모두 이동한다."

광룡이 전룡대원들에게 말했다.

"그냥 놔둬도 되겠습니까?"

원종목이 재차 물었다. 이 작전의 목적을 알고 있는 그는 적을 가만 놔뒀다가 그들이 푹 자고 일어나서 체력과 정신력을 회복할까 봐 걱정이 되었다. 전룡대가 공격하는 시점은 낮이고 밤이고가 중요한 것이 아니었다. 언제 적들이 휴식을 취하느냐가 중요한 요소였다. 그리고 그 휴식을 방해하는 것이 핵심이었다. 야습으로 이삼십 명씩 죽여 숫자를 줄이는 것은 부수적인 목적이었다. 괴롭히지 않고 지나가는 것은 오늘이 처음이었다.

"버려둬도 어차피 저대로 밤을 샌다. 저놈들에게 걸린 것은 목숨이다. 그리 가볍게 경계를 풀 수 있을 리가 없다. 혹시 잠을 자는 자가 좀 생긴다 싶으면 남겨둔 대원들이 잡소리를 내서 적을 긴장시켜라. 오늘은 저대로 놔두는 것이 내일 일을 위해서도 더 좋다. 이동한다."

광룡이 확신을 가지고 말했다.

그렇게 그날 하루는 아무 일 없이 지나갔다.

"거 보라고. 내 말이 맞지? 그놈들, 우리가 뭉쳐 있으니 더 이상 수작을 부리지 못한단 말이다. 어이, 총관. 어때?"

의기천추 금의기가 의기양양해서 말했다.

"네, 지당하십니다."

총관이 허리를 구부렸다. 총관에게는 제 살 깎아먹기로 보였지만 어쨌든 하룻밤은 피해없이 넘어갔다.

"자, 오늘 다시 보람차게 이동을 해보자고. 이제 목적지까지도 며칠 남지 않았잖아."

무공이 강한 만사대행문주가 간밤의 피로쯤은 아무것도 아니라는 듯이 기운차게 일어섰다. 며칠 정도는 끄덕없을 것 같았다. 짬짬이 잠까지 자는 그가 그런 식으로 며칠 더 못 버틸 리가 없었다. 문주가 조는데 깨울 간 큰 부하는 없었기 때문이었다.

"저, 문주님. 그런데 무사들이 너무 지쳐 있습니다 오늘 오전이라도 좀 자둬야 하지 않겠습니까?"

총관이 다시 한 번 무사들의 휴식을 요청했다. 이대로 가서는 제대로 싸울 놈이 얼마 남지 않을 것 같았다. 최선은 일정에 여유를 두고 휴식을 주는 것이었다.

"잠? 잠은 어젯밤에 잤어야지 뭐 하고 아직도 안 잤대? 어제 안 잔 놈들이 아침에 시간 준다고 잘 거 같아? 밤에 안 자도 될 만했으니까 안 잔 거 아냐. 시끄러. 가능한 한 빨리 곡부로 가자. 그전에 시간을 끌면 이놈들이 또 무슨 야비한 수작을 세울지 몰라. 휴식은 없다. 이동이야, 이동."

금의기가 매정하게 말했다.

"네, 그리합지요."

총관이 포기했다. 그의 생각에도 상대는 겨우 삼십 놈인데 좀 피곤하기로서니 별일이야 있겠냐 싶었다. 자기도 짬짬이 졸면서 보내고 있으니 버틸 만은 했다.

第五章

일곱째 날 낮에도 무사들은 제대로 쉬지도 못하고 이동을 했다. 단 며칠 만에 뜯어먹힌 병력이 백여 명에 이르자 만사대 행문주는 내심 기겁을 했다. 상상도 하지 못하던 규모의 피해였고, 제대로 싸워보지도 못하고 흘린 피였다. 그래서 그는 이동이 용이한 낮에 최대한 움직였다.

낮에 자고 밤에 이동하는 방법도 있었지만 밤에는 빠른 이동이 어려운 데다가 습격당하기 더 좋다고 생각했다. 밤에 이동하다 부대 일부가 길이라도 잃어버리면, 그 흘린 병력은 죽은 목숨이 될 것 같았다. 그래서 야간 행군은 전혀 고려하지 않았다. 이동 시간이 짧은 단기간일 경우에는 밤낮으로 움직이는 것도 그럭저럭 괜찮은 방법이었지만 그들은 지금 산동을 가로지르고 있었다. 결코 단기 행군이 아니었다. 의기도 그렇게까지 무모하지는 않았다.

마침내 다시 밤이 찾아왔다.

이틀 전 밤에 적을 물리치고, 같은 대형으로 경계를 하자 전날 밤에는 아무도 쳐들어오지 않았다. 그건 좋았지만 낮에는 쉴 틈 없이 행군을 하느라 몸도 머리도 많이 지쳤다. 아무리 무공을 닦은 그들이라고 해도 눈이 감기는 것은 어쩔 수 없었다. 대부분의 무사들은 의지와는 상관없이 몸이 버틸 수 있는 한계를 넘어서고 있었다.

안쪽의 안전한 공간에 있는 무사들은 잠에 완전히 곯아떨어졌다. 지친 몸에 이틀 전의 승리와 하루 전의 완벽한 경계 태세가 그들을 안심하게 만들었다. 마음이 조금 풀어지자 잠의 세계로 빠져들었다.

외곽의 경비 병력도 초반에는 그래도 눈을 뜨고 보초를 섰다. 아무리 졸려도 그들은 경계 병력 자체였고 언제 목이 달아날지 모르는 곳이었다. 그러나 깊은 잠에 빠졌던 사람들을 깨워서 교대를 시켜놓은 후가 문제였다. 자다 깬 교대한 무사들이 맑은 정신까지 유지할 수는 없었다. 보초를 서던 사람들은 빨리 눕고 싶어 보초 인계를 서둘렀고 보초 근무자는 잠에서 완전히 깨지 못했다. 아무리 눈을 뜨려고 해도 눈꺼풀의 무게는 천근만근이었다.

깊은 밤이 되자 칠흑 같은 어둠 때문에 보이는 것이 없었다. 달도 사라져 있었다. 아무리 별빛에 눈을 익혀도 사물은 거무튀튀하게 보일 뿐이었다.

"그동안 그렇게 당했으면서도 개판이 되고 있습니다."

지난밤에 잘 자고 일어나서 생생한 원종목이 광룡에게 보고했다.

"사람이란 유혹에 약한 법이다. 특히 잠은 대단한 유혹이지."

광룡이 만사대행문의 야영지에서 시선을 떼지 않고 말했다.

"어쩌시겠습니까? 오늘 밤에 하시겠습니까?"

원종목이 조용히 물었다. 그는 광룡과 함께 전장에서 굴러다닌 짬밥이 있었다. 광룡은 싸움을 함에 있어서 어떤 식으로 적을 상대해야 할지를 대원들에게 가르치면서 싸워왔다. 그것을 배운 전룡대원들은 모두 오늘 밤이 적기임을 알고 있었다. 광룡의 결정만이 남아 있었다.

"가자."

광룡이 먼저 걸음을 옮겼다. 필수적인 임무로 빠진 십여 명을 제외한 팔십여 명의 전룡대원들이 그의 뒤를 조용히 따랐다. 실력 떨어지는 석민은 집결지를 먼저 확보하라는 명령으로 쫓아 보낸 후였다. 석민은 중요한 임무를 맡았다고 좋아하면서 사라졌다

내곽에 자리잡은 이백여 명은 모조리 꿈나라에 빠져 있었다. 억지로 깨어 있고자 하던 일부의 무사들도 오래 버티지는 못했다. 다른 동료들은 다 잠들어 있는 상황에서, 외곽에는 믿음직한 사백 명의 무사들이 지키고 있다는 것이 그들의 마음을 풀어지게 했다. 교대 시간이 오기 전에 좀 자둬야 한다는 유혹에 빠져들었다.

외곽은 사백 명이 둘러싸고 있었다. 백 명씩 네 개로 나뉜 부대들이 네 방향을 지키고 있었다. 바로 옆으로 고개만 돌리면 동료들이 보였고, 조금 멀리 보면 다른 백인대가 보였다. 이래서는 적이 어떤 방향으로 습격해 오더라도 그 즉시 병력들을 몰아쳐서 피의 보복을 해줄 수가 있었다.

만사대행문 주도의 육백여 명의 사파 무사들이 믿고 있는 적의 숫자는 삼십 명이었다. 그 정도야 한 번 붙기만 하면 녹여 버릴 수 있었다. 이 지긋지긋한 사태를 끝낼 수 있었다.

111

그런 대단한 준비 태세는 외곽의 무사들에게도 핑계거리가 되었다. 그들은 지지난밤의 승리, 지난밤의 무사함, 오늘의 엄청난 전력을 모두 잠깐 조는 데 대한 변명으로 삼았다. 어지간하면 깨 있고 싶었지만 이 상황에서 나 하나쯤이라는 생각에 하나둘씩 눈을 감기 시작했다.

'나만 살짝 존다고 해서 이렇게 많은 놈들이 있는데 무슨 문제가 있겠어?'

'다른 놈들도 졸고 있는데 나만 깨 있으면 손해잖아? 경비는 고수들이 알아서 서주겠지. 나 같은 놈들은 자는 게 남는 거다.'

'적을 보고 소리 지르는 것 정도야 아랫것들도 할 수 있잖아? 나 같은 고수는 잠깐 졸아도 괜찮겠지.'

'에따 모르겠다.'

꾸벅꾸벅 졸던 무사 하나가 목 언저리에서 따끔함을 느꼈다. 무슨 일인가 싶어서 눈을 뜨려고 했지만 잘 떠지지가 않았다. 겨우 눈꺼풀을 들어 올리자 흐릿하니 사물이 보였다. 사람 그림자 여러 개가 눈앞을 지나가는 것이 보였다. 머리 속도 흐릿했다. 고함이라도 쳐야겠다는 생각이 어렴풋이 들었다. 그런데 말이 잘 나오지 않았다. 목이 계속 따끔거렸다. 손을 들어 목을 만져 보려고 했지만 팔에 힘이 들어가지 않았다.

머리 속이 점점 흐려졌다. 왜 갑자기 술이 먹고 싶어서 쌈짓돈을 빼앗고 살해해서 강물에 버렸던 노인의 얼굴이 생각나는지 몰랐다. 그는 그렇게 목에 단검이 꽂힌 채로 죽어갔다.

외곽 경계 지역 중에서 가장 취약한 곳을 골라 전룡대가 조용히 습격했다. 최외곽에 서 있던 일단의 무사들은 그렇게 순식간에 살해됐다. 그곳에 무사들과 같이 있던 고수는 광룡에 의해서 일찌감치 제거되었다.

그러나 사백 명이 지키고 있는 곳을 팔십 명이나 되는 숫자가 습격했는데 계속 조용히 넘어갈 수는 없었다. 그들이 확보한 통로 자체가 너무 좁았고, 주변에는 너무 많은 놈들이 있었다.

외곽에 가까운 곳에 있던 고수 하나가 시끄러운 소리에 몸을 뒤척였다. 꿈나라로 빠져들고 싶었다. 주변에는 동료들이 한가득 있었는데 조금 더 잠을 잔들 무슨 일이 있겠냐 싶었다. 하지만 눈을 떠야 했다. 이곳은 전장이었다.

"무슨 일인데 이 난리야?"

달게 자던 잠이 아쉬워 입맛을 다시며 소리나는 쪽을 돌아보았다.

"흐억!"

순식간에 잠이 싹 달아났다. 수많은 무리들이 외곽을 짓밟고 있었다. 위치도 가까웠다. 더듬거리면서 자신의 검을 찾았다. 다행히 가까운 곳에 손에 잡히는 익숙한 검집의 감촉이 느껴졌다.

"적이다!"

고함을 한번 멋들어지게 질러주며 검의 손잡이를 잡았다. 그러나 거기까지였다. 조용한 곳에서 소리 지르는 자는 당연히 눈에 띄게 마련이었다. 미처 검을 뽑기도 전에 그에게 몇 명의 전룡들이 달려들었다. 그 고수는 급한 대로 검집으로 수비를 했다. 역부족이었다. 두어 초식이 한계였다. 등이 뜨끔했다. 몸에 힘이 쪽 빠졌다. 고개를 돌려보지도 못했다. 가슴 앞쪽으로 하얗고 날카로운 쇠가 삐죽 삐져 나와 있는 것이 보였다.

'오지 말았어야 했는데.'

머리 속에 든 생각이었다. 고향에서 기다리고 있을 아내의 얼굴이 떠올랐다. 비싼 돈을 주고 사 온 세 번째 아내였지만 그의 인생에서 가장 사랑스러운 여인이었다. 이젠 볼 수 없었다.

"무슨 일이냐!"

막사에서 달게 자고 있던 만사대행문주가 소란한 소리에 벌떡 일어서서 뛰쳐나왔다.

만사대행문주 금의기의 눈에 진을 빠른 속도로 관통하고 있는 백여 명쯤 되어 보이는 무리가 보였다. 그들이 지나가는 자리에 있던 무사들은 학살당하고 있었다. 이제야 겨우 전투 태세를 갖춘 무사들이 몰려들고 있었지만 습격자들은 이미 진의 가운데를 통과하고 있었다. 금의기는 자신이 중심에서 벗어난 곳에 막사를 만든 것이 백번 잘한 일이라는 생각이 들자 식은땀이 흘렀다.

어쨌거나 이제 부하들도 전투 태세를 갖춘 것처럼 보였고, 숫자도 자기들이 몇 배 더 많았다. 문주의 권위가 있는데 그냥 있을 수는 없었다. 지휘를 해야 했다.

"뭣들 하고 있느냐. 놈들의 숫자는 얼마 되지 않는다. 포위해라. 놓치지 마라."

그가 큰 소리로 고함을 질렀다. 내공이 실린 그의 목소리는 전장의 구석구석까지 퍼져 나갔다. 원정대 모두는 그의 명령을 들었다.

그러나 소용이 없었다. 습격을 해온 전룡대는 싸움을 오래 끌지 않았다. 전룡대는 만사대행문 무사들의 몰살이 목적이 아니었다. 그들은 최대한 신속한 속도로 진을 관통하면서 눈앞에 걸리적거리는 무사들만을 도살했다. 칼질을 많이 하지 않으니 고속으로 진을 관통할 수 있었다. 걸리는 놈들만 재수가 없을 뿐이었다. 문제라면, 팔십여 명이나 되는 숫자가 지나가다 보니 밟히는 놈들이 꽤 나왔다는 것 정도였다.

전룡대가 지나간 길에는 피가 강을 이루고 있었다. 목숨을 건진 부상자들이 살려달라고 아우성치는 소리가 들렸다.

"추격해라, 추격해. 저 새끼들을 잡앗!"

농락당하는 모습을 보고 분통이 터진 금의기가 바락바락 고함을 질렀다. 그러나 전룡대는 이미 진을 두 조각을 내놓고 빠져나간 후였다. 사파의 무사들은 충격적인 경험에 우왕좌왕하고 있었다.

급조한 추격대가 전룡대를 쫓는 데 실패하고 돌아온 후, 총관이 금의기에게 다가왔다. 좋은 때가 아니었지만 결과 보고는 총관의 임무였다. 당장의 매가 두려워 피하면 나중에 더 큰 대가를 치를 수 있었다.

"이십 명쯤 죽고, 삼십 명 정도가 중상이라 앞으로의 싸움에 참여할 수 없습니다."

총관이 보고했다. 피해는 대단히 컸다. 사망한 이십여 명 외에 전룡대가 돌파하면서 가끔 먹인 칼에 맞은 사람이 삼십 명 정도였다. 그 외 경상자도 다수였지만 통계에서는 빼고 말했다. 피해 규모를 좀 줄일 필요가 있었다.

만사대행문주가 검 손잡이를 움켜쥐었다.

"붙잡은 놈은?"

금의기가 차분하게 말했다.

"어, 없습니다."

총관이 뜨끔해서 말했다. 이런 상황에서는 불같이 화를 내야 하는 금의기였다. 조용하니 더 두려웠다.

"오십 명이나 당했어? 겨우 백 명도 안 돼 보이는 놈들에게 육백 명이 모여 있으면서 오십 명이나 당했어? 이게 말이나 되냐?"

그의 손이 부르르 떨렸다.

"적이 싸움을 끌지 않고 진을 돌파하는 데만 목적을 두어서 그나마 피해가 적었습니다."

"피해가 적어? 니 눈에는 저게 피해가 적은 거로 보이냐?"

금의기가 박살이 난 숙영지를 돌아보며 말했다. 사기는 이미 땅바닥에 파묻혀 있었다. 전형적인 패잔병들이었다.

"무사들이 피로에 지쳐 잠에 빠져 있었습니다. 그래서 제대로 저항해 보기도 전에 싸움이 끝났습니다. 피해가 그 정도밖에 안 되는 것이 천운입니다."

총관이 속으로 화가 났지만 꾹 눌러 참으며 말했다. 그는 수차례 휴식을 취해야 한다고 조언을 했지만 금의기가 쭉 무시해 왔다. 그 결과 이런 개박살이 났다. 하루만 행군을 멈추고 잘 쉬었어도 이런 일은 피할 수 있었다. 아무리 참아도 속이 좋지 않음이 얼굴에 드러났다.

문주도 총관의 표정을 알아보았다. 그동안 총관이 쭉 경고를 해왔다는 생각이 머리를 스쳤다. 조금 괘씸했지만 지금은 그를 탓할 수 없었다.

"후. 지난 일은 할 수 없지. 일단 무사들을 쉬게 해라. 좀 쉬어야 내일 복수를 할 것 아니냐?"

금의기가 한숨을 쉬며 말했다. 속이 부글부글 끓고 있었지만 눌러 참아야 했다. 여기서 폭발하면 다시 또 어떻게 당할지 알 수 없었다.

이젠 전열을 정비하고 피해를 줄여야 했다. 적이 오면 강한 힘으로 반격해야 했다. 일단 부하들의 휴식을 줄기차게 주장한 총관의 의견을 받아들이기로 했다.

"알겠습니다."

총관도 대답했다. 그동안 하루에 두 번 습격해 온 경우는 없었기 때문에 무의식 중에 안심하고 있는 문주와 총관이었다.

특별히 걱정이 많은 일부의 무인들을 제외하고는 대부분이 같은 생각을 했다. 적은 하루에 두 번 습격하는 일은 없다. 누구도 그걸 명확히 선언하지는 않았지만, 모두 그런 편견을 가지고 있었다. 편견이란 무서운 것이었다.

한 켠에 부상자들을 눕히고, 외곽에 경계 병력을 좀 세우고, 그리고 안쪽에서 나머지 병력은 다시 잠이 들었다. 아까 칼에 맞은 인원은 일부였고 대부분에게는 그건 남 이야기였다. 그나마 칼에 맞은 자들의 상당수는 죽거나 중상을 입고 따로 관리되고 있었기 때문에 좀 전의 공포를 제대로 느낀 무사는 그리 많지 않았다.

결국, 싸움을 할 수 있는 대부분의 사람들은 직접 전투에 참여하지 않았고, 또 너무 피곤했다. 어쨌거나 오늘의 습격에서는 살아남았고, 이제 다음날 밤까지는 평화였다. 몸은 잠을 요구했다. 죽은 자들에게는 미안하지만 사망자들과 다른 문파 사람들이 대부분이었다. 조용히 눈들을 감고 폭풍 후의 잔잔함을 즐기며 잠에 빠져들었다.

"으아악!"

갑자기 들려온 비명 소리가 만사대행문주를 깨웠다. 급하게 막사의 휘장부터 걷었다. 그의 눈에 다시 진을 가로지르고 있는 백여 명의 무사들이 보였다.

"야이 새끼들아!"

그가 고함을 지르며 검을 들고 달려나갔다. 눈에 보이는 것이 없었다. 그의 주위로 잠이 깬 고수들이 무기만 달랑 주워 들고 따라붙었다.

그러나 습격해 온 전룡대는 그런 문주와 상대하고 싶은 생각이 없었다. 그들은 목적이 있었다. 여기서 어려운 싸움을 할 필요가 없었다.

"급속 전진하라!"

광룡이 명령을 내리자 그의 뒤를 따르는 전룡대원들이 탐스러운 머리통들을 놔두고 달리기 시작했다. 가장 앞에 선 광룡은 그의 앞을 굳이 막아서는 날파리들의 목을 치며 길을 뚫었다.

사실 막아서는 자는 별로 없었다. 그들은 거의 달리듯이 진을 뚫어 버렸기 때문이었다. 그리고는 그대로 달아나 버렸다. 이번에는 깨 있는 자들도 제법 많았지만 전룡대의 속도가 너무 빨랐다. 이건 거의 질주였다. 적진의 관통만을 목적으로 하는 초고속 전진이었다.

"추격해! 추격해! 추격해, 이 개새끼들아!"

만사대행문주 금의기가 흥분해서 고함을 질렀다.

"모두 멈춰라. 추격하지 마라. 안 됩니다, 문주님. 계략입니다."

총관이 급히 만사대행문주를 말렸다.

"뭐냐, 뭐냐 이 새끼. 너 뭐 하는 거야!"

만사대행문주가 그를 말리는 총관에게 고함을 질렀다. 화가 나서 얼굴이 새빨개졌다.

"진정하십시오. 이 야밤에 적을 추격하는 것은 위험합니다. 지금부터라도 모두 뭉쳐서 깨어 있으면 놈들은 더 이상 수작을 부릴 수 없습니다. 복수는 곡부에 도착해서 그놈들의 씨를 말려 버리면 됩니다. 진정하십시오."

총관의 말이 만사대행문주의 마음을 움직였다. 쫓아갔다가 또 무슨 기기묘묘한 수법에 당할지 몰랐다. 그동안 당한 것들만으로도 지긋지긋했다. 매복이 있을 게 틀림없다고 확신했다. 적이 아무리 날고 기어도 그놈들의 집이 어디인지 알고 있었다. 둥지를 불태우면 새는 돌아갈 곳이 없어지는 법이었다. 땅에 내려온 새는 두렵지 않았다. 그가 천천히 심호흡을 하면서 마음을 진정시켰다.

"으득, 그래. 네 말이 맞다. 내가 흥분했다."

"놈들이 아무리 달아나 봤자입니다. 곡부가 멀지 않았습니다. 뛰어야 벼룩입니다."

"그래. 복수다. 복수는 철저히 해주마."

第六章

어덟째 날 낮에, 만사대행문의 문인들은 모두 눈이 시뻘게져서 길을 걷고 있었다. 잠은 부족했고 죽음의 공포는 가까웠다. 어제의 두 번의 습격으로 백 명 가까이가 죽거나 중상을 입고 낙오되었다. 낙오된 무사들을 지켜주기 위해서 다시 무사들을 차출했다. 그냥 부상자들만 버려두고 가고 싶었지만 그럴 수는 없었다. 가뜩이나 바닥인 사기에서 그런 짓까지 했다가는 부하 무사들이 모조리 탈영이라도 할 판이었다. 이미 분위기는 최악이었다. 금의기로서는 몇 명의 고수에 나머지는 무사 위주로 부상자들을 지킬 병력을 남겨두는 것이 고작이었다.

이제 남은 것은 사백 명 정도. 고수의 피해는 상대적으로 적었지만, 백오십 명의 고수에 이백오십 명의 무사들이 남아 있었다. 고수의 사분의 일이 손실되는 동안 일반 무사들은 반 가까이 잃거나 차출되었다. 무사들 사이에는 두려움과 불만이 가득했다. 두려움은 습격자들에 대한 것이고, 불만은 안전한 곳에 숨어 있던 고수들에 대한 것이었다. 고수 대 무사의 손실 비율이 두 배였다. 목숨은 고수, 하수 할 것 없이 소중한 법이었다. 이미 떨어질 대로 떨어진 사기, 이젠 서로 사이까지 나빠졌다. 고수와 하수, 만사대행문과 협력 문파들의 관계는 급속도로 냉각되었다. 그들은 이간되었다.

"멈춰라!"

일행의 선두에서 잔뜩 긴장하고 사방을 예의 주시하며 움직이던 만사대행문주 금의기가 손을 들어 부대의 정지를 명령했다.

그들의 앞길로 팔십여 명의 복면인들이 튀어나왔다. 좁은 길도 아니었고 신경을 놓고 있지도 않았다. 적의 습격을 대비하는 그의 이목을 속이고 팔십 명이나 매복했다가 감탄할 만한 경공으로 튀어나왔다는 것이 문제였다. 평범한 무사들이 아니었다.

그 팔십여 명의 사람들이 길을 막았다. 전룡대였다. 그러나 금의기는 전룡대를 알아볼 수 없었다. 모두 복면을 하고 있었기 때문이었다. 만약 그들 전체가 얼굴을 드러내고 있었다면 만사대행문 내에서 몇 명쯤은 그들이 전룡대임을 눈치 챌 수도 있었다.

사파는 정의문에게 맨날 깨졌다. 온갖 잡일을 맡아하던 만사대행문의 특성상 그들 중에 전룡대원의 얼굴을 본 자가 있을 법도 했다. 그들에게는 불행하게도 광룡은 전투에 관해서 철저했다.

"여기까지 오느라고 수고했다."

가장 앞에서 광룡이 말했다. 이제 종말의 시간이 다가오고 있었다.

"너희들은 누구냐!"

만사대행문주가 외쳤다. 그가 아는 칠성표국의 고수 숫자는 저리 많지 않았다. 하지만 칠성표국의 모든 표사들의 숫자를 합치면 대충 저 정도 된다고 들었다. 그러나 복면인들이 모두 표사들이라면 표사들이 모두 고수라는 결론이 도출된다. 저들 중 삼 분의 이가 평범한 표사라 고는 도저히 믿어지지 않았다. 뭔가 잘못됐다.

"우리가 누군지는 알고 오는 것 아니었더냐? 우리는 너희들의 목적 지에서 왔다."

광룡이 말했다. 금의기가 눈을 크게 떴다. 표국에서 온 것 자체가 문 제가 아니었다. 그들이 모두 고수로 보인다는 것이 문제였다. 이들이 표국에서 나타났다는 것은 가능성은 있지만 절대로 아닐 거라고 믿던 일이었다.

"너희들은, 너희들이 모두 표사란 말이냐? 칠성표국은, 전원이 고수 들이었단 말이냐? 말도 안 된다. 말도 안 돼."

금의기가 강하게 부정했다. 있을 수 없는 일이었다. 전원 고수로 구 성된 표국이라니. 말도 안 되는 소리였다.

"왜 말이 안 되느냐? 그런 소문은 들어보지 않았느냐?"

물론 들어보았다. 칠성표국은 표사 하나하나가 오십 명의 산적을 상 대할 만한 고수들이라는 말은 들어보았다. 하지만 그걸 순진하게 그대 로 믿을 수는 없었다. 그걸 믿는 건 무림의 생리를 모르는 무지렁이들 이나 하는 짓이었다.

그런데 지금 눈앞에 그렇게밖에는 생각할 수 없는 증거가 나타났다. 그가 아는 칠성표국의 전체 표사와 비슷한 숫자였다. 표국을 지키는 몇 명쯤이 빠졌다고 생각하면 적당한 숫자였다.

"너희들은, 누구냐."

만사대행문주가 떨면서 말했다. 칠성표국일 리가 없었다. 하지만 칠성표국일 수밖에 없었다.

"칠성표국의 정체는 도대체 무엇이냐. 일개 표국이 이럴 수는 없다."

그의 목소리는 덜덜 떨리고 있었다. 잘못 건드렸다는 생각이 가득 들었다.

"지옥에 가서 물어보거라."

광룡이 그렇게 말하며 도를 뽑았다.

명색이 하북의 남부에서 이름을 떨치고 있는 만사대행문이었다. 많은 무사들이 당했다고는 하지만 아직 사백 명이 남아 있었다. 그중의 백오십은 고수들이었다. 이 정도 전력만 해도 어지간한 문파는 쓸어버리고도 남았다. 검군장 같은 규모의 지방 문파들은 기왓장 하나 남겨 놓지 않고 말 그대로 멸문시킬 수 있었다. 대충 보기에도 정면 대결을 한다면 그들이 더 우세했다.

그래도 더 이상 싸울 투지는 남아 있지 않았다. 적들의 신묘한 계책으로 인해서 전력의 삼 분의 일이 불과 며칠 사이에 날아갔다. 이 뒤에 어떤 계략이 있는지 몰랐다. 이젠 적이 하고자 하는 대로 따라가면 아무리 유리한 일이라고 하더라도 개피 보고 만다는 두려움이 있었다. 싸우기 싫었다.

결정적으로 그동안 적의 숫자 중에서 고수의 비율은 삼십 명이라고만 믿고 있었다. 야간에 그들의 진을 돌파하는 적들을 보고도 그들이 모두 고수임은 눈치 채지 못하고 있었다. 그러나 지금 적과 마주 선 그의 감각은 저들 팔십여 명 전체가 고수라고 말하고 있었다. 그들이 적을 습격했다면 모를까, 기기묘묘한 수법으로 자신들을 농락하던 적이었다. 이제 자신들이 팔십 명의 고수라는 냄새를 풀풀 풍기면서 정면에서 나타났다. 이 싸움을 순순히 받아주면 그 뒤에는 더 대단한 계략이 숨어 있을 거라고 생각했다.

"적이 원하는 것이 정면 대결이라면 우리는 그걸 피하는 게 옳겠지? 바라는 대로 순순히 따라 하는 놈은 바보잖아?"

더럭 겁이 난 문주가 스스로에 대한 설득을 위해 총관에게 물었다.

"그렇기도 합니다만, 후퇴한다고 해서 꼭 계략을 피해간다는 보장도 없습니다."

총관이 조언을 했다. 결정은 문주가 하는 것이지만 총관은 충분한 조언을 해줄 의무가 있었다. 죽어라고 총관 말을 안 듣는 문주였지만 그렇다고 버려둘 수는 없었다. 총관 자신의 목숨도 걸려 있기 때문이었다.

"후퇴가 맞아. 일단 후퇴해서 전열을 재정비한 후에 제대로 계획을 세우고 다시 나서는 게 맞아. 그리고 중원표국에도 좀 따져야겠어. 저런 적을 상대로 돈 몇 푼에 우리에게 일을 의뢰했단 말야? 그동안 우리가 본 손해가 도대체 얼마야? 개새끼들."

그가 이를 뿌드득 갈았다. 그리고 광룡을 노려보고 삿대질을 했다.

"네 이놈들. 우리가 누군 줄 아느냐? 몰라도 눈이 있으면 한번 비교를 해봐라. 네놈들은 딱 봐도 백 명도 안 되고, 우리는 자세히 보면 오백 명쯤 돼 보이지 않냐? 뭘 믿고 그리 큰소리를 치는 거냐?"

그냥 물러설 수는 없어서 호통을 쳤다. 은근슬쩍 자기들의 숫자에 백 명을 더했다.

"내 칼을 믿지."

광룡이 대답하면서 천천히 다가오기 시작했다.

"어, 어, 야 이놈아. 말하는데 무슨 짓이냐. 넌 예의도 없냐?"

금의기가 주춤주춤 뒤로 물러서며 말했다. 만사대행문주의 뒷걸음질을 본 사백여 명의 무사들도 조금씩 물러서기 시작했다.

"칼이 내 예의다."

광룡이 대답했다. 걸음걸이는 그대로였다.

"간다. 가. 내가 더러워서 간다. 가는 건 가는 건데 나중에 두고 보자. 꼭 돌아와서 복수를 해준다."

금의기는 끝내 자존심을 잃지 않으려고 했다. 그가 적 앞에서 자존심을 잃으면 부하들에게 얕잡혀 보일 수 있었다. 사파에서 우습게 보이는 자는 뒤통수 맞기 쉬웠다.

"그러거라, 살아남으면."

아무리 껄끄러움을 느끼던 만사대행문주라고 해도 더 이상 물러서기만 할 수는 없었다. 벌써 부하들의 눈총에 뒤통수가 따가웠다.

"이놈, 광오하구나. 내가 누군 줄 아느냐? 내가 바로 만사대행문주 의기천추 금의기님이시다. 네놈은 누구냐!"

"직접 알아내거라."

광룡은 계속 무덤덤한 어투로 말했다. 금의기는 명색이 한 문파의 문주였으며 하북 남부에서 큰소리 떵떵 치고 사는 패자였다. 그리고 등 뒤에는 사백 명의 무사들이 있었다. 마침내 참지 못한 금의기가 자신의 쌍검을 뽑았다.

"좋다. 어디 대장끼리 한번 붙어보자. 네놈도 사내라면 덤벼봐라!"

그가 호기롭게 외쳤다. 까짓거 한번 붙어보고 안 되겠다 싶으면 그때 가서 물러서려고 했다. 아무리 대단한 놈이 와도, 상대가 정의문의 광룡이 아닌 다음에야 일 초에 끝날 일은 없다고 믿었다.

그런 그의 팔을 총관이 붙잡았다.

"참으십시오. 적의 계략에 말려들어 가고 계십니다. 지난 며칠간의 일로 볼 때, 틀림없이 무슨 꿍꿍이가 있습니다. 순순히 나타나 줄 놈들이 아닙니다. 주의하셔야 합니다."

총관의 말에 금의기도 흥분을 진정시켰다. 껄끄러웠는데 총관이 알아서 잘 핑계거리를 대주었다. 그도 적이 깔아놓은 멍석 위에서 싸우고 싶지는 않았다. 그건 위험했다. 멍석 밑에 뭐가 숨어 있을지 몰랐다. 상대가 무식한 맹장 스타일이라면 모르겠지만, 지난 며칠간의 경험으로 볼 때 그의 적은 대단한 지장이었다. 절대로 맹장으로 보이지 않았다. 계속 건드리면 될 것을 이렇게 대낮에 정면 대결을 하겠다고 나온 것이 계속 거슬렸다. 일단 의심하기 시작하자 그건 곧바로 확신으로 변했다. 어차피 싸울 마음이 없던 금의기였다.

"네 이놈! 한번만 용서해 주마. 하지만 나는 돌아온다. 틀림없이 돌아온다. 기다려라. 그날 우리 한번 죽을 때까지 싸워보자!"

그가 검을 들고 광룡을 가리키며 고함을 질렀다. 수련으로 잘 단련된 금의기였다. 한 팔로 검을 들고 광룡을 가리키며 외치는 모습은 호탕하고 당당한 사나이의 모습이었다. 적어도 그 스스로는 그렇게 생각했다.

"살아간다면 돌아올 수도 있겠지."

광룡은 다가오던 걸음을 멈추고 느긋하게 말했다. 둘 사이의 거리는 이제 별로 멀지 않았다.

"이, 잇."

금의기의 얼굴이 분노로 붉게 타오르기 시작했다. 그러나 그는 다시 한 번 냉정하게 생각했다. 초기에 적이 이런 식으로 나왔다면 두 번 생각할 것도 없이 공격 명령을 내렸겠지만 이제는 아니었다. 고수로 팔십 명이나 미끼로 쓸 정도면 얼마나 대단한 계략이 숨어 있을지 감히 짐작도 할 수 없었다.

"그래, 내가 참으마. 내가 한번만 참으마. 한번만 참을 테니까 다음에 한번 붙어보자. 그때는 봐주는 것 없다. 서로 죽을 때까지 싸우는 거다. 뭣들 하느냐. 돌아간다. 돌아가서 칼을 갈자. 갈아서 다시 돌아오자. 가자!"

금의기가 부하들에게 명령을 내리며 돌아섰다. 돌아가는 그들의 발걸음이 조금씩 빨라졌다. 언제 뒤에서 쫓아와서 무슨 짓을 할지 두려웠다.

광룡은 물러서는 척하며 달아나는 그들을 느긋이 쳐다보았다. 전룡대원들은 아무도 돌아가는 그들을 추격하지 않았다. 만사대행문 주도의 칠성표국 원정대와의 거리가 제법 멀어지자 원종목이 다가왔다.

"알아서 가주니 굳이 싸움을 하면서 유인할 필요가 없어졌습니다."

"그래. 우리의 예상 중 가장 좋은 결과지. 섭병삼은?"

"준비는 완벽합니다. 병삼이가 수고를 많이 했습니다."

원종목이 자신있게 말했다.

"우리도 가자. 의기천추 금의기라. 놈을 잡아보면 뭔가 단서가 나올지도 모르지."

광룡이 대답했다.

"앞을 조사해 봐야 하지 않을까요?"

한참을 후퇴하던 중에 총관이 금의기에게 다가와 조언을 했다. 그들의 앞에 대병력이 숨을 수 있을 것 같은 울창한 숲이 나타났다. 습격을 지겹게 당했더니 이제 저런 숨기 적당한 곳만 봐도 두려움이 먼저 생겼다.

"됐다. 올 때 이미 조사해 본 곳이잖냐. 시간이 얼마나 됐다고 걱정하느냐. 그냥 돌파해라!"

금의기는 그다지 신경 쓰지 않았다. 지금은 등 뒤가 걱정이었지 이미 무사히 지나온 앞은 괜찮아 보였다. 등 뒤에 칠성표국의 표사라고 주장하는 정체를 알 수 없는 놈들이 다가오고 있었다. 그러니 그들의 앞에는 아무도 없어야 했다.

"하지만 불안합니다."

총관이 말했다. 웃으면서 지나가기에는 그동안 당한 일이 너무 지독했다. 금의기야 문주로서 최상위에서 명령만 내리면 그만이었지만, 총관은 직접 돌아다니며 부상자들과 사망자들을 챙겨야 했다. 위에서 본 것과 그 안에 들어간 경우는 느끼는 바가 달랐다.

"정 그러면 경계를 하면서 지나가지 뭐. 어차피 저기가 공격하기 좋은 지형도 아닌데 뭘 걱정이냐?"

금의기도 총관의 말을 완전히 무시하지는 못했다. 그동안 총관의 말만 들었어도 지금보다는 훨씬 나은 상태가 될 거란 생각에 후회가 들었다. 하지만 이동 속도도 늦추고 싶지는 않았다. 지금 금의기가 두려운 것은 뒤통수였다.

"하긴, 그렇군요."

그의 말에 총관도 순순히 고개를 끄덕였다. 숲은 울창하기는 했지만 평지에 있었다. 그들은 조금만 돌아가면 그만이었다. 적의 매복이 있다고 하더라도 경계만 하면 손해를 볼 일은 없었다. 대비만 되어 있다면 평지에서 적을 만난 것과 다름이 없었다.

"가자. 모두 무기를 점검하고 적의 매복을 대비해라!"

금의기가 명령을 내렸다. 사백 명의 대병력이 숲의 옆으로 움직이기 시작했다.

"으하하하. 매복이라고? 누가 매복을 한다는 말이냐!"

호통한 웃음소리와 함께 숲에서 일단의 사람들이 몰려나오기 시작했다.

"역시 숨어 있는 놈들이 있었구나. 이놈들! 네놈들이 지금 하고 있는 것이 비열한 매복이 아니고 무엇이냐!"

금의기가 호통을 쳤다. 그러나 속은 뜨끔했다.

"바보 같은 놈이로구나. 우리가 무엇이 두려워 매복을 한다는 말이냐. 우리는 그늘에 누워서 너희들을 기다리고 있었을 뿐이다."

"벌레들이 꾸물꾸물 많이도 기어나오는구나!"

금의기는 계속 호통이었다. 점점 불안해졌다. 기어나오는 놈들이 끝이 없었다.

"이보시게나, 의기소침 금 문주. 아직 상황 파악이 안 되시나 보군?"

수염을 기른 건장한 노인 하나가 뒷짐을 쥐고서 숲에서 나왔다. 목소리의 주인이었다.

"어, 어, 너, 너 이 새끼. 너. 너. 너."

금의기가 손가락으로 노인을 가리키며 말을 더듬었다.

"이거 체통에 맞지 않게 왜 그러시나. 의기소침 금 문주."

"너 도무영 이 개새끼! 니가 여기 왜 있냐!"

금의기가 분노해서 소리쳤다. 이 모든 일의 배후에 정사협동문이 있다는 생각이 들었다. 역시 표국 따위가 팔십 명이나 되는 고수들을 거느리고 있는 건 말도 안 되는 일이었다. 정사협동문 정도 돼야 말이 됐다. 이제 모든 것이 설명되었다.

정사협동문주 도무영이 뒷짐을 풀지 않고 앞으로 걸어나왔다.

"거, 참 말이 험하구만. 에잉. 누가 무식한 놈 아니랄까 봐. 의기소침 금 문주."

도무영이 혼잣말처럼 중얼거렸다. 작은 소리가 아니니 안 들릴 리가 없었다.

이제 숲에서 더 이상 나오는 사람들은 없었다. 그러나 이미 만사대행문의 앞에는 칠백 명의 무사들이 늘어서 있었다.

"네가 저지른 일이냐? 네가 만든 일이냐? 네가 한 것이냐? 그런 것이냐?"

상대의 숫자를 보고 내심 조금 질린 금의기였다. 하지만 기호지세였다. 기세에서 밀리지 않기 위해 외쳤다.

"뭐, 그러려고 했는데 할 필요가 없더라고. 네놈들이 헛짓거리를 한다는 소식이 중원 천지 안 들리는 곳이 있어야 말이지. 확실히 지금 보니까, 다들 꼴들이 말이 아니구만. 으하하하!"

도무영이 기분 좋다는 듯이 크게 웃어 제꼈다. 그 웃음소리는 금의기의 가슴에 비수가 돼서 박혔다. 도무영이 저리 여유만만한 것을 보니 오늘 좋은 꼴 보기는 힘들었다.

"협정은? 네놈은 정파 아니냐? 우리와 맺은 휴전 협정은 어떻게 된 거란 말이냐?"

금의기가 물었다. 약속과 명예를 소중하게 여겨야 할 놈들이 협정을 그리 쉽게 깨버릴 줄은 몰랐다.

"협상은 깨라고 있는 거라며? 그게 의기소침 금 문주의 좌우명 아니었는가?"

도무영이 빙글거리면서 말했다. 그는 정말 유쾌했다. 모든 것은 약속대로 되었다. 이제 주워먹기만 하면 되었다.

"네놈은 정파잖앗!"

금의기가 비명 섞인 고함을 질렀다.

"이럴 수는 없다! 명색이 정파라는 놈들이 이리 비열할 수는 없다!"

금의기가 악을 바락바락 써댔다.

"정파란 곳이 뒤통수 맞을 줄 뻔히 알면서 속아주는 곳이라고 생각했냐? 저런, 순진하기도 하셔라. 쯧쯧."

도무영은 이제 안됐다는 듯이 혀까지 찼다. 승자의 여유였다.

"정파가 이런 비열한 계략을 쓰다니, 세상이 두렵지 않느냐!"

금의기의 악은 끝나지 않았다. 패자의 저항이었다.

"비열한 계략이라니. 이건 작전이라네, 작전. 작전이 뭔지는 아는가? 무식해서 모르겠는가? 응? 의기소침 금 문주."

"와하하!"

도무영의 물음에 칠백여 명의 무사들이 큰 소리로 웃었다. 만사대행문의 무사들의 얼굴은 똥 씹은 표정으로 변했다. 금의기가 놀림을 당해서가 아니라 상대의 여유만만한 모습에 기가 죽어서였다.

"그 의기소침이란 말 그만 햇! 난 의기천추 금의기야. 의.기.천.추!"

금의기가 서슬 퍼렇게 외쳤다. 그러나 지금 상황에서는 서슬이 퍼렇든 뻘겋든 일곱 색깔 무지개가 되든 효과가 없었다. 두려워하는 사람이 없었다.

"어쨌거나, 너희들은 대충 보니 사백 좀 넘나? 우리는 참고로 말하면 칠백이라네. 이 숫자 모으느라고 돈 좀 들었다네. 아, 이 친구들이 좀 비싸야 말이지. 본전 차리려면 모가지가 여러 개 필요해. 어서 내놓게나."

　도무영이 정색을 하고 말했다. 당연히 받아야 할 걸 받으러 왔다는
듯한 말투였다. 실제로 돈이 엄청나게 들기도 했다. 이번 일에 협조를
하는 협력 문파들에게 약속한 돈은 천문학적인 액수였다. 그러나 그
돈은 이번의 승리가 보상해 주고도 남을 수 있었다. 만사대행문만 깨
면 그 후에 굴러들어 올 돈은 장난이 아니었다.

　"이, 이놈. 순순히 네놈 말대로 될 것 같냐?"

　금의기가 자신의 쌍검을 꺼내 들며 말했다.

　"좀 넉넉히 내놓게나. 우리도 남는 게 있어야지. 너무 의기소침해하
지 말고."

　도무영이 두 팔을 내밀며 말했다. 정말 머리통을 주면 받을 듯한 기
세였다.

　"이, 이 새끼가! 돌격! 돌파해라. 돌파해서 정파의 개새끼들을 쳐 죽
여라!"

　금의기가 더 이상 참지 못하고 공격 명령을 내렸다. 어차피 뒤에는
백여 명의 고수들이 다가오고 있었다. 그놈들도 정사협동문에서 보낸
고수들일 거라고 생각했다. 시간을 더 끌 수가 없었다. 치밀어 오르는
화와 협공에 대한 두려움에 그는 돌격 명령을 내렸다. 일단 한번 붙어
보고 결정할 일이었다. 상대는 숫자만 많았지 오합지졸일 수도 있었
다.

　"와! 죽여라!"

　싸움을 독려하기 위해서 금의기의 심복 부하들 몇이 고함을 질렀다.
만사대행 동맹군 생존자 사백 명이 그 독촉에 밀려 앞으로 전진했다.

　"한 놈도 놓치지 마라. 놈들은 악당들이다. 죽어주는 것이 사람들에

게 이익이다. 칼에 사정을 두지 마라!"

정사협동문주 도무영도 마주 고함을 질렀다. 이제 그의 얼굴에서 더이상 웃음기는 없었다. 유희는 끝났다.

싸움이 시작되었다.

이 싸움은 전력 차가 두 배에 가까웠다. 정사협동문은 동원할 수 있는 전력을 모두 긁어모았다.

정사협동문이 지금의 병력을 끌어 모을 때, 만사대행문에 비해서 유리한 점이 두 가지가 있었다. 하나는 만사대행문이 이미 다수의 고수들을 끌고 이동했다는 점이었다. 주력이 빠져나갔으므로 남은 만사대행문의 고수들로 정사협동문을 공격할 부대를 편성하기는 불가능했다. 빈집을 털릴 염려가 없었다. 그래서 그들은 본진에 남겨두는 병력을 상당히 줄일 수 있었다.

다른 하나는 그들이 정파였다는 점이었다. 즉, 정사협동문은 만사대행문이라고 하는 하북 남부에서 암약하는 사파와 그 아래의 몇 개 잡사파를 처단하기 위해서 병력을 모은다는 명분을 세울 수 있었다.

정의를 위해서 불의를 처치하자는 명분은 언제나 효과가 좋았다. 이런 명분이라면 싸움에 기어나오기 싫은 문파라도 대놓고 거절하기 어려웠다.

그리고 이 싸움에서 이긴다면 명성을 얻을 수 있었다. 정사파를 막론하고 다른 고수를 무찌르면 명성을 얻을 수 있었다. 그런데 사파의 고수가 정파를 무찌르고 얻는 명성이라면 아주 나쁜 놈이라는 악평이 되기 십상이었다. 하지만 정파에 소속된 고수가 사파를 무찌르면 남들이 우러러보는 명성을 얻을 수 있었다. 사파가 얻은 명성에는 공포가 섞이고 정파의 것에는 존경이 섞였다.

그래서 정파의 고수들은 사파보다 더 명성과 체면치레에 대한 유혹을 많이 받았다. 만사대행문과 그 일당들을 무찌르고 얻는 명성은 꽤 유혹적이었다.

만사대행문은 평소에 여러 잡사파들을 범죄에 끼워주고 그것을 이용해서 압력을 가하고 부려먹었다. 정사협동문은 다른 정파들을 돈으로 부리고 또 명분으로 부렸다. 그것이 그들의 차이였다.

이전에도 그런 명분으로 문파들을 끌어 모아 만사대행문과의 싸움을 해왔다. 그러나 이번 싸움은 상황이 좀 달랐다. 정사협동문주 도무영은 승리를 자신했다. 그는 이번이 이길 싸움이라고 보장하고 협조를 약속한 문파들에게 막대한 보상을 약속했다. 만약 패배한다면 대단한 대가를 지불하겠다고 큰소리를 탕탕 쳤다.

그가 그렇게 큰소리를 쳐대자 다른 문파들이 보기에 이건 정말로 이길 것 같은 싸움처럼 생각되었다. 이기는 싸움은 언제나 반가웠다.

정사협동문주 도무영이 다른 군소 정파들을 설득할 때 전룡대에 관해서는 일체 언급하지 않았다. 그건 그와 비천단창 금천교 단둘만이 알고 있는 이번 일의 최대 비밀이었다. 그것은 광룡이 제시한 이번 작전의 전제 조건이었다.

그가 비록 광룡을 언급할 수는 없었지만 대신에 그에게는 신용이 있었다. 정사협동문이 하는 일은 신용이 기본이었다. 그는 한 번 해준다고 한 일은 반드시 했다. 패배하면 대박으로 보상하겠다고 했다면 필승의 자신이 있다는 뜻이었다.

그는 광룡을 파는 대신에 그가 따로 쓴 비밀 수단에 의해서 적의 전력이 대폭 감소할 것이라고 말했다. 비밀 수단이기 때문에 보안을 위해서 미리 말할 수 없다고 했다. 다만 그들의 승리는 예정된 것이라고 약속했다.

도무영은 스스로도 그 사실을 신뢰했다. 그에게 소식을 전해온 섭병삼은 광룡이 보낸 사람이었다.

광룡은 정사협동문의 핵심 간부와 안면이 튼 사람을 찾았다. 정사협동문의 이인자이자 최고수인 비천단창 금천교가 예전에 전룡대의 작전에 얽혀들었던 적이 있었다. 금천교가 얼굴을 알 만한 대원이 여럿 있었다. 그는 그중에 섭병삼을 포함한 세 명을 정사협동문으로 보냈다. 협상을 위해서였다. 섭병삼은 상대의 말에서 꿍꿍이를 읽는 재주가 탁월했다. 협상에는 제격이었다.

그리고 세 명의 전룡대원들의 이야기를 도무영이 믿었다. 만사대행문의 병력 모집, 증발한 의기천검대, 그리고 광룡이 보내온 이야기를 종합해 보면 모든 것은 불을 보듯 훤했다. 만사대행문은 만만한 표국을 노리고 움직였고, 광룡과 전룡대는 만사대행문을 노렸다. 어부지리였다. 광룡과 전룡대가 있어서 망해가던 정의문이 지금의 정의문으로 변할 수 있었다. 그 광룡과 전룡대가 힘을 빼놓은 만사대행문을 정사협동문이 친다면 필승이었다. 하북 남부의 판도가 완전히 바뀌는 일전이었다. 그는 그래서 가진 바 모든 돈과 신용을 걸고 병력을 모았다.

다소간의 위험은 있지만 승리가 보장되어 있고 명성도 올릴 수 있으며, 돈도 지불하고 혹시 잘못되면 거금을 보상받을 수 있는 싸움이라는 소식에 여러 군소 정파들이 호응을 보내왔다. 짧은 시간에 칠백 명이라는 병력을 모을 수 있었다. 그중에 고수의 비율도 무척 높았다. 명성을 세우고 싶은 정파고수들이 경쟁적으로 참여했기 때문이었다.

삼백 명의 고수와 사백 명의 무사들을 이끌고 온 그들은 광룡이 보낸 전룡대원이 지정해 준 숲에서 예정된 시간에 맞춰 도착한 후 느긋이 기다렸다. 이곳에 있으면 사기 떨어지고 숫자 줄어든 만사대행문의 패잔병들을 보내주겠다는 말에 여유있게 시간을 보내고 있었다.

약속은 지켜졌다. 피곤에 절고 초조해 어쩔 줄을 모르는 사백 명의 패잔병들이 서둘러 다가오고 있었다. 정사협동문의 무사들은 충분한 휴식을 취한 상태였다. 느긋이 일어서서 움직였다.

사백 명과 칠백 명은 전체를 놓고 보면 두 배의 숫자 차이였다. 그러나 싸움이 시작되고 나자 정작 칼질을 하고 있는 하나하나의 무사들의 입장에서는 그 숫자의 차이를 느낄 수 없었다. 만사대행문 쪽에서도 나름대로 전열을 유지하고 있었기 때문에 대부분의 무사들은 바로 앞의 적만을 상대했다. 정사협동문의 무사들 중 노는 칼들이 많아졌다.

이것이 무슨 놀이라면 노는 칼들은 끝까지 놀고 있어도 괜찮았다. 하지만 이건 전투였다. 그들이 노는 만큼 동료들이 피를 뿌렸다. 동료의 숫자가 줄어들면 자신의 피로 그 자리를 채워야 했다. 뭔가 해야 했다.

정사협동문의 남는 병력들은 만사대행문의 옆과 뒤를 공략하기 시작했다. 그들의 생각은 주효했다. 머리 숫자로 몰아치는 데는 방법이 없었다. 게다가 고수의 숫자도 두 배였다. 두 주먹이 네 주먹을 이기기는 어려운 법이었다.

싸움이 시작하고 얼마 되지 않아서, 정사협동문은 만사대행문을 완전히 포위했다. 그렇게 되니 만사대행문이 본격적으로 몰리기 시작했다. 달아날 곳이 없다는 두려움도 그들을 압박했다. 외곽에서 내곽으로 날아드는 검이 안쪽에서 방어하는 검보다 많아졌다. 슬슬 만사대행문 쪽의 원형 방어진 곳곳에 구멍이 뚫리기 시작했다. 그리고 그 자리는 곧바로 정사협동문의 무사들이 치고 들어왔다.

고수 숫자의 차이도 큰 영향을 끼쳤다. 정사협동문의 고수들 숫자가 만사대행문의 그것보다 거의 두 배였다.

두 문파는 모두 고수들을 전열에 세우고 싸움을 했다. 그러나 만사대행문 칠성표국 원정대가 버텨야 하는 원의 넓이는 넓었다. 정사협동문은 공격하고 있었고 만사대행문은 방어하고 있었다. 정사협동문은 전진하고 있었고 만사대행문은 물러설 곳이 없었다.

정사협동문의 공격 대형에 구멍이 뚫려도 만사대행문은 그곳을 치고 나오지 못했다. 정사협동문에는 예비대가 많았다. 반면에 만사대행문의 방어 진형에 구멍이 뚫리면 정사협동문은 그 자리를 어떻게든 비집고 들어왔다.

그렇게 만든 쐐기들에 의해서 수비 진형이 점점 무너지고 있었다. 그리고 그 진형의 한가운데에 있던 만사대행문주에게 정사협동문의 서열 이위이자 최고수인 비천단창 금천교가 직속 부하 고수들을 이끌고 접근했다.

"이보시오, 의기소침 금 문주. 아랫것들로 벽을 치면, 에잇! 그러면 숨을 수 있을 것 같소? 이러지 말고 우리 한번 검을 섞어봅시다."

비천단창 금천교가 멋모르고 달려드는 무사 하나의 목을 단창으로 구멍을 내주면서 말했다.

"이 비천한 새끼가 어디서 지랄이야. 숨긴 누가 숨어. 나는 여기 있어. 여기 있단 말이다. 어서 와봐. 어서 와서 내 칼을 받아봐!"

만사대행문주가 움직이지 않고 고함을 질렀다.

"그러지 않아도 곧 갈 참인데, 발에 걸리는 놈들이 꽤 많군. 의기소침 금 문주, 부하들을 잘 키웠소. 헛!"

입은 여유를 가지지만 몸은 바빴다. 방어진을 억지로 뚫고 있는 금천교에게 고수 하나가 검을 뻗으며 몸을 날렸다. 금천교는 그 고수의 검을 자신의 단창을 엇갈려 막았다. 단창을 가위처럼 죄어 검날을 물어버렸다. 적이 달려드는 기세를 거스르지 않고 단창으로 힘을 보태며 몸을 빙글 돌렸다. 검이 그의 힘에 더해져서 옆으로 날아갔다. 검을 든 고수는 그 검을 놓지 않았다. 달려들던 기세가 있었기 때문에 검에 딸려가며 금천교를 스치고 지나갔다. 그리고 그 고수가 도착한 장소에는 금천교를 따라온 여러 자루의 검이 기다리고 있었다. 그 검들이 그를 순식간에 고깃덩어리로 만들어 버렸다.

"이렇게 죽을 줄 알면서도 열심히 달려들다니 말이오."

금천교가 다시 여유를 찾고 만사대행문주에게 말했다. 그의 발은 여전히 부지런히 움직이고 있었다.

그런 식으로 몇 번의 싸움을 더 거친 후 마침내 금천교가 만사대행문주의 앞에 도착했다.

"물러서라. 싸움을 방해하지 마라!"

금천교가 먼저 따라온 부하들을 물리쳤다. 그들이 쐐기가 되어 중심까지 치고 들어오는 바람에 이미 만사대행문의 방어진은 상당히 와해되어 있었다. 진을 유지하지 못하는 건 만사대행문에게는 치명적이었다. 눈앞의 하나의 적만 상대하던 무사들은 이제 하나가 둘 이상을 상대해야 하는 경우가 많아졌다. 그건 패배를 의미했다.

"물러서라! 너희들도 물러서라!"

만사대행문주도 부하들을 물리쳤다. 지금은 역전의 계기가 필요했다. 이들을 물리칠 계기를 원했다. 눈앞에 서 있는 정사협동문의 최고수인 금천교를 무찌른다면 그 계기를 얻을 수도 있었다. 자고로 모든 싸움에서 대가리를 잡는 것만큼 좋은 작전은 없었다.

두 사람 주위에 제법 널찍한 공간이 생겼다. 전투도 어느 정도 소강 상태로 들어섰다. 서로 상대에게 무기를 겨누고 있으면서도 자신들의 대표자들의 싸움의 결과를 곁눈질로 힐끗거렸다.

만사대행문주 의기천추 금의기는 쌍검을 사용했다. 그의 쌍검술은 하북에서도 유명한 것이었다.

정사협동문의 비천단창 금천교는 두 자루의 단창을 썼다. 검과 단창이었지만 서로 두 자루니 숫자에서 불리한 것은 없었다. 그리고 어차피 쌍검이 장검보다 항상 유리하다면 모든 무인들이 검을 두 개씩 가지고 다녀야 했다. 제대로 수련하지 못한 쌍검은 한 자루의 검보다 단점이 더 많았다. 그리고 어떤 무기라도 제대로 수련한 것은 무서운 법이었다.

하북에서는 둘 다 유명한 사람들이었다. 하나는 만사대행문의 문주이자 최고수였고 다른 하나는 정사협동문의 이인자이자 최고수였다. 둘 다 거대 문파의 최고수였다.

무인이 젊었을 때 얻는 명성은 대부분 덧없는 것이었다. 특별히 대단한 명성을 쌓은 사람을 제외하고는 젊을 때의 실력이 늙어서까지 인정받지는 못하는 경우가 많았다. 은거한 고수는 잊혀지기 마련이었다.

반면에 그 둘은 스스로의 무공보다 가진 직위와 그 문파의 서열 발표로 무림의 명성을 유지했다. 둘 다 최고수라고 하는 것은 각자의 문파에서의 발표였다. 외부에서는 딱히 증명해 낼 방법이 마땅치 않았기 때문이었다.

그 정도의 거대 문파의 문주나 이인자에게 함부로 비무나 싸움을 거는 떠돌이는 거의 없었다. 문파의 최고수인의 사람들 입장에서는 도전해 오는 자들과 싸울지 말지의 결정은 선택 사양이었다. 하고 싶으면 하는 것이었고 하기 싫으면 하지 않는 것이었다. 그리고 보통은 모르는 사람의 비무는 잘 받아주지 않았다.

그들 정도의 유명 문파의 최고수들이 개인의 도전을 일일이 받아줬다가는 명성을 노리는 불나방들 때문에 하루 종일 싸움만 하면서 보내야 했다. 도전자는 아래 선에서 적당히 혼내주거나 죽여 없앴다. 그러고 만약 그런 싸움을 받아들였다가 정말 재수없어서 깨진다면 그건 문파의 치욕이었다. 그 문파의 공식적인 최고수가 떠돌이에게 깨지면 어디 가서 하소연할 데도 없었다.

그래서 자잘한 문파라면 모를까, 큰 문파의 최고수 급들과의 비무는 인맥이 동원되지 않는다면 불가능한 일이었다.

그런 이유로 그 둘은 서로의 무공에 대해서 얕잡아 보는 면이 있었다. 상대의 명성은 상대 문파의 규모를 등에 업고 얻은 것이라고 믿었다. 미워하는 문파의 최고수가 자기보다 무공이 높다고 인정하는 것보다 그게 더 즐거웠기 때문이었다.

"검을 두 자루가 아니라 백 자루를 들더라도 내 손에 걸리면 수수깡 백 자루와 다를 바 없다."

"걸리면 그 새끼 팔은 오른 칼로 잘라주고, 그 새끼 다리는 왼 칼로 잘라줄 거야. 몸통에 머리만 남아서 떼굴떼굴 구르는 걸 보고 싶다고."

평소에 그들은 그런 말들로 상대의 무위를 폄하하고 자신의 무공을 자랑했다.

"소문은 들었소. 내 팔과 다리가 얼마나 질긴지 한번 알아보고 싶으시다고?"

금천교가 단창 두 자루를 움켜쥐고 말했다.

"수수깡으로 잘라주마. 아플 거다. 내 수수깡은 날이 잘 안 들거든."

"내 비천십팔단창술에는 눈이 없어 사정을 봐주지 못하오이다."

"니 비천한 씨팔놈의 단창술은 원래 눈에 뵈는 게 없을 거다."

금의기가 즉시 맞받아쳤다. 말싸움부터 질 수는 없었다.

아주 잠깐의 대치가 지난 후, 시간이 부족한 만사대행문주 의기천추 금의기가 먼저 움직였다. 금의기가 몸을 날리며 양손의 검을 바람개비처럼 돌렸다.

"갈아 마셔주마!"

금의기가 크게 고함을 질렀다.

금천교가 두 자루 단창을 쥔 손에 힘을 한번 꽉 주었다. 그리고 몸을 뒤로 슬쩍 빼면서 쌍창으로 좌우를 빠르게 찌르기 시작했다. 수십 번의 베기와 수십 번의 찌르기가 순식간에 일어났다. 일반 무사들에게는 칼과 창의 그림자만 보일 뿐이었다.

"으하하. 어떠냐, 이놈아. 네놈이랑 이 몸의 차이가 느껴지냐?"

만사대행문주 금의기가 호탕하게 외쳤다. 첫 격돌에서는 그가 이익을 봤다. 그는 아무런 피해가 없어 보였지만 정사협동문주는 옷의 여기저기가 찢어져 있었다. 검은 휘두르니 그 움직임이 컸고 대충이라도 스치면 효과가 있었다. 금천교는 단창을 찔러 그 검들을 견제하려고 하니 금의기보다 불리했다. 찌를 때는 한 점을 노려야 하는 법이었고 움직이는 검의 한 점을 맞추는 것은 그리 쉽지 않았다.

제대로 하려면 검이 제대로 전개되기 전에 그 움직임의 시작점을 찔

러서 방해해야 했는데 금의기의 실력이 의외로 대단했다. 금천교로서
는 전개가 된 것을 걷어내는 것이 겨우였다. 간혹 놓치는 검은 몸을 바
삐 움직여 피해야 했기 때문에 그 과정에서 옷을 스치고 지나간 검날
들이 있었다.

한쪽의 우세가 명확히 드러났다. 만사대행문의 무사들의 기세가 올
라갔다. 정사협동문의 무사들은 몸을 조금 뒤로 뺐다.

"어디 이번엔 내가 갈 테니 한번 막아보거라. 이얍!"

자존심이 상한 비천단창 금천교가 소리를 지르며 몸을 날렸다. 그의
오른손에 들린 단창이 만사대행문주의 왼팔을 노리고 허공을 뚫고 날
아갔다. 옆으로 날아드는 단창을 막기 위해 만사대행문주는 오른손의
검을 바깥으로 뻗었다. 검으로 단창을 바깥으로 밀어내고 금천교의 몸
을 왼손의 검으로 베려고 했다. 금천교가 왼손의 단창을 마저 뻗었다.
오른손이 단창이 공격하는 방향이었다.

만사대행문주는 검을 막으면서 뭔가 잘못됐다는 것을 눈치 챘다. 아
까의 대결에서는 상대의 단창의 힘이 그리 대단하지 않았다. 그런데
지금 막은 이 단창은 그 힘이 대단했다. 거기에 더해서 단창이 하나 더
호응을 들어왔다. 오른팔이 감당하지 못하고 죽 밀려들었다. 기겁을
한 그는 왼손에 든 검을 돌려 오른손을 보조하려고 했다.

그 순간, 금천교가 두 자루 단창을 빼냈다. 왼팔을 막으려고 만사대
행문주의 두 검이 모두 한쪽으로 몰려 있는 순간이었다. 금천교의 몸
이 자세를 낮추면서 제자리에서 뒤쪽으로 팽이처럼 회전했다. 그의 쌍
창이 몸을 따라 둥근 원을 작게 그리더니 만사대행문주의 오른쪽 옆구
리로 날아들었다. 도는 속도가 빠르고 원심력이 더해진 그 힘은 대단
했다. 비천단창의 절초였다.

"으헉!"

하수였다면 허리가 꼬치처럼 꿰여 죽었을 한 수였지만 만사대행문주는 무공이 높았다. 그는 몸을 뒤로 쭉 빼면서 그 두 자루 쌍창의 공격을 피했다. 자세가 나쁜 상태에서 필사적으로 몸을 뺀 덕분에 땅바닥에 나뒹굴었지만 곧바로 몸을 세웠다. 흙투성이가 된 그가 두 손의 검을 다시 움켜쥐었다. 배가 따끔했다. 슬쩍 보니 옆구리 두 군데에서 피가 배어 나오고 있었다. 배가 빨갛게 물들어가고 있었다. 움직임에 지장이 없는 것으로 봐서 다행히 뱃속까지 찔리진 않은 것 같았다.

"허, 헉. 이놈. 좀 하는구나."

그가 숨을 헐떡이면서 말했다.

'죽는 줄 알았다.'

등에 식은땀이 흘렀다. 정사협동문의 무사들이 기운이 살아 한 걸음씩 앞으로 전진했다. 만사대행문의 무사들은 모두 뒤로 물러섰다. 만사대행문주의 배를 적시는 피를 보고 사기가 떨어졌다.

금의기가 주변을 둘러보았다. 부하들은 밀리고 있었다. 적의 숫자가 훨씬 많았고 수비진은 무너져 있었다.

그리고 정사협동문의 최고수인 비천단창 금천교는 녹록한 상대가 아니었다. 자기보다 고수로는 보이지 않았지만 아무래도 자기의 아래도 아닐 것 같았다. 맞수였다. 호쾌하게 죽여서 전황을 뒤집을 수 없었다. 백 초를 싸워야 할지, 천 초를 싸워야 할지 알 수 없었다.

일단 살아야 했다. 돌아가면 아직 그를 받드는 무사들도 많았고 관계가 좋은 문파들도 많았다. 치고 나가기는 어려워도 지키는 데는 문제가 없었다. 힘을 키워서 복수를 해야 했다.

"총관!"

"옛!"

만사대행문 총관이 그의 옆으로 다가왔다.

"저 새끼들은 문주가 아니라 아랫것을 내보냈다. 내가 나서니 체면이 서지 않는구나. 일단 니가 저 새끼를 잠시만 막고 있어라."

"옛!"

총관이 힘차게 대답했다. 문주가 무슨 비장의 수법을 쓰기 위해서 준비를 하는 것으로 착각했다. 상대가 강하다고 하지만 잠시만이라면 얼마든지 막을 수 있었다. 만사대행문의 총관을 하려면 무공 좀 해야 했다. 어디 가서 맞고 돌아온다면 무림문파, 특히 사파의 총관을 할 수 없었다. 그는 실제로 만사대행문주의 오십 초 정도는 버틸 수 있었다. 금천교의 공격도 그 정도는 막아낼 수 있을 거라고 스스로를 믿었다.

총관이 검을 곧추세우고 금천교를 노려보았다. 모든 정신을 금천교에게 집중했다. 다른 소리는 들리지 않았다. 그의 눈에는 금천교만이 보였다. 검에 잔뜩 몰아넣은 기운이 지나쳐 손이 부르르 떨렸다. 손의 떨림을 따라 검끝도 같이 진동했다. 검이 우는 듯한 소리가 나직하니 퍼졌다.

"헛!"

금천교가 깜짝 놀랐다. 입을 떡하니 벌렸다. 그 모습을 본 총관이 뿌듯해졌다.

"왜? 겁나냐? 사나이라면 겁이 나더라도 싸워야 할 때가 있는 법이다. 덤벼라!"

그가 호쾌하게 말했다. 금천교의 당황한 모습에 유쾌해졌다.

싸움에 적극적이지 않던 정사협동문주가 금천교의 옆으로 다가왔다.

"협공이냐? 무림에서의 지위가 창피하구나. 오너라. 얼마든지 받아주마!"

총관이 당당하게 외쳤다.

"야, 니네 문주 도망간다."

정사협동문주가 입을 다물지 못하고 있는 금천교를 대신해 말했다.

"무슨 개소리냐?"

"니네 문주 도망갔다고. 니 뒤에 니네 편들도 다 도망갔어. 이 등신아."

정사협동문주의 말에 만사대행문 총관의 이목이 열리기 시작했다. 주변의 소리가 조금씩 커지고 정사협동문주와 그 근처가 아닌 다른 곳도 눈에 들어왔다. 눈길을 좌우로 힐끗힐끗 돌려보았다. 아무도 보이지 않았다. 고개를 홱 돌려봤다.

"으헉!"

그의 뒤쪽으로 만사대행문의 문도들이 신나게 달아나고 있었고, 그 문도들을 정사협동문의 무사들이 추격하고 있었다. 그리고 저 멀리 달아나는 선두에 만사대행문주의 금빛 옷이 힐끗 보였다.

"문주 이 개새끼야아아아!"

만사대행문 총관이 악을 썼다.

145

第七章

"두고 보자. 으득."

금의기가 이를 갈았다. 만사대행문을 물려받아 이만큼 키우는 동안 위기도 많았지만 언제나 잘 헤쳐 나왔다. 지금의 위기도 극복할 수 있으니 힘내라고 스스로를 격려했다.

만사대행문으로 돌아가기만 하면 극복이 아예 불가능한 것은 아니었다. 인근의 협력 문파들의 지원을 끌어내면 쳐들어가는 건 몰라도 수비하는 것 정도는 얼마든지 가능할 거라고 생각했다. 일단 버티기에 성공하면 그 다음부터는 주변을 쥐어짜서 다시 힘을 키우면 되는 일이었다.

그러기 위해서는 살아서 돌아가는 것이 중요했다.

"개새끼들. 칠성표국 새끼들. 정사협동문 새끼들. 이 새끼들 다 한통속이었어. 개새끼들."

그가 연신 욕을 하면서 달리는 걸음을 멈추지 않았다. 그의 근처에는 죽어라고 그를 쫓아오는 백여 명의 무사들이 있었다. 고개를 돌려 그 규모를 다시 확인해 보았다. 싸움에서 꽤 죽어나갔지만 그래도 아까는 좀 더 많아 보였는데 그사이에 수가 또 줄었다.

"이 새끼들도 달아난 거냐?"

육백 명이 출발했는데 백 명이 남아 있었다.

"아, 그래. 자잘한 문파 새끼들이 잔뜩 달아났겠지. 으득, 이제 끝난 나한테 미련은 없다 그거지? 개새끼들. 후회하게 될 거다. 나 의기천추 금의기. 아직 안 죽었다. 아직 안 죽었다고!"

그가 고함을 질렀다. 주먹을 불끈 쥐고 악을 썼다. 얼마가 자신의 직속 부하고 얼마가 다른 문파의 부하들인지는 알 수 없었지만 적어도 그가 데려온 사파의 문주나 책임자 급들은 하나도 남아 있지 않았다.

갑자기 금의기가 달리기를 멈추었다.

그들의 진행 방향 앞에 한 떼거지의 복면인들이 나타났다.

"너 이 새끼들, 아까 그 새끼들이구나. 이 새끼들. 니들 다 씹어먹어 버리겠다!"

화가 치민 금의기가 고함을 질렀다. 저놈들 때문에 지금의 처지에 빠졌다는 생각이 들었다. 화가 치밀어 올랐다. 차라리 아까 저놈들이랑 한 판 붙을 걸 잘못했다는 후회를 했다.

"선택은 니가 해라."

광룡이 말했다.

"뭘?"

금의기가 쌍검을 꼬나 쥐면서 물었다. 갑자기 뭔 선택인지 몰랐다.

"너와 나. 둘이 싸워서 네가 이기면 모두 보내주마."

광룡의 말에 금의기가 혹했다. 이게 웬 떡이냐 싶었다.

"지면?"

이기고 진 후의 일은 가장 확실히 해두어야 하는 부분이었다. 고생해서 이겼는데 낙이 없으면 곤란했다.

"남은 놈들은 내 맘대로 하겠지."

구워 먹든 삶아 먹든 신경 쓰지 말라는 뜻이었다.

"니가 졌다고 니 부하들이 순순히 우리를 보내줄까?"

그게 가장 중요했다. 대장 놈을 잘게 다져 버렸더니 부하들이 복수하겠다고 나선다면 힘들여 싸운 보람이 없었다.

"나를 이겼다면 살아갈 자격이 있다."

"내 부하들은 내가 졌다고 순순히 목을 내밀까?"

금의기가 마지막으로 확인을 했다. 저놈들이 뭘 믿고 사파를 상대로 이런 제안을 하는지 궁금했다. 명색이 악당들이 모인 곳이 사파였다. 대장이 졌다고 물러나는 거라면 모를까, 순순히 죽여주십쇼라고 할 리가 없었다. 골수 사파에게 있어서 약속은 수단의 하나였다.

"안 내미는 놈들은 다 죽는다."

광룡이 단호하게 말했다. 금의기에게는 그 말이 뭔지 모르게 설득력 있게 들렸다.

금의기가 입을 다물었다. 상대는 자기의 부하들을 무찌를 수 있다고 자신하고 있었다. 지난 열흘 정도의 습격을 볼 때, 그들에게는 그만한 능력이 있어 보였다. 지금의 고수와 무사들이 섞인 패잔병으로 같은 숫자의 저들을 이길 자신은 없었다.

문제는 자신이 저자와 일 대 일로 싸워서 이길 수 있느냐였다.

그는 이길 수 있다고 보았다.

그가 알기로 정사협동문의 최고고수는 비천단창이였다. 금천교는 어려서부터 좋은 영약을 밥 먹듯이 했고, 체계적으로 무공을 수련했다. 그 타고난 근골도 뛰어났으며 스스로도 자신의 위치를 자각하고 열심히 무공을 익혔다. 그리고 그가 익힌 무공들은 정사협동문의 최고의 무공들로만 구성되어 있었다.

명문정파가 작정을 하고 키운 금천교였다. 강하지 않으면 그게 오히려 이상했다. 정사협동문의 다른 고수들 중에도 무공 좀 하는 자들이 있었지만 모두 금천교보다 하수였다.

정사협동문이 사실은 음모로 가득 찬 곳이라 세상을 속이고 비밀 병기를 따로 두고 있다면 모를까, 상식적으로 생각하면 최고수라고 대외적으로 공표한 금천교보다 더 뛰어난 고수가 숨어 있다고 보기는 어려웠다.

그런 금천교와 자신은 비슷한 실력이었다.

옆구리가 따끔거렸다.

실수로 조금 다쳤지만 그만하면 맞수라고 할 만했다.

금의기는 저 팔십 명의 복면인들이 정사협동문에서 보낸 것이라고 철석같이 믿고 있었다. 설마 정사협동문주가 팔십 명이나 용병들을 사서 보냈을 것 같지는 않았다. 따라서 저 지휘관은 비천단창 금천교보다 무공이 낮아야 했다. 계산이 그렇게 되었다. 복면인들의 대장을 명예욕에 눈이 어두운 놈으로 결론을 내렸다. 명예란 정파인들의 목숨을 갉아먹는 독이라고 생각했다. 사파인 그의 입장에서는 고마운 일이었다.

"좋다. 부하들을 살릴 수만 있다면 무엇을 마다하겠느냐? 내 목숨으로 부하들의 목숨을 구한다면 그것도 사나이로서 나쁘지 않은 선택이겠지. 약속은 지켜라. 자! 오너라!"

그가 검을 곧추세우며 말했다. 금의기는 지금 말을 잘해야 했다.

이번 원정의 패배로 실추된 자신의 위상을 살릴 기회였다. 여기서 적장을 무찌르고 그의 부하들을 구한다면 돌아가서 살아남은 자들의 충성을 얻을 수 있었다. 부하들이 감동할 말을 골라야 했다.

그가 승리만 하면 다른 복면인들이 약속을 지키지 않는다고 하더라도 부하들은 죽어라 싸울 거라고 생각했다. 그로서는 이기기만 하면 되는 장사였다. 기회였다.

"각오가 제법이구나. 네가 오너라."

광룡이 대답했다. 그가 여기서 자신의 신분을 밝힐 수는 없었다. 일보경혼까지라면 몰라도 일도단천은 그 특징이 너무 명확한 무공이었다. 그냥 내려치거나 빨리 내려치거나 위력적으로 내려치는 것까지는 상관없었다. 그러나 제대로 펼쳐진 일도단천은 하늘을 쪼갤 것 같은 기세가 있었다. 적들 중에는 고수 수십 명이 섞여 있었다. 그들이 싸움의 이야기를 퍼뜨리게 되면 누구나 광룡의 존재를 의심한다.

그래서 손이 묶인 채로 싸워야 했다. 이미 전룡대원들에게 복면을 씌운 것만으로도 충분히 자존심이 상할 일이었다. 그걸 감수했는데 정체를 드러낼 수는 없었다. 그리고 금의기의 의도를 무산시키려면 비참하게 패배시켜야 했다.

"내 사회적 지위와 체면을 생각할 때, 네놈이 오는 것이 옳다!"

만사대행문주가 다시 말했다. 정상적인 비무였다면 아랫사람이나 하수가 덤비는 것이 예의였다. 반면에 비무가 아니라 생명을 걸고 싸우는 무림의 싸움에서 예의를 차려 무엇 하냐는 것이 제법 많은 사람들, 특히 사파의 인식이었다. 그러나 기왕 이길 것, 적이 와주는 것이

보기에 나왔다. 금의기는 지금 명분을 만들기 위한 싸움을 하는 것이
므로 더욱 그랬다.

광룡이 한 걸음을 나섰다. 금의기가 바짝 긴장한 채로 그 걸음을 바
라보았다. 승리를 자신했지만 쉽지는 않은 상대일 거라고 추측하고 정
신을 바짝 차렸다.

"이제 네가 오너라."

광룡이 다시 말했다.

금의기의 얼굴이 시뻘게졌다. 그는 지금 농락당하고 있었다. 다른
곳에서라면 여유있게 대응해 줄 수 있었지만, 지금의 그는 부하들의 생
명을 구하기 위해서 자신의 목숨을 내건 역할을 하고 있었다. 비장한
각오로 임하는 싸움이어야 하는데, 상대는 그 싸움의 격을 떨어뜨리고
있었다.

"이노옴!"

그는 더 이상 참지 않았다. 그의 몸이 앞으로 쏘아져 나가면서 쌍검
이 허공에 여러 개의 원을 그렸다.

광룡이 그런 그의 검술을 물끄러미 바라보았다. 그 검술의 수준은
이미 알고 있었다. 정사협동문의 비천단창 금천교와 싸우는 모습을 멀
리서 보고 충분히 파악을 했다.

광룡의 도가 오른쪽에서 원을 그리는 칼을 막았다. 광룡의 도집이
왼쪽에서 원을 그리는 칼을 막았다. 정사협동문주도 뛰어난 고수였으
므로 즉시 진로가 막힌 두 자루의 검을 회수했다. 그러나 회수하는 데
찰나지간의 시간이 필요했다.

광룡이 앞으로 한 걸음 움직였다. 비록 땅이 파이지도 않았고 바람
소리도 요란하지 않았지만 그의 한 걸음에는 일보경혼의 오의가 녹아

있었다. 그리고 특히 그가 움직인 시점이 적절했다. 그는 만사대행문주의 움직임의 맥을 탔다. 만사대행문주가 두 팔을 활짝 벌리고 동시에 두 자루의 검을 회수하는 그때에 그의 몸이 앞으로 움직였다.

"으헉!"

금의기가 경악성을 질렀다. 복면이 갑자기 그의 앞에 나타났다. 뒤늦게 몸을 뒤로 빼서 피하려고 했다. 앞을 잔뜩 경계했다. 광룡의 눈을 보며 조금도 긴장을 늦추지 않았다. 쌍검을 다시 앞으로 내밀려고 했다. 그와 동시에 뒤로 피하기 위해서 다리에 힘을 주었다.

"컥."

다리의 힘이 빠졌다. 광룡의 다리가 이미 그의 고환을 차고 있었다. 삼류잡배나 쓸 만한 공격이었다. 그래서 상대를 고수라 생각하고 잔뜩 준비하던 금의기는 허를 찔렸다.

그의 몸이 멈칫한 사이, 도를 바닥에 꽂아버린 광룡의 손이 주먹을 쥐고 턱을 올려쳤다. 멀쩡할 때라면 모를까, 고환이 깨지는 듯한 고통에 빠진 금의기로서는 광룡의 주먹을 피하기가 어려웠다. 광룡의 주먹이 다시 그의 명치를 직격했다. 고통에 몸을 가누지 못하고 수그러드는 그의 머리의 관자놀이를 광룡이 팔꿈치로 찍었다.

이제 금의기는 자신이 무슨 꼴을 당하는지 알 수 있었다. 상대가 자신을 치는 수법에는 초식이 없었다. 혹시 초식이 있을지도 모르지만 치는 모양새와 순서는 분명히 시장통의 싸움꾼들의 막싸움이었다. 그런데 처음 고환을 얻어맞은 후로 미처 저항할 틈도 없이 급소만 노리고 주먹이 날아들었다. 위력도 장난이 아니었다. 시점도 절묘했다. 막을 수가 없었다.

관자놀이까지 얻어맞은 그가 구부정한 자세로 뒤로 두세 걸음 비틀거리며 물러섰다. 광룡이 몸을 공중에 띄웠다. 몸을 날려 한 발로 금의기의 얼굴을 걷어찼다.

금의기가 바닥으로 나뒹굴었다. 그가 무공이 뛰어나지만, 일반 무사한테 급소만 골라서 이만큼을 얻어맞으면 버티기 힘들었다. 아무리 적당히 했다고 하지만 광룡의 주먹이 일반 무사와 비교할 수준은 절대로 아니었다.

그리고 광룡은 이런 싸움이 익숙했다. 이건 개망나니 시절의 그의 싸움 방식이었다. 그의 무공 경지에 이르면 막싸움의 기술들도 가장 적절한 순간에 발휘되어 고급 무공 못지않게 되는 법이었다.

마지막으로 몸을 띄워 걷어찬 발에 맞은 금의기가 땅바닥에 나뒹굴었다. 그런 금의기의 얼굴 앞에 광룡이 쭈그리고 앉았다.

"졌냐?"

"비겁한 놈. 내 부하들은 너희들을 용서하지 않을 것이다!"

일단 비겁하다고 몰아붙였다. 상대는 막싸움을 익힌 놈이었다. 그런 놈들에게 무공의 고수인 자신이 굴복할 수는 없었다.

광룡이 고개를 돌리고 금의기의 남은 부하 백여 명을 쳐다보았다.

"너희들도 해볼 테냐?"

금의기의 부하들과 또 협력 문파 무사들은 이미 사기가 바닥이었다. 칠백 명이 출발해서 남은 것이 백 명이었다. 무슨 구국의 결사대도 아닌데 남은 백 명이 높은 사기를 유지할 수 있을 리가 없었다. 그들은 지금 싸움 자체가 진저리가 난 상태였다.

그들이 그런 상태인 것을 알기 때문에 금의기가 직접 나선 것이었다. 자신의 행동으로 부하들에게 감동을 주고, 그들의 사기를 높여 이 난관을 타개해 보려고 했다. 더불어 고향에 돌아가서 다시 세력을 모을 때도 유리하게 하기 위해서 싸움에 나섰다.

문제라면, 그가 막싸움에 맞았다는 것이었다. 그가 장렬히 싸우다가 어쩔 수 없이 패했다면 사기가 어느 정도는 살아날 수 있었다.

만약에 적의 고수의 실력이 너무 대단해서 패배하는 경우를 당했다고 하더라도, 적어도 싸울 마음을 가지는 부하들을 한 줌 정도는 건질 수는 있었다.

그런데 부하들이 보기에 그들의 문주는 되는대로 싸우는 시장통 막싸움에 얻어맞고 뻗어버렸다. 화려한 초식도, 절묘한 수법도 없었다. 고환 차기, 팔꿈치로 머리 치기, 명치 때리기 등등, 나중에는 날라차기까지 이건 완벽한 막싸움이었다.

그리고 옆에서 보기에는 그 위력도 대단하지 않았다. 맞는 당사자야 반격이라도 해보려고 해도 절묘하게 치고 들어오는 공격에 치를 떨지만, 옆에서 보면 충분히 막을 수 있는 것도 막지 못한 못난이 문주였다.

이미 그들의 머리 속에는, 첫 번째 금의기의 화려한 공격을 간단히 걷어낸 광룡의 모습은 없었다. 그 사실을 기억은 하고 있었지만 그 이후의 모습이 너무 강렬해서 앞의 기억을 흐리게 만들었다.

광룡이 몸을 스윽 일으켰다. 백여 명의 만사대행문 무사들이 몸을 움찔거렸다.

"살려고 하는 자는 살 것이요, 죽으려고 하는 자는 죽을 것이다. 죽겠느냐?"

몇 명의 무사들이 고개를 도리도리 흔들었다. 죽고 싶은 놈이 있을 리가 없었다.

"앞으로 나와 무릎을 꿇는 자 살 것이요, 그대로 서 있는 자는 죽을 것이다. 살겠느냐?"

광룡이 다시 물었다.

오늘 정사협동문과의 전투를 제외하고도 지난 며칠간 당한 습격으로 이백여 명을 잃었다. 비록 정면 대결이 아니었다고는 하지만 그들은 그 과정에서 한 명도 붙잡지 못했다. 그리고 지금 그들 중 최고수인 금의기가 일방적으로 두들겨 맞았다. 결투도 아니었다. 저항도 제대로 못하고 그냥 얻어맞는 모습을 보았다. 이제 기댈 데도 없었다.

그동안 습격당할 때마다 그렇게 추격해도 한 놈도 잡지 못했다. 워낙 잘 달리는 놈들이니 반대로 자신들이 달아난다면 저들에게 붙잡힐 공산이 컸다. 그런 생각들이 들자 만사대행문 칠성표국 원정대의 무사들은 서로 속닥이기 시작했다.

가장 먼저 움직인 것은 만사대행문이 동원한 문파 소속의 일반 무사들이었다. 생명의 소중함이야 모두에게나 똑같았지만 아무래도 그들은 충성심과 배짱이 부족했다. 망해도 만사대행문이 망하는 것이었지 자기들이 밥 굶게 되는 건 아니었다. 소속 문파의 수입이야 줄어들겠지만 그래도 죽는 것보다는 백배 나았다.

그들이 움직이자 만사대행문 소속 고수 몇이 그들을 제지하려고 했다. 그러나 그들은 곧 발걸음을 멈출 수밖에 없었다. 복면인들이 그들을 향해 따가운 살기를 뿌리며 경고를 했다. 팔십여 명이 뿌려대는 살기가 그들의 전신을 압박했다.

살기를 뿌린다는 자체가 이미 고수라는 증거였다. 하수라면 다른 사람이 느낄 수 있을 만한 살기를 맘대로 뿌리기 어려웠다. 심한 긴장 상태에서 분노 등의 급격한 감정의 변화가 있을 때라면 모를까 이렇게 자신의 의지에 의해서 살기를 뿌린다는 것은 그것이 가능할 만큼의 수련을 거쳤거나 하다못해 많은 사람을 죽여보기라도 했다는 뜻이었다.

그래서 팔십 명의 살기는 효과가 충분했다. 만만치 않은 상대들임을 이미 알고 있었지만 그 살기가 확신을 주었다. 그건 명백한 경고였다.

다음으로 움직인 것은 먼저 항복한 무사들과 같은 소속의 고수들이었다. 그들도 만사대행문에 대한 의리만 조금 구석에 치워놓으면 목숨을 살릴 것 같다는 기대감이 있었다. 앞으로는 공포의 복면인들이 있었고, 뒤로는 정사협동문이 머지않아 몰려올 터였다. 살길이 부족했다.

항복한다고 해서 꼭 살려준다는 보장이 있는 것은 아니었다. 그러나 자신들은 사파였고 상대는 정사협동문이 동원한 부대였다. 정사협동문은 제법 유명한 정파였으므로 이들도 정파라고 믿었다. 정파가 살려준다고 약속했으면 살려준다고 봐야 했다. 정파라고 해도 별짓을 다하는 경우가 많았지만, 적어도 목숨을 보장하는 조건으로 항복한 포로들의 등을 찌르거나 하지는 않았다.

그 다음으로는 만사대행문의 일반 무사들이 움직였다. 그들 대부분에게는 충성심보다 목숨이 더 소중했다. 너도나도 항복하는데 버티고 있을 만큼 대단한 충성심 따위는 가져 본 적도 없었다. 그런 충성심을 가질 만한 대우를 만사대행문에서 받아본 적이 없었다. 받은 만큼 줄 뿐이었다.

이제 남아 있는 것은 만사대행문 직속의 고수 이십여 명이었다.

"너희들은 죽겠느냐?"

광룡이 살기를 풀풀 날리면서 물었다. 그에게서 뿜어져 나오는 살기에 죽음이 현실임을 느낀 고수들이 다시 움직이기 시작했다. 그들은 살고 싶었다. 이제 적은 팔십, 자신들은 이십이었고, 적의 실력은 지난 며칠 동안 질리게 경험했다.

그리고도 마지막으로 남은 것은 다섯 명이었다. 그들 다섯은 몸을 굳건히 세우고 광룡을 노려보았다.

"우리는 절대로 항복하지 않겠다."

사내 하나가 결연히 외쳤다. 나머지 네 명도 그의 옆에서 가슴을 펴고 서 있었다.

"장하구나. 만사대행문에도 다섯 명의 진정한 남자가 있었구나."

광룡의 말에 그들 다섯은 더욱 당당한 표정으로 서 있었다.

"알았다. 너희 뜻을 존중해 주마. 고통스럽지 않게 죽여라."

광룡이 말했다.

그의 말에 다섯 명의 얼굴은 눈에 띄게 당황한 빛을 띠기 시작했다.

"진정한 남자라고 하지 않았느냐. 그런데 죽인다니. 우리를 모욕하는 것이냐?"

한 사내가 억울하다는 듯이 외쳤다.

"모욕이라니. 너희들의 뜻을 존중해 준다고 하지 않았느냐? 죽기를 원하니 죽여주마."

"이, 이봐. 우리는 진정한 남자다. 그에 합당한 대우를 해줘야 할 것 아냐!"

눈에 띄게 당황한 고수 하나가 소리쳤다.

"너희들에게는 죽음이 가장 합당한 대우다."

이십여 명의 복면을 쓴 전룡대원들이 점차 그들에게로 접근했다.

"이, 이봐. 이야기를 좀 더 해보자고."

"아, 안 돼. 난 여기서 죽기 싫어."

"그래서 내가 하지 말자고 했잖아!"

"나, 나 좀 받아줘. 나도 항복이야."

"나는 진정한 남자라니까!"

그들 다섯은 다급한 듯이 외쳐 대기 시작했다. 그런 그들에게로 이십여 자루의 칼이 날아갔다.

광룡이 그들에게서 몸을 돌려 항복한 백여 명을 내려다보았다. 모두 무릎을 꿇고 있었다.

"잘 들어라. 죽으려고 하는 자는 반드시 죽는다. 나중에 마음이 바뀌어봐야 아무 소용이 없다. 알겠느냐?"

"알겠습니다."

등 뒤에서 들리는 비명 소리에 기가 죽은 백여 명이 일제히 대답했다.

"묻는 말에 제대로 대답하지 않는 자는 죽으려고 하는 자로 알겠다. 알겠느냐?"

"네! 알겠습니다!"

백여 명의 포로들은 악을 쓰며 대답했다. 제대로 하는 대답은 물론이고 자신이 대답한 것을 혹시 저자들이 못 들을까 봐 목이 찢어져라 고함을 질렀다.

"거짓을 말하는 자도 죽으려고 하는 자로 알겠다. 한 놈이 거짓말을 해봤자 다른 놈들이 딴소리를 하면 어차피 다 발각된다. 결국 알려질 것이니 솔직히 말해서 목숨을 건져라. 알겠느냐?"

"예! 알겠습니다!"

모두들 죽어라고 대답했다.

광룡이 아직도 바닥에 쓰러져 있는 금의기를 발로 툭툭 쳤다.

"죽겠느냐?"

쓰러져 죽어가던 시늉을 하던 금의기가 몸을 발딱 일으켰다.

"살겠습니다!"

"거짓말은 죽음이다. 다른 녀석들을 조사해도 들키지 않을 자신이 있는 거짓말이면 해도 좋다."

"저는 거짓말을 할 줄 모릅니다!"

금의기가 고함을 질렀다.

"누구냐?"

광룡이 뜬금없이 물었다.

"예?"

"죽겠느냐?"

"헉. 아닙니다. 조금만, 조금만 더 자세히 말씀해 주십시오. 뭐든지 다 대답해 드리겠습니다."

기겁을 한 금의기가 품속에 남겨둔 마지막 비밀을 협상에 사용할 의지도 버렸다. 살려면 모르는 것도 불어야 했다.

"네가 칠성표국을 공격하러 오도록 만든 자가 누구냐?"

그의 말에 금의기는 속이 뜨끔했다. 이들은 정말로 칠성표국과 관계된 자들이었다. 자기가 뭘 뽑는지는 아직 잘 모르겠지만 손에 쥐고 있는 건 최하 호랑이 수염이나 용의 코털쯤 된다는 것을 깨달았다. 목숨이 걸린 판에 비밀이고 자시고도 없었다.

"중원표국주입니다."

민택의 눈썹이 조금 꿈틀거렸다. 그가 파악한 바로 중원표국주는 자신의 정체를 몰랐다. 그런데도 칠성표국을 상대하려고 만사대행문이라는 돈이 많이 드는 문파를 움직였다는 것은 이상했다.

"저, 정말입니다. 그자에게 속지만 않았어도 어찌 감히 영웅 분들이 계시는 칠성표국을 시험해 보려 했겠습니까? 저는 하북에 있습니다. 하남의 칠성표국과는 부딪칠 일이 없습니다."

159

금의기가 손이 닳도록 비벼대며 말했다.

"중원표국주가 너에게 그러더냐? 칠성표국을 건드려 보라고?"

"아닙니다. 중원표국주는 사람을 보냈습니다. 중원표국에 전종구라고, 고위 간부인 놈이 있습니다. 그놈을 보내서 저를 꼬셨습니다."

광룡의 눈빛이 반짝였다.

"중원표국주를 직접 만난 것이 아니냐?"

"그놈의 자식은 어떻게 생겼는지도 모릅니다."

광룡이 손을 들어 섭병삼을 불렀다.

"데려가라."

"옛."

"저, 저기 말입니다."

만사대행문주가 조심스럽게 광룡을 불렀다.

"저희는 어떻게 되는 건지요?"

그걸 물어보는 것은 문주로서의 책임이었다. 아무리 말아먹었어도 그 정도는 해야 했다. 이건 자기 목숨과 관련된 이야기기도 했다. 그가 조심스럽게 광룡의 눈치를 살폈다.

"살려고 하는 자는 살 것이다."

백여 명의 얼굴이 확 밝아졌다.

"그럼 저희는 만사대행문으로 돌아가는 것입니까?"

"바라는 게 많구나."

백여 명의 얼굴이 다시 창백해졌다.

"그럼……."

"사파인 만사대행문은 이제 없다. 우리들의 질문에 성실히 대답하는 자들은 살 것이다. 살아 돌아가면 다른 일거리를 찾아보거라. 만사대행문을 유지해도 좋다. 그런데 만사대행문이 다시 사파의 일을 한다는 소식이 들리면 우리가 직접 찾아가겠다. 그때는, 적어도 여기 있는 너희들 전원은 죽은 목숨이라고 생각해라."

광룡이 단호하게 말했다.

문파의 존립은 허락하지만 사파로서의 행동은 용납하지 않는다는 말이었다. 그런 광룡의 말에 만사대행문주의 얼굴이 흙빛이 되었다.

"딱 한 가지만 더 여쭙겠습니다. 혹시 영웅 분들께서는 정사협동문과 연관이 있으신지요?"

금의기가 목숨을 걸고 질문을 더 했다. 앞으로의 정사협동문과의 관계를 정립할 때 이들의 존재는 그 핵심이 되었다. 이들이 정사협동문과 상관없다면, 즉 단순히 이번 일에 한해서 고용되거나 동맹을 맺은 것이라면 차후에 만사대행문은 정사협동문에게 당당하게 나갈 수 있었다. 하지만 만약 이들의, 그리고 이들이 왔다는 칠성표국이 정사협동문과 한통속이라면 만사대행문은 확실히 꼬리를 말아야 했다.

"죽으려고 하면 죽을 것이라고 말했다."

광룡이 차갑게 말했다.

금의기의 머리가 바닥을 찧었다. 몇 번을 쿵쿵거리며 절을 했다.

"죄송합니다. 제가 실언을 했습니다. 만사대행문은 이후로 하늘 아래 부끄러움이 없는 명문정파가 되겠습니다."

그가 머리를 조아리며 사죄했다.

대답은 얻지 못했지만 두 가지는 분명했다. 이들이 다시 만사대행문을 노리고 달려든다면 버틸 자신이 없었다. 그리고 만사대행문은 앞으로 칠성표국과 관계된 일에는 무조건 양보해야 한다는 것이었다.

사파의 일을 받아들이지 않는다면 수입은 많이 줄어들겠지만 그렇

다고 굶는 것은 아니었다. 밝은 곳의 일만 한다고 해도 아껴 쓰면 먹고
는 살 수 있었다.

문제라면, 그의 영업 기반이 어두운 쪽에 워낙 깊숙이 개입되어 있
었던지라 그쪽을 포기하면 수입이 대부분 사라질 거란 것과 약해진 세
력으로 원수들을 다 감당할 수 있느냐 하는 것이었다.

어쨌든 말은 듣는 게 좋을 것 같았다. 이 복면인들이 그들이 감당할
수 없는 자들이란 것은 이미 증명이 되었다.

'이들이 누굴까? 무림에 이 정도 능력을 가진 자들이 있던가? 구대
문파의 정예? 오대세가의 고수들? 아니면 정의문의 전룡대? 그들 중
하나라서 사파인 우리를 공격한 것일까? 어쩌면 녹림의 도적 두목들일
지도. 그래, 사파 놈들일 수도 있다. 떡을 나눠 먹기 싫어서 정파인 척
위장하는 것일 수도 있어. 도대체 어떤 놈들이지?'

그의 머리가 열심히 굴러갔다. 그러나 결론을 낼 수 있을 만한 아무
런 정보도 가지고 있지 않았다.

무릎을 꿇고 앉아 있는 그들을 전룡대원들이 하나씩 포박하기 시작
했다.

석민이 주변의 눈치를 보면서 금의기가 떨어뜨린 두 자루의 검 중
하나를 챙겼다. 싸움터의 전리품을 챙기는 전룡대원들에게서 배운 지
혜였다. 자기가 무찌른 적이 없으니 남이 흘린 것이라도 주워야 했다.

"주의해서 가거라."

"알겠습니다."

정사협동문을 무사히 끌어들였던 섭병삼이 대답했다.

하북에서 만사대행문이 대규모의 병력을 모아 움직이기 시작하자

몇 군데의 문파에서 그들의 행보에 관심을 가지게 되었다. 하북에는 명문정파도 많았고 그 가운데 북경에는 황제도 있었다. 그중에는 사람을 풀어 무슨 일인지 직접 알아보려는 곳도 있었다.

그런 자들의 눈을 피하기 위해서 전룡대는 몇 개의 무리로 나뉘어 움직였다.

전룡대가 은밀히 움직이고자 하면 추적할 수 있는 자는 별로 없었다. 팔십 명도 아니고 일이십 명씩 나눠서 서로 다른 길로 움직이는 전룡대를 알아보기는 힘들었다.

광룡은 다른 전룡대원들과는 다르게 움직였다. 다른 대원들의 목표와는 달리 그는 칠성표국으로 돌아가는 표사의 신분이 되었다. 그와 석민은 곡부를 목표로 가기 시작했다. 말을 타고 돌아갔지만 급할 것은 없었다. 느긋이 말을 몰았다.

광룡은 중원표국에 가봐야 했다. 자신과 전룡대를 건드린 자들이 누구인지 알 수 없었지만 중원표국과 관련이 있는 자였다.

그런데 당장은 표국으로 돌아가야 했다. 뭔가 납득할 만한 이유를 가지고 움직여야 했다. 전룡대만 데리고 다짜고짜 찾아가서 중원표국 주를 핍박하면 부작용이 예상되었다. 중원표국은 정파로 분류되는 곳이고, 중원제일의 표국이라는 특성으로 인해서 많은 정파들과 친분을 쌓고 있었다.

전룡대는 그동안 사파만을, 즉 악당들의 집합체만을 박살을 내왔다. 중원표국을 전룡대만으로 뭉개 버린다는 것은 전룡대가 정의문에서 분리된 후 사파로 변질됐다는 소문만 중원에 퍼뜨릴 뿐이었다.

중원표국을 압박할 수 있는 명분이 필요했다.

그리고 설사 지금 가서 중원표국을 뭉개 버렸다고 해도 얻는 게 없을 수 있었다. 왜냐하면 중원표국주는 아무것도 아는 게 없다는 것이 그의 결론이었기 때문이다. 중원표국주를 쥐어짜 봤자 기름만 나올 뿐이었다. 정보는 중원표국주와 만사대행문 사이에 끼어 있는 전종구나, 그 전종구를 움직였을 수 있는 핵심 지휘 계통의 누군가를 쥐어짜야 했다. 준비를 해서 이번 만사대행문의 일의 주모자를 잡아야 했다. 대책없이 가면 손해였다. 준비를 해야 했다.

곡부의 표국으로 향하는 길은 언제나처럼 넓고 곧았다. 사람들도 늘상 그랬던 것처럼 활기에 넘쳤다. 곡부는 먹고살 만한 동네였다.

"대장님, 아니, 한 조장님. 표국입니다, 표국."

석민이 들떠서 말했다. 모험을 끝내고 고향으로 돌아가고 있었다. 표국에 들어가서 사람들을 만나고, 표국 우물의 우물물도 시원하게 뒤집어쓰고, 표국의 부하들도 만나 술이라도 한잔하고 싶었다. 그동안 막내였지만 저곳까지만 가면 이제 다시 열 명의 부하들을 거느린 조장의 위치였다. 지금은 임시로 강등되어 있지만 그의 마음은 여전히 소표두였다. 그는 자신이 한 조의 조장임을 한순간도 의심하지 않았다.

"제가 달려가서 얼른 대문을 열어놓겠습니다."

석민이 민택에게 말하며 표국 정문을 향해 달리기 시작했다.

붉은 피분수도, 목숨을 건 전투도 모두 잊고, 편안하고 안락한 표국으로 달려갔다.

第八章

"그래, 실컷 놀다 오니 기분이 어떠냐?"

칠성표국 총표두 일수삼검 강대영이 불편한 얼굴로 쳐다보면서 물었다.

"다행히 일을 무사히 처리할 수 있었습니다."

민택이 말했다.

"후. 그래, 지난 일은 지난 일이니 할 수 없겠지. 앞으로는 이번에 빠진 부분까지 더욱 열심히 하도록 해라."

총표두 강대영은 자신이 허락해서 보낸 것을 가지고 이제 와서 뭐라고 할 수는 없었다. 그는 이제 민택이 과거의 빚은 모두 정리하고 건실한 표사가 되기를 바랐다.

"예."

민택이 조용히 대답했다.

"저도 잘 다녀왔는데요?"

석민이 끼어들었다. 소표두이자 표국의 핵심 인물인 그가 오랜만에 나타났는데 별말이 없는 총표두가 서운했다.

"그래, 그래. 수고했다. 다녀오느라고 고생 많이 했다. 고생 많이 했으니 우리 수련이나 하자."

총표두 강대영이 고개를 흔들면서 말했다. 자리에서 일어서며 목검까지 찾아서 손에 쥐었다.

"예?"

석민의 얼굴이 노래졌다. 수련은 지난번 것으로 끝난 거 아니냐고 묻고 싶었다. 하지만 정말로 물어봤다가는 저 목검으로 머리가 깨지도록 두들겨 맞을 것 같아 그 물음을 꿀꺽 삼켰다.

"그동안 나태한 생활들을 했을 거 아니냐? 배에 낀 기름기도 빼고, 망가진 자세도 손보고, 한번 훈련하다가 죽어보자."

강대영이 푸념하듯이 말했다. 어쨌거나 가르치는 보람이 있는 놈들이었으니 이 정도는 감수하기로 했다. 입맛에 딱 맞는 제자란 귀한 법이었다.

석민은 수련으로부터 달아나고 싶었다. 그런데 감히 그럴 수는 없었다. 총표두의 처벌이 무서웠다. 그는 강대영의 매에 조금씩 길들여지고 있었다.

하늘을 올려다보니 흰 구름 둥실둥실 잘도 떠가고 파란 하늘 때깔도 참 고왔다.

석민은 마지막으로 도박을 한 것이 언제였는지 기억이 나지 않았다. 수중에 돈이 없고 빚만 남아 있는 것도 생각났다. 의기천추 금의기의 쌍검 중 하나를 챙겼으니 이걸 팔면 얼마나 받을까 하는 생각을 잠깐 해보았다. 그랬다가는 전룡대의 형님들에게 맞아 죽을지도 모른다는 생각에 얼른 욕심을 털어버렸다.

이번 모험을 하는 기간에도 표국에서 봉급이 나왔을지 궁금했다.

감히 물어보지는 못했다.

"으음."

강대영이 심각한 표정으로 앉아 있었다. 연무장에서는 석민이 죽어라고 검을 휘두르고 있었다.

대영은 새로 들어온 표행 의뢰를 받아들여야 하는지에 대해서 고민에 빠져 있었다. 원래 표물이야 조건이 맞으면 받고 아니면 거절하면 그만이었다. 거기에 무슨 의무 조항은 없었다. 하지만 이번 표행에는 대단히 탐나는 미끼들이 걸려 있었다. 그리고 대단히 큰 문제가 같이 있었다. 표물의 목적지가 바로 중원표국의 총국이 있는 곳이었다.

표물의 운송 조건은 두 가지였다. 하나는 중원표국이 있는 곳까지 표물을 가져갈 것. 다른 하나는 중원표국이 있는 곳에서 표물을 받아 곡부로 돌아올 것. 표물이 무엇인지는 알려주지 않았지만 그건 그리 걱정하지는 않았다. 일을 맡긴 곳이 대단한 곳이었기 때문이었다.

그런데 지금의 칠성표국의 힘으로는 중원표국과 정면 대결을 할 수 없었다. 차근차근 커야 했다. 그런 면에서 중원표국의 총국이 있는 곳으로의 표행은 분명히 무모한 짓이었다.

그는 중원표국이 칠성표국을 견제하기 위해서 이십여 명의 무사들을 파견했던 일을 기억하고 있었다. 그 습격자들의 인솔자인 대표두 하나를 자신의 손으로 죽였다. 그런 것을 생각해 보면 중원표국과의 좋은 관계는 어차피 틀린 일이었다. 중원표국이 차지하고 있는 중원제일표국 자리가 새롭게 세운 그의 인생 목표임을 생각해 보면 그건 별로 문제될 것은 없었다. 어차피 거쳐 가야 할 일이었다.

그래도 이건 좀 이르다 싶었다.

만약 표행을 무사히 마친다면 중원표국의 총국까지 표물을 운반하고, 또 거기서 일감을 받아온 표국이 있다는 사실만으로도 중원표국의 명성에 흠을 낼 수 있었다. 그걸 안전하게 운송한 칠성표국은 당연히 그 명성이 하늘을 찌를 수 있었다. 적어도 산동 지방에서는 중원표국을 압도하는 명성을 얻을 수 있었다. 이미 중원표국 못지않은 신뢰를 보이고 있는 산동의 상인들이었다.

그래서 그들이 당당히 중원표국의 코앞에 표물을 부리고 온다는 것은 정말 매혹적인 일이었다.

하지만 위험했다. 직접 무력을 동원해서 칠성표국을 견제하려고 했던 중원표국이었다. 곱게 넘어가 주지 않을 수 있었다.

평소라면 위험성 때문에라도 고민하지 않고 거절할 표행이었지만 아쉽게도 그를 유혹하는 것이 한 가지가 더 있었다.

표물을 맡긴 곳은 정사협동문이었다. 그 사실이 그를 고민에 빠뜨렸다.

정사협동문은 하북 남부를 주름잡는 유명한 문파였다. 최근 경쟁 상대였던 만사대행문과의 전면전에서 승리하고 그들이 가지고 있던 사업 영역도 상당히 빼앗았다고 들었다.

무림의 중요 사건에 대한 정보는 돈을 주고 구입해야 하는 것이 표국이었다. 더구나 하북은 산동의 바로 위쪽이었다. 하북 남부는 산동과는 붙어 있는 지방이었다. 산동 바깥으로 표행의 거리를 늘려가고 있는 칠성표국으로서는 친하게 지내야 할 문파였다.

그리고 정사협동문과 친분을 쌓을 수 있다면, 정사협동문의 세력권인 하북 지방의 남부에 칠성표국 하북지국을 세울 수도 있었다. 지국을 세우는 것이야 어디나 상관없었지만 정사협동문의 비호를 받는 곳에 세울 수 있다면 잡놈들, 특히 중원표국이 습격해 오는 것은 별로 걱정하지 않아도 되었다.

표행 금액도 대단히 많은 액수라 이 표행이 끝나면 다시 부하들을 한동안 쉬게 해주고도 남음이 있다는 것도 장점이었다.

그러나 가장 큰 유혹은 역시 중원표국의 콧대를 꺾음으로써 얻는 명성과 칠성표국 하북지국이었다. 지국이 있어야 중형 표국에서 대형 표국으로의 성장을 할 수 있었다. 단일 규모의 표국으로는 절대로 대형 표국이 될 수 없었다.

그래서 고민할 수밖에 없었다.

"하북지국이라."

그가 입맛을 다셨다. 위험이 컸지만 그 결과 얻을 수 있는 열매는 정말 맛있어 보였다.

그가 돈만 아는 총표두였다면 당연히 받아들였을 의뢰였다. 그가 겁이 많은 총표두였다면 두 번 생각할 것도 없이 거절했을 의뢰였다.

그러나 그는 적당한 용기를 가지고 있었고, 괜찮은 인품도 가지고 있었다. 위험이 크다는 말은 표사들의 목숨이 그만큼 위험해진다는 뜻이었다. 그래서 덥석 받아먹을 수 없었다.

윤길이 이 일을 알았다면 두 번 생각하지 않고 찬성할 게 뻔했다. 윤길은 돈을 좋아했다. 그래서 윤길에게는 아무것도 알리지 않았다.

"역시 거절하는 게 좋겠지."

참기 힘든 유혹이었지만 꾹 참았다. 성장도 좋았지만 희생은 싫었다. 자기의 욕심은 표국의 성장이었지만 그 대가로 표사들을 지나치게 높은 위험에 노출시키고 싶지는 않았다. 칼날 위를 걷는 표사들이었지만, 그가 할 수 있는 한 최선을 다해서 목숨을 구해주고 싶었다. 적당한 타협점이 필요했고, 이번 일은 타협이 가능한 수준을 넘어서는 위험을 가지고 있었다.

"아쉽지만 다음 기회가 있겠지. 지금 중원표국의 아가리로 들어가는 건 너무 위험해."

그가 입맛을 다셨다. 다음 기회가 언제 있을지는 몰랐지만 욕심을 버렸다.

"아저씨, 여기 계셨어요? 한참을 찾았다구요."

윤길이 밝게 웃으며 그에게 다가왔다. 고민을 털어버린 강대영도 얼굴을 펴고 그의 의조카를 돌아보았다.

"아, 그래. 점심은 먹었느냐?"

"그럼요. 청월루에서 산해진미를 몽땅 시켜놓고 제대로 먹었지요."

윤길이 헤헤거리면서 말했다. 술도 한잔했는지 얼굴이 발그레해져 있었다. 강대영의 얼굴이 조금 찡그려졌다. 청월루는 곡부에서 가장 비싼 고급 요리집이었다.

"어련히 알아서 쓰겠냐만, 스스로 감당할 수 없는 수준의 사치는 좋아 보이지 않는구나. 아무리 우리 수입이 늘었다고 해도 청월루에서 잔뜩 먹으려면 제법 부담스러운 돈이 들었을 텐데?"

강대영이 돌려 말하며 꾸짖었다. 청월루가 아무리 비싼들 사람 사먹는 음식 파는 곳인데 칠성표국의 국주의 신분으로 한 상 잘 차려먹는 것이 문제가 될 리는 없었다. 문제라면 윤길의 지속적인 씀씀이였다. 매일같이 돈을 낭비하고 있었다. 돈이란 벌기는 힘들지만, 억만금을 가지고 있어도 쓰려고 마음만 먹으면 순식간에 사라지는 법이었다.

그의 말에 윤길이 웃으며 손을 흔들었다.

"하하. 걱정 마세요. 오늘은 제가 산 게 아니에요. 전 한 푼도 안 냈어요. 얻어먹었다구요."

강대영이 조금 놀란 얼굴을 했다.

"너한테 뭘 사주는 친구도 다 있더냐?"

언제나 사다 바치는 윤길이었다. 하는 행태가 그따위인데 그의 주변에 괜찮은 친구가 있을 리가 없었다. 어울리는 자들은 모두 윤길에게서 흘러나오는 떡고물만을 바라보고 있었다. 예전에는 그래도 좀 덜했는데 칠성표국이 돈이 많아지면서부터 그 정도가 더 심해졌다. 지금 윤길의 근처에 있는 자들은 윤길의 친구가 아니었다. 모두 윤길의 돈주머니와 친했다.

"이거 왜 이러세요? 저를 무시하시는 거예요? 저도 잘나간다고요. 아, 그게 중요한 게 아니지. 제가 오늘 멋진 일을 하나 따왔어요."

윤길이 자랑스럽게 말했다.

"일이라니?"

강대영은 조금 불안해졌다. 이 의조카는 가끔 제대로 된 사고를 쳤다. 얻어먹으면서 받은 일이라는 것이 불안했다. 누군가가 윤길에게 접대를 해야 한다는 건 당당하지 못한 뭔가가 있기 때문이었다.

"여기서 중원표국의 본거지가 있는 곳까지 가는 표행이에요. 대금도 어마어마해요."

윤길이 활짝 웃으면서 말했다. 강대영의 얼굴이 찡그려졌다.

"그리고 더 중요한 사실이 있어요. 그 일을 누가 맡겼는지 아세요?

171

바로."

"정사협동문이지."

강대영이 씹듯이 말했다.

"어? 어떻게 아셨어요?"

윤길의 눈이 똥그래졌다.

"그래서, 일은 확실히 받은 거냐?"

아니기를 바랐다. 구두로만 약속했기를 바랐다. 약속을 깨서 욕을 먹더라도 자기가 대신 먹어주면 되었다.

"그럼요. 돈도 선금으로 전부 다 받았는데요."

윤길이 당당하게 말했다.

"당했구나."

강대영이 탄식을 했다. 정사협동문은 강대영이 일을 받는 것을 그다지 반겨하지 않고 있다는 것을 알고 있었다. 자신이 어렵자 대신 윤길을 뚫었다는 것을 알았다. 참 잘도 뚫리는 국주였다.

"왜 그렇게까지 우리에게 일을 맡기려는 걸까?"

처음의 의문이 다시 들었다. 정사협동문은 많은 무사를 거느리고 있었고, 또 하북 남부에서 경쟁자를 물리친 덕분에 명성이 올라가 있는 곳이었다. 칠성표국의 힘이 결코 작은 것은 아니지만 거금을 들여서까지 일을 맡길 이유는 없었다.

"이번에 하북에서 그 사람들이 만사대행문을 무찔렀다면서요? 그 뒤처리를 하느라고 사람을 뺄 수 없어서라고 하던데요?"

윤길이 어리둥절해서 말했다. 대영이 정사협동문을 미리 알고 있는 것도, 그리고 기뻐하지 않는 것이 이해가 가지 않았다.

"그래, 그렇게 말했지. 그럴듯한 말이기는 해."

그 말 때문에 자신도 고민을 했었다. 만사대행문의 영역을 잡아먹는 일은 돈보다 훨씬 중요한 일이었다.

하지만 검군장의 일을 대신 처리했을 때의 일이 떠올랐다. 그때 칠성표국은 몰살의 위험도 겪었고, 또 나중에 그 일에 연루되어 당문 문주를 만나는 위기 상황도 겪었다. 그런 것을 겨우 헤치고 전화위복이 되어 겨우 지금의 명성을 얻었다.

"이번에도 그렇게 된다면 칠성표국의 지위는 반석 위에 올려놓을 수 있겠지."

욕심이 들었다. 윤길은 그의 혼잣말을 이해하지 못해 어리둥절해하고 있었다.

"하지만 너무 위험하다. 행운은 그때 일로 충분하다. 표사들의 생명을 걸 가치가 있는 일일까?"

"아, 무슨 이야기를 하시는지 하나도 모르겠네. 도대체 무슨 말이에요?"

윤길이 답답해서 물었다.

강대영이 그런 윤길을 물끄러미 바라보았다. 자신이 무슨 일을 저지른 것인지 모르고 있었다. 돈을 이미 다 받았다면, 표행을 취소하기 위해서 물어주는 위약금만으로도 표국의 기둥뿌리가 흔들릴 판이었다. 표국은 확장을 위해서 그동안 많은 돈을 소모했다. 위약금을 물어주기 위해서는 표국을 잡히고 빚이라도 얻어야 할 판이었다.

하지만 그 문제는 그나마 해결할 방법이 있었다. 그가 가진 재산을 모두 처분할 수도 있었다. 그런데 더 중요한 문제는 따로 있었다.

그들이 중원표국으로 가는 표행을 받았다가 다시 포기했다는 소문은 산동에서의 표국의 명성을 땅바닥에 추락시킬 수 있었다. 산동에서 칠성표국의 현재 명성은 중원표국 못지않았다. 둘 중 하나가 죽자고 싸우는 거라면 모를까, 상대 표국이 있는 곳으로 표행을 가는 정도로 꼬리를 말면 사람들이 더 이상 칠성표국을 신뢰하지 않게 될 수 있었다. 지금 칠성표국의 명성은 사상누각이었다. 반석이 될 시간이 필요했다. 강대영은 그걸 잘 알고 있었다.

그리고 하북 남부에 강력한 영향력을 행사하게 된 정사협동문과의 앞으로의 관계도 문제였다. 일단 계약을 했다가 일방적으로 깨뜨리면 그건 상대를 무시하는 행위였다. 앞으로 하북 남부는 물론이고 인접한 산동 북부의 표행까지도 맡기 어려워질 수 있었다.

그 세 가지 일이 겹쳐진다면, 칠성표국은 망할 수도 있었다. 상계와 연관된 표국 일을 수십 년 동안 해온 그는 그동안 잘나가다가 순식간에 망해 버리는 상단을 수없이 봐왔었다. 표국이라고 예외는 아니었다. 아차 하면 이번에는 자기 차례가 될 판이었다.

반대로 표행을 받아들이면, 그리고 성공적으로 완수만 한다면 표국은 성장할 수 있었다. 이렇게 열심히 맡기고 싶어하는 표물을 잘 처리해 준다면 정사협동문과 좋은 관계를 쌓을 수 있었다. 하북의 남부에 칠성표국 하북지국을 세우는 것도 꿈은 아니었다.

아끼는 부하들의 목숨 값 때문에 거절하려고 한 표행이었지만, 지금은 표국의 존립과 성장을 위해서 받아들여야 하는 표행이 되었다.

"후. 그래. 잘했다. 아주 잘했다. 수고했구나."

그가 윤길의 어깨를 두드려 주었다. 미소도 지어주었다. 이미 일은 벌어진 후였다. 이제 거절할 수 없게 된 일이었다. 정사협동문에서 무사들의 지원이나 넉넉히 나오기를 바랐다. 허구한 날 구박만 하던 조카나 간만에 격려해 주기로 했다.

"하하. 좋아하실 줄 알았어요. 보세요. 내가 평소에는 노는 것 같아도 한번 하려고 하면 크게 한다고요. 하하하."

윤길이 즐거워하면서 말했다. 총표두 강대영의 칭찬은 오랜만에 받아보는 것이었다.

"그래. 너는 한번 하면 참 크게 하지."

강대영이 대답했다. 사고는 좀 그만 쳤으면 하는 마음이었다.

표국은 바빠졌다. 장거리 표행이었으니 준비할 것이 많았다. 표사들의 짐은 모두 빈 수레를 구해서 싣고 가기로 했다. 표사들은 자신의 검한 자루만 챙기면 되었다.

표행의 자금도 충분히 준비했다. 강대영은 표행 동안 표사들에게 최고의 대우를 해주려고 했다. 이번 표행은 뭔가 위험했다. 그래서 표행 중에는 최대한 편의를 봐주었다.

표사들의 대우가 갑자기 좋아진 것은 총표두 강대영이 그들에게 미안한 마음을 가지고 있기 때문이었다. 이번 표행이 워낙 이익이 많이 남아서 표사들에게 좀 베풀어도 되는 것도 이유의 한 가지였다. 그러나 이번 표행이 평소보다 더 위험할지도 모른다는 위기의식을 가지고 있는 강대영은 이런 식으로라도 그 미안함을 해소시키고 싶어했다.

"대인, 저도 따라가고 싶습니다."

표행의 소식을 들은 미진이 간곡히 말했다.

"이번 표행은 총표두 어른도 가시는 길이다. 네가 따라붙을 수 있는 성격이 아니란다."

민택은 총표두가 그와 미진이 서로 사귀고 있다고 믿는 사실을 몰랐다.

"싫사옵니다. 대인 혼자 그 먼 곳을 보낼 수는 없습니다."

미진이 앙탈을 부렸다.

"편안한 이곳을 놔두고 따라와서 어쩌려는 것이냐? 네가 나를 따라와서 피를 보지 않은 적이 있더냐? 이번에 와도 좋은 꼴 보기는 어렵다."

"소녀, 이제 피를 두려워하지 않습니다."

미진이 조그마한 두 주먹을 꼭 쥐고 말했다.

"위험하다."

"제 한 몸은 지킬 수 있습니다. 지키지 못하면 버려주시옵소서. 그래도 따라가겠습니다."

민택이 미진을 물끄러미 보았다. 고집이 대단했고 굳이 따라오지 말라고 말릴 이유도 없었다. 사실 따라오든 말든 그건 미진이 알아서 할 일이었다.

"표국의 표행에 방해되지 말아라."

"알겠사옵니다."

언제나처럼 서운했다.

"혼자서는 위험하니 네 삼촌을 데리고 다녀라."

"알겠사옵니다."

미진의 얼굴이 확 퍼졌다. 걱정해 주는 소리를 듣자 일단 기뻤다.

"만약 네 삼촌으로도 감당하지 못할 적을 만난다면, 그때는 내게 와서 피하거라."

"아, 알겠사옵니다."

미진의 눈에 눈물이 핑 돌았다. 민택이 자신에게 이만큼 신경을 써주는 것은 처음이었다. 민택이 적을 막아준다는 것은 최악의 경우 신분 노출을 감수하겠다는 뜻으로 보였다. 너무 감동이 몰려와 참을 수가 없었다. 행복했다.

"단!"

민택이 단서를 붙였다.

"지영이를 데리고 다녀라."

민택의 말에 미진의 눈이 똥그래졌다. 여기서 왜 지영의 이야기가 나오는지 몰랐다. 지영이라고 친근하게 부르는 것도 싫었다. 지영 자체는 싫지 않았지만 민택이 그녀를 매번 데리고 다니는 것이 싫었다. 자기는 조르고 졸라서 겨우 허락을 받았는데 누구는 놀고 있는데도 알아서 챙겼다.

"안 그러면 안 돼요?"

"싫으면 따라오지 마라."

"네."

미진은 순순히 받아들였다. 지금은 지영을 데려가고 말고 하는 문제보다 그녀가 민택을 따라갈 수 있느냐 없느냐가 중요했다. 이번 표행은 꽤 길어진다고 했다. 같이 있고 싶었다.

민택은 지영을 버려둘 수 없었다. 이번 일은 지영의 배후를 직접 자극하는 일이었다. 그럴 때 적의 첩자를 항상 그의 옆에 붙여두려고 했다. 그는 자신이 인지할 수 있고 통제할 수 있는 사람이 적에게 첩자로 선택되도록 강요했다. 이 방법이 아직 정체를 밝혀내지 못한 적에게 대응하기에 가장 좋았다.

물론 통제를 위해서는 지영이 외부와의 연락을 함부로 하지 못하게 하는 것이 필요했다.

"병삼이를 네 주위에 두마. 눈에 띄지 않게 움직이게 할 테니 없는 듯이 하거라."

사람 심리 알아내는 데는 섭병삼이 제격이었다. 미진이 지영에게 말하지 않을 리 없고, 지영도 그걸 아니 경거망동하지 못할 거라고 믿었다.

미진은 감동에 빠졌다. 그녀가 알기로 섭병삼은 전룡대의 핵심 대원이었다. 그런 사람을 자신의 호위로 준다는 말로 알아들었다. 마냥 행복했다.

좀 전의 서운함이 한순간에 날아가 버렸다. 원래 머리가 꽤나 좋은 아가씨였지만 민택과 연관된 이야기에는 한없이 단순해지는 미진이었다.

광룡의 실제 의도—지영의 감시—와는 상관없이, 미진은 그렇게 속 편하게 생각했다. 냉정하게 생각하면 슬퍼지기만 할 뿐이었다. 민택의 행동은 모두 좋게 이해하는 것이 행복하고 편했다. 분석하려고 들면 가슴만 아팠다.

칠성표국의 표행 목표가 중원표국의 총국이 있는 곳이란 것은 일찌감치 소문이 났다. 광룡이 손을 썼기 때문이었다.

주설방이 소문을 내는 주체였다. 어느 사이 곡부의 문인들 사이로 침투를 시작한 주설방이었다. 안면을 튼 찻집 주인 등에게 그 사실을 알리면 소문내는 것은 금방이었다.

"어서 오시지요, 주 대인. 자주 오십니다."

그가 즐겨 들르는 찻집의 주인이 반갑게 그를 맞았다. 차려입은 흰색 도포도 그렇고 대화에서 우러나오는 깊은 학문도 그렇고, 생김새도

학식이 꽤 깊어 보이는 선비풍의 주설방이었다. 그리고 학문을 하는 사람으로서는 특이하게도 한 자루 장검을 가지고 다니는 주설방이었다.

무인이 학문을 하는 경우가 없는 것도 아니고, 학문이 깊은 문인이 무공을 가지고 있는 경우도 가끔 있는 일이었다. 어쨌든 이런 문인들이 주로 모이는 찻집에 참여하는 무공이 강한 선비는 귀한 존재였으므로 그는 금방 인기인이 되었다.

"전 대인, 반겨주시니 반갑습니다."

그가 찻집 주인의 환대에 감사의 인사를 하며 찻집으로 들어섰다. 이미 한참 환담을 나누던 문인들이 반갑게 그를 반겼다.

이제 칠성표국이 어디로 가려는지, 우연히 얻은 소식인 양 이들에게 알려주면 그만이었다. 이들이 알면 곡부 전체가 알게 된다. 그 정도가 되면 굳이 팽지영을 통하지 않고서도 중원표국을 움직인 배후 세력에게 그들의 이동 목표를 알려줄 수 있었다. 적을 자극하는 데 그 정도면 충분했다.

✳

"어찌시겠습니까? 그들이 중원표국으로 향한다고 하지 않습니까? 중원표국이 큰일나게 생겼습니다. 허허, 이런 변이 있나."

방 안에 앉은 사람 하나가 답답하다는 듯이 말했다. 상석에 앉은 사내는 예의 그 부드러운 웃음을 잃지 않으며 말석에 앉은 자를 쳐다보았다.

"그래서 어떻더냐? 전룡대가 다 움직였느냐?"

"죄송합니다만, 곡부에서의 활동이 너무 제한되어 있습니다. 전룡대의 감시망에 띄지 않기 위해서 극도로 주의하고 있는 형편입니다. 이렇게 들리는 소문 이외의 것은 알지 못하고 있습니다. 팽지영이 보고를 보내지 못하고 있는 터라 자세한 것은 알 길이 없습니다. 죄송합니다."

말석의 사내가 공손히 대답했다.

"괜찮다. 조심해야지. 광룡은 제갈공명과 여포를 섞어놓은 듯한 자다. 곰의 탈을 쓴 여우지. 어설프게 움직이다가는 잡아먹히기 십상이야. 함부로 움직이지 않는 것이 현명한 방법이다."

상석의 사내가 부드럽게 말했다.

"아니, 그렇게 말하고 넘어가실 일이 아니지 않습니까? 그 지영이란 아이는 도대체 일을 어떻게 하고 있는 겁니까? 아무 소식도 없다니. 혹시 변심이라도 한 것 아닙니까!"

다른 사내 하나가 다시 따지듯이 물었다.

"허허, 그럴 리가요. 광룡의 곁에서 이만큼이라도 살아 있는 것 자체가 그 아이가 얼마나 사려 깊은지 알려주는 증거이지요. 섣불리 정보를 보내려고 했다가는 아마 일찌감치 죽음을 당했을 겁니다. 기다리시지요."

상석의 사내는 사방에서 날아드는 압박에도 시종일관 평정을 잃지 않았다.

"아, 중원표국이라니. 광룡이 그들에게 가고 있다니. 도대체 이 일을 어떻게 하시려는지요."

"중원표국주가 경거망동만 하지 않으면 큰일이야 나겠습니까? 그래도 광룡은 정의문 소속 아니었습니까?"

상석의 사내가 사람들을 설득했다.

"홍, 그 군자를 가장한 비열한 정의문주."

사내 하나가 코웃음을 쳤다.

"일부일 뿐이지요. 정의문에서 비열한 자들은 얼마 되지 않습니다. 그리고 그것도 다 우리의 책임인데 누구를 탓하겠습니까?"

상석의 사내가 말을 한 사내를 보며 말했다.

"장하십니다. 그 일은 반대가 더 많았는데 억지로 밀어붙이셨잖습니까?"

"제가 지옥으로 가지 않으면 누가 지옥으로 가겠습니까?"

상석의 사내는 여전히 선하게 웃고 있었다.

"그래서 이제 어쩌실 생각이십니까?"

대화가 안 좋은 쪽으로 흐르자 분위기를 바꾸기 위해서 다른 사내 하나가 끼어들었다.

"광룡과 전룡대를 써먹을 일이 아직 남아 있다는 뜻이지요. 명분을 만드는 일에 한 번 더 써먹어보지요. 어차피 광룡과 전룡대는 우리에게는 덤입니다."

"다른 일이라 하시면?"

사내가 의혹이 가득한 얼굴로 물었다. 이미 그들은 광룡과 전룡대에게 못할 짓을 충분히 했다.

상석의 사내가 다시 말석을 쳐다보았다.

"중원표국의 전종구라고 했더냐? 내가 편지를 써줄 터이니 그 아이에게 전하거라. 이번에도 중원표국을 좀 팔아야 하니 그 아이에게 미안하구나."

상석의 사내의 말에 몇 명의 사내들이 화들짝 놀랐다.

"무슨 말씀이십니까? 광룡과 중원표국 사이에 싸움이라도 붙일 생각이십니까?"

"아아, 걱정들 마세요. 차근차근 이야기해 드리겠습니다. 중원표국주가 함부로 설치지만 않으면 괜찮을 겁니다."

그의 얼굴에는 언제나 온화한 미소가 있었다.

＊

전종구가 눈앞에 놓인 편지를 물끄러미 바라보았다.

지난번 일이 원하는 대로 끝나지 않아 전종구는 꽤나 크게 상심했었다. 그 나름대로는 중원표국주에게 죄책감을 느끼면서 한 일이 반쯤 실패했다. 만사대행문을 끌어들여 몰살시킨 것은 계획대로였지만 전룡대가 멀쩡한 것이 문제였다. 전룡대의 보복은 복수로 유명한 당문도 한 수 접어줄 정도였다. 그리고 그들이 중원표국으로 오고 있다. 이 편지에는 그에 대한 대응책이 써져 있었다.

그 대응책은, 하는 것은 어렵지 않지만 뒷감당이 문제였다.

문득, 지금 잘하고 있는 짓인지 걱정이 되었다. 어쩌면 그가 하고 있는 일은 중원표국을 수렁으로 끌어들이는 것인지도 몰랐다. 조금 갈등이 일었다. 이제 그만 손을 털고 싶었다. 아직까지는 감당이 될 것도 같았다. 최악의 경우 자기가 다 뒤집어쓰는 선에서 끝낼 수도 있었다.

광룡과 전룡대는 유명한 정파인 정의문 출신이었고, 그가 몸담고 있는 중원표국도 정파들과 다양한 친분을 가진 곳이었다. 찾아가서 사정하면 이야기가 통할 것도 같았다.

하지만 어차피 이 편지를 거부할 수는 없었다. 이 편지에 담긴 명령의 무게는 천근만근이었다. 그가 던져 버릴 수 있는 무게가 아니었다. 전종구는 잠시 후회에 빠졌다.

"사부님은 잘 계시는지요?"

전종구가 고개를 들고 처연히 물어보았다.

"아주 건강하십니다."

편지를 가져온 사내가 짧게 대답했다.

"후, 알겠습니다. 이대로 합지요."

전종구가 한숨을 쉬면서 말했다.

"미안하다고 전해달라 하셨다더군요. 기회가 되면 중원표국에 지금보다 나은 자리로 돌아올 수 있도록 힘써주신다고 하셨다 들었습니다."

사내가 조금 미안한 듯한 표정으로 말했다. 편지의 내용이 무엇인지까지는 몰랐지만, 그의 윗선에서 미안해할 만한 일이었다. 전종구의 표정을 봐도 심각한 내용임을 알 수 있었다.

"허허, 무슨 면목이 있어서 돌아온단 말이겠습니까? 그저 대의를 위해서 이 한 몸 던지는 거지요. 대의를 이루는 데 도움이 되었다면 그것으로 만족해야지요."

전종구가 허탈한 듯이 말했다. 그동안 고생고생하며 중원표국에서 이뤄왔던 것의 대부분이 머지않아 사라질 판이었다.

"그래도 희생의 대가를 받아야 하지 않겠습니까?"

사내가 조심스레 물었다. 돈을 버는 표국의 인물이니 그런 문제를 따질 거라고 지레짐작했다.

"대가를 바라고 한 일이 아닙니다. 먹고살 만큼의 재산은 있습니다. 중원표국이 그리 박봉은 아니랍니다. 가진 것을 정리하면 어디 가서 조용하게 살 만큼은 됩니다."

전종구가 단호하게 말했다. 개인적으로 대가를 바라는 마음이 있었다면 이번 일 자체를 거부했을 그였다.

第九章

마침내 표행 출발의 날이 왔다. 제법 큰 행렬이었고, 정사협동문에서 보내온 몇 사람도 표물 관리의 책임을 맡고 따라붙었다. 칠성표국의 표사들은 구십여 명이었다.

수레를 끄는 마부는 정사협동문에서 보내주었다. 화물 자체가 정사협동문의 것이었으니 그 화물을 끄는 것이 정사협동문의 사람인 것은 이상할 건 없었다. 삼십 명의 마부가 삼십 대의 수레를 끌었고, 그들을 관리하기 위한 정사협동문의 무사들이 더 있었다.

그 외에 세 대의 수레를 추가로 구매해서 표사들의 짐과 보급품을 실었다. 식량 등의 보급품은 중간에 들르는 마을에서 계속 공급해야 하는 것이었지만 그 외에도 이리저리 짐이 많았다. 그 세 대의 수레는 표사들이 교대로 끌었다.

"하하, 안녕하십니까? 총표두 일수삼검님."

머리가 하얀 건장한 노인 하나가 강대영에게 다가오며 말했다.

"뉘신지요?"

"하하. 제가 이번 표행을 책임진 사람입니다. 반갑습니다. 금천교라고 합니다."

"헛! 비천단창 금천교!"

강대영이 깜짝 놀라며 외쳤다. 상대는 그 유명한 비천단창 금천교였다.

"하하, 강호의 친구들이 비천단창이라고 불러주고 있지요."

"아, 반갑습니다. 그 명성은 익히 듣고 있었습니다."

대영이 호의적으로 말했다.

비천단창 금천교는 정사협동문주의 의동생이었다. 정사협동문의 무공 서열 제일위였고, 실제 서열도 문주 다음으로 제이위의 자리를 차지하고 있었다. 마치 하가장의 단검수와 같은 위치였다. 짧은 단창 두 개를 다시 반으로 분리해서 가지고 다녔기 때문에 보통 때는 별 무기가 없는 것처럼 보였다. 그러나 그의 비천십팔단창술을 우습게 본 자들은 모두 꼬치가 되었다.

그는 하북 남부에 강력한 영향력을 행사하는 정사협동문에서도 가장 강한 고수였다. 일반 표사들 입장은 물론이고 일수삼검 강대영도 무림에서의 지위로는 한참을 올려다봐야 하는 사람이었다.

단검수도 하가장의 최고수였고 하가장은 시홍에서 경쟁 상대가 없는 문파이기는 했다. 하지만 하가장과 정사협동문은 초가집과 대갓집만큼의 차이가 있었다. 물론 이전의 칠성표국이었다면 그 초가집의 개집 정도 수준에 불과했다.

그래서 강대영은 금천교를 단검수 대하듯이 널널하게 대할 수가 없었다. 이 사람과 관계를 잘 트기만 하면 칠성표국 하북지국은 성사된 것이나 다름없었다.

"비천단창의 명성은 귀가 따갑도록 듣고 있었습니다."

"별말씀을. 어디 일수삼검의 명성만 하겠습니까?"

금천교가 겸손하게 말했다.

그의 명성이 겨우 일수삼검의 명성만 할 리가 없었다. 당당하게 더 대단함을 인정해도 아무도 뭐라 할 사람이 없을 만한 명성의 차이가 있었다. 그런데도 이렇게 친절하게 나오는 것을 보니 강대영의 기분이 좋아졌다. 사람이 마음에 들었다. 첫인상이 좋았다.

"하하, 우선 이리 오시지요. 준비가 다 끝나려면 아직 멀었으니 제가 차라도 한잔 대접해 드리겠습니다."

원래 짐 꾸리는 일을 할 때 어르신들은 없어도 되는 법이었다.

"칠성표국의 차 맛이라. 기대가 큽니다. 하하하."

금천교가 같이 웃으며 강대영의 뒤를 따라갔다. 그는 그사이 민택을 힐끗 쳐다보았다. 그다지 신경 쓰는 기색이 아니었다.

그러나 그는 민택을 대단히 많이 신경 쓰고 있었다. 그럴 수밖에 없었다.

정사협동문이 정의문과 정면 대결한다면 상대가 될 리 없었다. 정의문은 구대문파도 한 수 접어준다고 알려져 있고, 또 정사협동문만한 실력을 가진 사파들을 여럿 멸망시킨 곳이었다. 싸운다면 자신들의 필패였다.

그러나 그들도 자존심은 있었다. 정의문이 대단함은 알지만 정의문에 소속된 전투 부대 중 하나인 전룡대까지 두려워하지는 않았다.

물론, 전룡대가 대단한 부대인 것은 알고 있었다. 그리고 그들이 전룡대와 부딪친다면 많은 피해를 볼 것이라고도 예상하고 있었다. 하지만 정의문을 생각하지 않고 전룡대만을 상대한다면, 그 과정에서 피해는 클지언정 이기는 것 자체는 문제가 없다고 생각하고 있었다. 정사협동문이 전룡대를 때려죽이는 과정에서 다치는 것이 싫어서 피하는 것이지 두려워하지는 않았다.

광룡이 섭병삼을 보내 그들에게 만사대행문을 부숴줄 테니 뒤처리를 해달라고 했을 때, 그래서 그들은 그 말을 믿으면서도 설마 하는 것이 있었다. 자기들과 맞수인 만사대행문을 진룡대 하나의 힘으로 무찌를 수는 없어 보였다. 하지만 일단 쌍수를 들고 환영했다.

만사대행문을 무찌르지는 못하겠지만 명성이 자자한 전룡대가 그냥 죽을 리는 없었다. 그들 사이에 무슨 원한이 있는지 몰라도, 그 싸움에서 만사대행문은 큰 타격을 입을 거라고 생각했다. 그것이면 충분했다.

정사협동문주 도무영은 타격받고 남은 만사대행문을 처리하기 위해서 병력을 닥치는 대로 끌어 모아서 몰려왔다. 그리고 전투를 치렀다. 당연히 이겼다.

만사대행문과의 싸움에서 대승을 하면서 그들은 새로운 사실을 알았다. 그들과 붙기 전에 이미 만사대행문의 주력 전투 부대의 절반 좀 못되는 숫자가 죽거나 낙오되어 있었다. 그리고 그동안 전룡대의 피해는 전혀 없었다. 그 사실이 의미하는 바는 지대했다.

전룡대는 정면 대결을 하지 않고 기기묘묘한 계략들을 사용했고 나중에는 자신들의 도움을 얻었다. 그 말은 전룡대의 능력은 그들의 직접적인 전투력만으로 평가할 수는 없다는 뜻이었다.

결국 핵심은 전룡대는 신묘한 계략을 쓸 능력이 있고, 그 능력을 사용하여 만사대행문을 엎어버렸다는 것이었다.

만사대행문이 전룡대에게 무슨 일을 당했는지 몰라도, 사파를 극복하고 정파로 거듭나겠다고 공언하고 다니는 상태였다. 만사대행문은 지금 정사협동문에게 막대한 이권을 넘겨주고, 인근 사파들과의 관계를 끊으며, 다른 정파들과의 묵은 원한을 해결하기 위해서 애를 쓰고 있었다.

만사대행문의 변화로 판단해 보면, 전룡대가 마음만 먹으면 만사대행문과 대등한 경쟁 관계였던 정사협동문도 뒤집어엎을 수 있었다.

그래서 정사협동문은 지난번 일의 대가로 광룡이 이번 표행 의뢰를 요구했을 때 거절할 수 없었다. 신세를 갚기도 해야 했지만 광룡과 전룡대가 무섭기도 했다. 그리고 무서운 적은 가능하면 친구로 만들어두는 것이 좋았다.

정사협동문 내에서는 왜 이런 일을 벌이는지에 대해서 반대 여론이 많았다. 표물 운송을 표국에 맡긴다는 것은 정의로운 일을 협동해서 처리한다는, 즉 무슨 일이든 정의에 어긋나지 않고 가격만 맞으면 해준다는 정사협동문이 할 만한 일이 아니었다. 그리고 그 대금도 막대한 액수를 지불한다고 해서 정사협동문 내에 불만을 가지는 사람들도 많았다. 내막을 모르는 사람들로서는 당연한 불만이었다.

물론 축제 분위기의 정사협동문이었기 때문에 그 불만은 문주의 이름으로 적당히 무마시킬 수 있었다.

지난 싸움에서 움직인 별동 부대가 전룡대란 것은 정사협동문 내에서는 정사협동문주 도무영과 비천단창 금천교 단 두 명만이 아는 특급 비밀이었다. 광룡의 제의가 그것을 전제 조건으로 하고 있었고, 그들은 그 약속을 어김으로써 광룡이라고 하는 절대고수가 실수로 직업을 바꾸기를 바라지 않았다. 그랬다간 첫 손님은 자신들이 될 판이었다. 섭병삼은, 일을 성사시키기에 충분하고도 남을 만큼 뻥을 쳤다.

금천교는 광룡의 눈치를 봤다. 자기 부하들도 모르게 보는 눈치였다.

*　　　　*　　　　*

"도대체 왜 이러는 거예요? 송충이는 솔잎을 먹어야 한다고 했고, 전투에 지는 것은 병가지상사라고 했어요. 그깟 전투 한번 졌다고 이렇게 약한 모습을 보이다니요. 정신 차려욧!"

하북요화 미파랑이 짜증을 버럭 냈다. 금의기가 지난번 전투에서 개박살이 나서 돌아오더니 사람이 아주 변해 버렸다. 어지간하면 참아주려고 했는데, 만사대행문의 밑천을 다 들어먹게 생겼다. 만사대행문이 정파로 거듭나겠다고 나서는 과정에서 계약 파기와 과거 원한에 대한 보상을 위해서 주변에 물어주는 돈의 양이 엄청났다. 이대로 가다가는 깡통을 찰지도 모르는 일이었다.

"여보, 그래도 이건 해야 하는 거야. 우리는 정파가 돼야 한다고."

금의기가 타는 속을 숨기고 아내에게 말했다. 밖에서 죽을 뻔한 위기를 겪고 돌아온 자신이었다. 남자의 자존심으로 차마 말은 못하지만 바가지를 긁는 아내가 서운했다.

"차라리 나를 죽이고 정파가 되세요. 내 체면이 있지 토종 사파인 우리가 정파가 된다니요. 다른 사람들을 어떻게 보는 거예요? 남자가 돼가지고 패배 한번에 이렇게 사람이 변하다니. 무슨 남자가 그래

190

요? 안 돼요, 안 돼."

미파랑이 금의기를 매섭게 노려보면서 외쳤다.

"이 여편네가!"

그녀의 말에 금의기의 속이 뒤집어졌다. 자신은 지금 목숨을 걸고 정파로 거듭나려고 하고 있었다. 지난번에 싸운 놈들과 정사협동문이 다시 한 번 토벌을 하겠다고 나선다면 버텨낼 자신이 전혀 없었다.

그놈들에게 정보를 뱉어내는 과정에서 갖은 심문과 고문을 당했고 온갖 공포 분위기란 분위기는 다 경험해 봤다. 눈앞에서 부하들의 머리가 터져 나가는 꼴도 여러 번 보았다. 사람 목숨을 파리 목숨으로 아는 놈들이었다. 그 모습 하나하나가 자신의 모습이 될 수 있었다. 지금 그는 물론이고 살아 돌아온 부하들 전부는 불안하고 초조한 상태로 하루하루를 살아가고 있었다. 살아도 산 것이 아니었다.

지금은 약속대로 최대한 성의를 보이면서 정파가 되어야 할 때였다. 재산을 날리고 수입이 줄어들어도 일단 살아남아야 그것들을 되찾을 수 있는 법이었다. 그런데 아무것도 모르는 아내가 체면 타령이나 하면서 자신을 닦달하고 있었다.

"가끔은 내가 하는 일이 그럴 만한 이유가 있을 거라고 좀 믿어!"

금의기가 버럭 화를 냈다. 소문난 애처가 금의기의 화내는 모습에 놀란 미파랑이 눈을 동그랗게 떴다.

*   *   *

표행은 순조로웠다. 칠성표국 표사 전원이 동원되었다. 표국에서는 모르고 있었지만 수레를 끄는 정사협동문의 마부들 역시 문파에서 뽑아온 실력있는 무사들이었다. 그리고 금천교를 따라나선 십여 명의 호위 무사들은 일개 무사로 가장하고 있었지만 사실은 전원 고수들이었다.

총표두 강대영은 정사협동문 사람들의 몸가짐이 예사롭지 않은 것을 알아보았다. 시장통에서 끌어온 일꾼들이라면 모를까 정사협동문에서 데려온 사람들이었다. 만약 강대영이 무인으로서의 몸가짐이 보이는 사람들이 일개 마부라고 믿을 만큼 순진했다면 칠성표국은 옛날 옛적에 망하고도 남았다. 강대영의 능력으로 그들 각자의 무공 수위를 제대로 판단할 수는 없었지만, 그들이 일반 마부가 아니라는 것은 확신하고 있었다.

그래서 그는 매일 밤 잠을 이룰 수 없었다. 이만한 전력으로 지켜야 하는 것이라면 얼마나 대단한 적이 노리는 것인지 알 수 없었다. 예전 검군장과 대환단의 악몽이 떠올랐다. 정 불안해서 잠이 안 올 때는 하북지국을 중얼거렸다. 그러다 보면 어느새 마음이 편안해지고 잠에 빠져들었다.

총표두와는 다르게 표사들에게는 이건 최고의 표행이었다. 표행 도중 마을에 들를 때는 좋은 객잔에서 요리들을 시켜먹었다. 잠자리는 편안했고 음식은 맛있었다. 노숙을 하더라도 좋은 음식을 준비해 요리해 먹었다. 이건 마치 미진이 그들을 따라다니며 먹을 것을 사주던 때와 비슷한 환경이었다.

게다가 이번 표행에서는 평지를 이동할 때는 표물 위에 올라가서 쉬면서 이동했다. 표물이 뭔지는 몰랐지만 정사협동문 측에서도 환영했다. 정사협동문의 무사들마저도 표물 위에 올라가서 이동하는 경우가 많았다.

물론 산행을 할 때야 어쩔 수 없이 걸어야 했고, 마차 바퀴가 구덩이에라도 빠지면 힘을 써서 빼내야 했다. 하지만 평소의 표행에 비하면 그 정도는 간식거리였다.

　정사협동문의 금천교는 칠성표국을 보면서 충분히 감탄을 했다. 중급 표국이라고 생각했는데 소표두들은 몸놀림 하나하나가 예사롭지 않았다. 일반 표사들마저도 표사 급을 넘어 괜찮은 무사 급들이 널려 있었다.

　'이곳은 진정 잠룡지처가 틀림없구나.'

　그는 내심 그렇게 생각했다.

　민택에게는 더 이상 찬탄을 할 수 없을 만큼 감탄하고 있었다. 그가 보는 민택의 모습은, 평범한 표사일 뿐 그 이상도 이하도 아니었다. 진실을 모르고 봤다면 그의 안목으로는 민택을 표사 이상으로 볼 수가 없었다.

　그 말은, 그의 무공으로는 민택의 움직임에서 고수의 기운을 찾아낼 수 없다는 것을 의미했다.

　어지간한 실력 차가 아니고서는 무공의 흔적이 조금은 보여야 했다. 고수의 길을 거치면서 여러 가지 단계를 거쳤을 테고, 그중에는 지금 그가 걷고 있는 단계에 머문 것도 조금은 있을 텐데 이렇게 전혀 알아보지 못할 리가 없었다. 스쳐 지나가는 것도 아니고 며칠씩 같이 있는데 알아보지 못한다는 것은 한 가지 이유뿐이었다.

　'내 경지에서는 조금도 상대할 수 없구나. 그의 일도단천 한 수를 받아내는 자가 없다길래 죽은 자들을 비웃었건만, 지금 보니 나도 그 비웃음을 받아 싸구나.'

그가 보기에 민택의 경지는 그의 경지와는 차원이 달라, 그가 전혀 경험해 보지 못한 수준에 도달해 있는 것처럼 보였다.

그가 또 놀라고 있는 것은 석민에 대해서였다. 석민은 총표두 강대영과 함께 표국에서 공개한 단 두 명의 고수였다. 칠성표국이란 곳이 분위기를 보아하니 고수들이 구름처럼 많은 곳임이 뻔했다. 하지만 어쨌든 신원이 공개된 것은 두 명뿐이었다.

그런데 그의 안목으로는 석민에게서 고수다운 모습을 찾을 수 없었다. 그 움직임을 볼 때 평범한 표사 수준은 아닌 건 알 수 있었다. 그런데 그 이상의 무엇이 보이지가 않았다. 잘봐줘도 그저 좀 괜찮은 무사 정도나 될까, 고수의 비범함은 찾을 수가 없었다.

그래서 그는 석민에게도 감탄했다. 광룡과 같은 실력 차이를 느끼는 것은 아니었지만, 어쩌면 자신 못지않은 고수일지도 모른다고 생각했다.

어쩌면 그가 석민만을 따로 보았다면 그냥 쓸 만한 놈이구나 생각했을지도 몰랐다. 하지만 이미 스스로의 무공을 완벽하게 감추고 있는 광룡이 그의 눈앞에 있었다. 석민도 광룡과 같은 종류라고 생각하는 것이 그다지 이상한 일도 아니었다.

'저 남자는 누구일까? 누굴까? 누군데 저렇게 젊은 나이에 저런 실력을 쌓은 걸까? 어떤 대단한 사부가 있어서 저자에게 저런 능력을 주었을까?'

그도 평생 무공을 수련했고, 그의 명성도 무림에 꽤 날렸다. 비천단창 금천교라고 하면 구대문파를 방문한다고 하더라도 좋은 대접을 받았다. 군소 문파를 찾아가면 문주가 맨발로 뛰어나왔다. 그런 그와 비슷한 실력을 가졌을지도 모르는 석민을 보니 놀라움을 감출 수가 없었다.

'어쩌면 둘은 사형제간일지도 모른다. 광룡이 이제 서른이나 넘었을
까 하는 모습에 그만한 무공을 쓴다는 것 자체가 사기다. 전설에서나
나오는 반로환동을 하지 않은 다음에는 불가능하다. 그런 광룡을 키울
수 있는 곳이 절대로 흔할 리가 없다. 그리고 석민이란 자의 능력도 지
나치게 놀랍다. 저만한 자를 저 젊어 보이는 나이에 키워낸 곳 역시 드
물 수밖에 없다. 저들을 키울 수 있는 곳은 절대로 많지 않다. 눈으로
보지 못했다면 있다는 사실 자체를 믿지 못했을 일이다. 이건 우연이
라고 볼 수 없다.'

금천교는 나름대로 그렇게 결론을 내렸다. 그래도 빈틈이 많아 보이
는 석민이었다.

'광룡은 두렵다. 그러나 저자라면 어떻게든 수가 날 것 같다.'

그는 석민을 잘 구슬려서 광룡에 대한 뭔가 특별한 정보를 얻기를
바랐다. 혹시 수련법에 관한 정보라도 조금 얻을 수 있을지도 모른다
고 생각했다. 그럴 수만 있다면 그건 정사협동문의 복이었다. 만에 하
나 무공 비급 자체를 통째로 얻을 수 있다면, 그들의 문파는 구대문파
위에 설 수도 있다고 믿었다.

그렇게 생각하는 데는 광룡이 전룡대를 변화시킨 모습에 대한 소문
이 크게 작용했다. 사 년 전, 광룡이 전룡대장을 처음 맡을 때 전룡대
는 소모성 돌격대였다. 버리는 부대였다. 폐인들의 모임이었다. 불과
사 년 후 지금의 전룡대는 만사대행문을 와해시킬 정도로 성장했다.
그 인원 그대로 단 사 년 만에 이룬 일이었다. 외부에서 보기에는 불가
사의한 일이었다. 전룡대원들에 대한 유혹도 대단히 많았지만, 그들에
게 함부로 접근한 첩자들은 모두 제거되었다.

그런 사실을 제대로 파악하고 있는 각 중소 문파의 문주들 중에 광룡을 탐내지 않는 자는 없었다. 백 명의 떨거지 무사를 던져 줬더니 최강의 전투 부대로 만들어놓고, 그들에게서 충성을 받는 인물이었다. 사람에 따라서는 광룡 한 명의 가치를 구대문파나 오대세가 중 하나보다 높게 평가하는 사람들도 있었다.

특히 당문이 그랬다. 독과 계략으로 먹고사는 당문의 입장에서 광룡의 가치는 절대적이었다. 당문은 광룡을 적으로 삼지 않기 위해서 문주가 꼬리까지 만 적이 있었다.

금천교가 보기에 광룡의 급성장과 전룡대의 급성장, 그리고 광룡의 사제로 보이는 석민의 대단한 무공 수준에는 분명 어떤 비결이 있어 보였다. 그들이 그렇게 될 수 있는 비법만 정사협동문이 얻을 수 있다면, 이룰 수 있는 것은 오대세가의 자리 정도가 아니었다. 구대문파가 십대문파로 바뀌게 할 수 있었다. 소림이나 무당의 지위를 그들이 차지하는 것도 꿈이 아니었다. 너무 큰 보물을 보자 금천교는 어느새 꿈에 부풀어 올랐다.

"이보시게, 장 소표두. 우리 심심한데 이야기나 좀 하세나."

노숙장에서 고기를 구워 먹는 호사로운 식사를 한 표사들은 다들 적당히 흩어져서 쉬고 있었다. 금천교는 드러누워 귀를 후비고 있는 석민의 옆으로 접근했다. 석민이 아무리 위아래가 없는 놈이라고는 해도 금천교만한 사람이 오는데 계속 누워 있을 수는 없었다. 자기보다 뛰어난 고수에게 개기면 원없이 맞는다는 것을 최근에 절실히 배웠다.

"예, 어르신."

그가 재빨리 자리에서 일어났다. 앉기 편하도록 바닥을 골랐다. 아무리 광룡의 빽이 있어도 이만큼 유명한 고수는 조심해야 했다.

"이리 앉으세요, 금 대인."

그가 두 손으로 자리를 가리키며 헤죽 웃었다. 허리를 굽신거렸다.

금천교는 속으로 경악을 했다. 자신의 제자들과 석민을 같이 놓고 생각해 보았다. 금천교의 제자들이 진실을 알면 땅을 치고 통곡할 일이었지만 그는 석민을 제자들이 영원히 따라갈 수 없는 인재로 보았다.

그의 판단에는 그 나름대로의 이유가 있었다. 젊은 나이에 자신과 비교될 만한 무공을 익혔다면 오만하기 쉬웠다. 이 나이에는 자신의 일 초식만 감당할 수 있어도 하늘 높은 줄 모를 때였다.

'미리 몰랐다면 비굴한 놈이라고 생각했겠구나. 마음의 수양이 대단하다. 이리 젊은 나이에 어떻게 이런 경지가 가능하다는 말이냐.'

비굴한 놈 맞았다. 하지만 진실을 모르는 그는 계속 감탄할 수밖에 없었다.

"허허, 우리 같이 앉아 이야기를 나누세나. 자네가 그리 서 있으면 내가 불편허이."

석민에 대한 호감과 그의 미래의 성장에 대한 두려움이 섞인 묘한 감정을 갖게 된 금천교가 친근하게 말했다.

"아닙니다, 금 대인. 저 같은 놈이 금 대인 같은 위대한 분 옆에 앉으면 하늘이 노합니다요."

석민이 다시 굽신거렸다. 주변에서 비웃는 듯한 눈빛들이 느껴졌다.

'하. 이젠 더 이상 놀랄 수도 없구나. 내가 태어나서 이리 놀라는 날이 올 줄이야. 누가 있어 이자를 키웠단 말이냐. 도대체 누구냐. 이 나이에 이만한 능력을 갖추게 하고서, 주변의 눈 따위는 신경도 쓰지 않고 이리 비굴해 보이도록 행동하다니. 대단하다, 대단해. 이 사람도 대

단하고 가르친 사람도 대단하다.'

그런 생각을 하며 감탄하던 그의 등에 갑자기 식은땀이 흘렀다.

'왜 이런 대단한 자를 키워서 이곳에 숨겨두어야 하는가? 도대체 무슨 목적으로? 무엇을 노리길래?'

정신이 번쩍 들었다. 공포가 밀려왔다.

광룡과 석민처럼 대단한 사람들을 키운 곳이라면 그 규모나 수준이 부실할 리가 절대로 없다고 생각했다. 소림이나 무당쯤 되는 곳이 문파의 운명을 걸고 전력을 기울여서 키워냈다고 하면 모를까, 보통의 문파에서 어찌할 수 있는 수준의 사람들이 아니었다. 어딘지는 모르지만 그런 곳에서 표국에 이런 대단한 투자를 한다는 것은 지극히 의심스러운 무언가가 있다고 생각되었다.

광룡이 정의문에서 왔으니 정의문이 그 배경인지도 모른다는 생각이 들었다. 하지만 곧바로 머리 속에서 그 생각을 지웠다.

'광룡 이전의 정의문은 망해가고 있었다. 이번에 경험을 해보니 왜 광룡 이후에 정의문이 전성기를 맞게 되었는지 알겠구나.'

그로서는 진실을 알 수가 없었다. 석민에 대한 평가가 시작부터 틀어진 판에 제대로 된 결론을 도출해 낼 수 있을 리가 없었다.

이제 금천교에게 있어서 가장 중요한 것은 광룡과 좋은 관계를 유지하는 것이었다. 광룡은 아군이 된다면 더없이 든든하지만 적이 되면 치명적인 존재였다. 광룡의 무서움은 무공만이 아니란 것을 지난번 만사대행문의 일에서 충분히 느끼고 있었다.

"할아버지, 이것 좀 드셔보세요."

대화를 끝내고 석민의 배후에 대한 고민 때문에 침울해 있는 금천교에게 미진이 다가와서 뭔가를 내밀었다.

"오오, 미진이로구나. 그래 이것이 무엇인고?"

금천교가 얼굴을 활짝 펴면서 말했다.

강소성 하가장의 외동딸이라는 이 아가씨는 붙임성이 무척 좋았다. 젊은 아이들은 금천교를 어려워하고 소녀들은 더 이상 그에게 어리광을 부리지 않았다. 그런데 여기서 만난 하가장의 하미진은 금천교를 스스럼없이 대하면서 귀여움을 떨었다.

금천교로서는 실로 오랜만에 맛보는 즐거움이었다. 미진이 귀여워 죽을 지경이었다.

"제가 만든 과자예요. 드셔보세요. 맛날 거예요."

미진이 표행을 떠나기 전에 만들어온 과자를 조금 내밀었다.

"허허, 내가 과자를 먹을 나이는 아니거늘."

금천교가 웃으면서 말했다.

"과자 먹는 데 나이가 어디 있어요? 맛있으면 되는 거죠."

미진이 방긋 웃으며 과자를 금천교의 손에 억지로 얹어놓았다. 금천교가 그중 하나를 들어 입에 넣고 깨물어보았다.

"오, 맛있구나!"

빈말이 아니었다. 정말 맛있었다. 물론 과자 맛 자체는 저잣거리에서 파는 것들보다 특히 나을 건 없었다. 그러나 미진의 마음이 담긴 과자라 몇 배로 맛있었다. 기분 좋은 음식은 맛도 더 좋게 느껴지는 법이었다.

"와, 신난다!"

미진이 함빡 웃음을 지으며 말했다. 신이 나서 과자를 더 가지러 돌아갔다.

금천교는 그녀의 뒷모습을 물끄러미 바라보았다. 그의 아들들이나 직계 제자들은 이미 나이가 너무 많았다. 대신에 손자들이 있었다. 하가장에 압력을 넣어서라도 손자며느리로 삼고 싶었다. 안 되면 양녀로라도 삼고 싶었다.

딱 한 가지 문제만 아니라면 그는 정말로 그렇게 하려고 했다.

미진이 과자를 더 챙겨서 광룡이 있는 쪽으로 쪼르르 다가가는 것이 보였다. 저것 때문에 그는 아쉬움을 뒤로하고 미진을 포기했다. 개인의 욕심으로 일을 추진하기에는 위험이 너무 컸다.

어쨌든 미진이 광룡과 비교적 가까워 보이는 것 같았다. 돌아가면 하가장과 친분을 마련해 둘 필요가 있었다.

과자를 하나 더 입에 넣었다. 맛있었다.

미진은 신이 나서 과자를 들고 광룡에게로 다가가고 있었다.

금천교가 정사협동문이라는 대단한 문파의 고위 인사라는 말을 단검수에게 들었다. 처음에는 조금 조심하는 마음이 있었지만 겪어보니 마음씨 좋은 할아버지 같았다. 붙임성 좋은 그녀는 금방 금천교와 친해졌다.

광룡에게 주려고 준비해 온 과자의 맛을 보아줄 사람을 생각해 보았더니 금천교가 딱 떠올랐다. 광룡만큼은 아니지만 무공이 높았고 광룡보다는 못하지만 지위도 높았다. 좋은 것 많이 먹고 지냈을 테니 이 과자의 맛도 객관적으로 평가해 주리라 기대했다. 아까운 과자 몇 개를 넘겨주었다.

그리고 금천교의 맛있다는 소리에 자신감을 가지고 광룡에게 과자를 가져갔다.

200

"대인, 과자를 좀 가져와 봤사옵니다. 맛이 나쁘지 않사옵니다. 좀 드셔보심이 어떠신지요?"

그녀가 과자를 내밀며 조심스럽게 광룡의 눈치를 살폈다.

민택이 그녀를 잠깐 쳐다보았다. 계속 면박을 줘도 참 끈질긴 아가씨였다. 어쩔 수 없이 과자를 하나 집어 먹어보았다. 그저 그런 맛이었다.

"좀 더 드시지요. 과자는 많사옵니다."

미진이 과자가 든 찬합을 내밀며 말했다. 먹는 모습만 봐도 행복했다.

민택이 찬합을 덥석 집었다. 미진의 얼굴에 화색이 돌았다. 민택은 그 찬합을 들고 강대영에게로 갔다.

"총표두님, 과자라도 좀 드시겠습니까?"

민택의 말에 강대영이 어이없는 표정을 지었다.

'이것들이 사랑싸움이라도 했나? 근데 왜 가진 것 없는 이놈이 튕기고 하가장의 아가씨가 매달리지? 하가장 아가씨가 잘못해서 싸운 거려나?'

강대영이 의문을 가지면서도 차마 거절하지 못하고 과자를 하나 집어 먹었다. 궁금증을 풀지 못하고 과자를 먹으니 맛이 없었다.

"놓아두고 가겠습니다."

"험, 험. 그렇게 하려무나."

강대영이 조금 당황하여 허락의 대답을 해버렸다. 저쪽에서 미진이 볼을 부풀리고 이쪽을 바라보는 것이 보였다. 자신을 째려보고 있었다.

'헛, 실수다.'

그는 자신이 뭘 잘못했는지 깨달았다. 님께서 드시라고 가져온 과자를 통째로 받아버렸다.

미진은 속이 상했다. 단검수가 칠성표국 총표두 강대영에게 미진과 민택이 깊이 사귀는 사이라고 사기를 쳤다는 것을 그녀도 알고 있었다.

'잘되게 도와주지는 못할망정 초를 치다니.'

미진의 속이 부글부글 끓었다. 내색을 할 수 없으니 더 속이 탔다.

"팽 낭자, 나도 과자 좋아하는데."

어느새 석민이 슬금슬금 팽지영의 곁으로 다가와서 말했다. 미진을 졸라서 겨우 몇 개 얻은 과자를 아껴 먹던 지영이 석민을 돌아보았다.

"죽을래?"

그녀의 말에 석민이 뜨끔해서 뒤로 물러섰다. 그가 보기에 지영은 다 좋은데 주먹이 매웠다.

"아니 뭐, 주기 싫으면 말고."

석민이 중얼거리면서 물러섰다. 지영은 과자를 좋아한다고 머리 속에 박아두었다.

칠성표국 전체가 움직이는 일이니 산동에서는 감히 덤벼드는 도적이 없었다. 그 표물이 목숨을 걸어볼 만한 대단한 것이라면 세력을 모아서 쳐들어오는 놈들이 있었을지도 몰랐다. 하지만 지금 칠성표국의 표물은 평범한 화물로 위장되어 있었다. 사실은 평범하지도 못한 잡물건들이었다. 그들의 여행은 무척 순조로웠다.

칠성표국 표사들 중 속이 바짝바짝 타는 사람이 다섯 명 있었다. 남궁재호를 비롯한 다섯 명의 소표두들이었다. 그들은 지금 중원표국으로 가는 길이 맨발로 걷는 가시밭길이었다.

중원표국에서 자신들에게 임무를 내리고 칠성표국에 파견했다. 그런데 그들은 민택에게 굴복하여 칠성표국의 표사로 눌러앉았다. 중원표국주 입장에서 보면 그건 배신이었다.

칠성표국이란 곳이 어떤 곳인지 아직도 밝혀내지 못했다. 하지만 하북의 강자 정사협동문이 서열 이위의 고수를 보내준 것을 보고 칠성표국의 진면목이 예사롭지 않음을 다시 한 번 확신할 수 있었다. 따라서 그들은 중원표국주의 분노는 그렇게까지 두려워하지 않고 있었다. 칠성표국에 숨어 있으면 그 분노는 피할 수 있어 보였다.

문제는, 그들의 신분을 민택이 알고 있고, 민택이 그들을 진짜 표사로 만들면서 한 말이 문제였다. 민택은 그들이 불쌍해서 거둬주는 것이니 남들 눈치 못 채게 숨죽이고 표사 일이나 열심히 하라고 지시했다.

그들이 보기에 총표두 강대영은 저 성질 엄청나게 더럽고 성질만큼 무공도 대단한 고수인 민택을 마음대로 다루는 사람이었다. 그리고 민택이 그들을 제압할 때 한 말로 추측해 보면 강대영은 그들이 중원표국 출신임을 모르고 있다고 생각되었다. 강대영이 그 사실을 알게 되면 어떻게 될지 두려웠다. 계속 숨겨야 했다.

그런데 중원표국의 본거지로 가면 잘 아는 사람들이 많이 있었다. 그게 큰일이었다.

第十章

산동을 벗어날 때쯤, 전룡대원 주설방이 첫 번째 흔적을 찾아냈다. 정의문과 사파 삼대연합의 싸움에서 헛소문을 퍼뜨리고 다니는 임무를 맡았던 주설방이었다. 그는 두 명의 동료 전룡대원들과 함께 칠성표국의 표행 경로를 앞서 나가면서 동태를 파악하고 있었다.

나름대로 학문을 닦은 덕분에 학자풍의 복장으로 설렁거리면서 다니는 것이 꽤 어울리는 주설방이었다. 길을 가며 뱉어내는 말 역시 학문에 관한 것이었다. 그를 따라나선 두 명의 전룡대원들도 천자문깨나 읽은 자들인지라 적당한 맞장구도 쳐줄 수 있었다.

누가 봐도 세 명의 문사가 유람을 하고 있는 것으로 보였다. 눈썰미가 날카로운 사람이 잘 살펴보면 그들의 몸에서 고수의 냄새를 맡을 수도 있었다. 하지만 배 둘레에 천까지 칭칭 감아서 놀고먹은 배불뚝이 흉내를 내고 있는 그들을 제대로 평가할 수 있는 사람은 그리 흔하지 않았다.

그들은 씀씀이도 작지 않았다. 가진 게 넉넉한 전룡대원들이 유람 삼아 정찰을 나섰으니 제대로 먹고 마시는 데 돈을 많이 썼다. 그들이 풍기는 돈 냄새에 날파리들이 꼬여들었다.

그들이 한 상 잘 차려 먹고 경치 좋은 곳을 찾아 어슬렁거릴 때 사내 다섯 명이 그들을 가로막았다.

"어이, 형씨들. 어디들 가시나?"

건달 하나가 건달답게 건들거리면서 말했다.

"허허, 우리야 경치 좋은 곳에서 바람을 벗 삼아 술이라도 한잔하려고 하네만."

주설방이 부채를 쫙 펴들고 가볍게 흔들면서 말했다.

"하네만? 이 새끼 이거 말이 왜 이렇게 짧아?"

건달이 버럭 화를 냈다. 상대가 당장 기가 죽어줘야 했는데 문사라고 체면치레라도 하려는지 대가 세게 나왔다. 거슬렸다. 인내심이 있었다면 이런 길로 안 빠지고 좀 더 영양가 높은 일을 했을 건달이었다. 그에게 그런 것이 있을 리가 없었다.

"아니, 왜들 그러시오? 우리가 댁들에게 무슨 실례라도 했다는 말이오?"

주설방은 여유가 있었다. 강아지가 깨갱댄다고 일일이 화를 낼 수는 없는 일이었다. 강아지가 정 거슬리면 배때지라도 걷어차서 조용하게 만들면 된다.

"야 이 새끼야. 우리는 죽어라고 일하느라 힘들어 죽겠는데 니들은 배때지에 기름기 두르고 놀러 다녀? 이게 죽을라고!"

건달이 화를 참지 않고 고함을 질렀다.

"허허, 별일도 아닌 것을 가지고 화를 내남? 에잉. 속은 밴댕이 같아 가지고. 우리가 기름기를 두르든 기름 통을 두르든 그게 댁들이랑 무슨 상관이라고."

주설방이 건달의 속을 슬슬 긁어댔다. 어차피 이 동네에 대한 정보를 수집하는 데는 뒷골목 소식을 듣는 것이 최고였다.

칠성표국에 대해서 무슨 책임감이 있는 것도 아니고, 광룡은 지옥 불구덩이에 떨어뜨려 놔도 빠져나올 사람이라는 절대적 신뢰를 가지고 있는 주설방이었다. 선행 정찰조의 임무를 전혀 심각하게 생각하지 않고 있었다.

그러나 그의 생각이 어떻든 광룡의 명령은 수행해야 했다. 적어도 최소한의 정보 수집이 필요했다. 대규모 병력 이동은 표가 나는 법이었다. 누가 칠성표국을 치기 위해서 병력을 동원했다면 뒷골목에서 무슨 소식이 들릴 법도 했다.

물론 만사대행문처럼 산길로만 이동해서 일반 마을에는 들르지 않았을 수도 있었다. 그럼 이런 식으로 설렁설렁 조사해서는 제대로 정보를 수집하기 어려웠다. 주설방이야 그러든지 말든지 상관하지 않았다.

그의 생각이 어쨌든, 건달은 계속 화를 내고 있었다.

"이 새끼가. 야, 너 이거 안 보여!"

건달이 품에서 단검 한 자루를 꺼내며 고함을 질렀다. 잘 갈린 칼의 날이 반짝거렸다. 싸움에 도가 튼 주설방이 보기에 그 칼은 사람 뼈 한 번 갈라보지 못한 것이었다. 제대로 싸움질에 썼다면 별로 좋아 보이지도 않는 저따위 단검이 이빨 하나 나가지 않고 윤기가 흐를 리가 없었다. 그래도 상대의 기대에 부응해 줘야 했다.

"헉. 왜 칼을 꺼내고 그러시오? 소생, 무섭소이다."

주설방이 일부러 덜덜덜 떨었다. 그 모습을 보고 그의 두 동료 전룡대원들도 같이 몸을 떨어주었다. 사람 목도 웃으면서 딸 수 있어야 하는데 몸 떠는 것 정도는 대수가 아니었다.

"이 새끼, 아직도 말이 짧아. 아, 오늘 내 좋은 성질 다 버리는구만. 니들. 따라와라. 도망가는 새끼 있으면 콱 쑤셔 버릴 테니까 얼렁 움직여!"

건달의 고함 소리에 주설방과 전룡대원들은 허둥지둥 건달들의 뒤를 따라 움직였다. 건달들이 이들을 건드리는 장소 자체가 사람들의 인적이 뜸한 곳이었다. 하지만 그들은 혹시나 하는 걱정에 길가의 숲속으로 이들을 데려가려고 했다. 돈을 뺏든 두들겨 패든 사람들에게는 보이지 않는 곳이 좋았다.

조금 걸어 인적이 없는 곳으로 들어서자 건달들이 전룡대원들을 둘러쌌다.

"잘 들어라. 가진 걸 몽땅 다 뱉어내면 살려서 돌려보내 주마. 숨겨 둔 것이 있으면 죽을 줄 알아라."

건달이 으름장을 놓았다.

"하, 하지만 우리는 여행 경비도 있어야 하고, 또 학문을 하는 사람 체면에 품위 유지도 해야 하는데……."

주설방이 말꼬리를 흐렸다.

"이 새끼가 정신을 덜 차렸구나. 확 여기서 니 배때지를 쑤셔 버릴까? 빨가벗겨서 쫓아내기 전에 얼른 가진 거 못 풀어?"

건달이 단검을 흔들거리면서 협박을 했다.

"설방이 형, 우리 이거 계속해야 돼?"

전룡대원 하나가 인상을 찡그리며 말했다.

"아니, 뭐, 이 정도면 충분한 것 같다."

주설방이 구부렸던 허리를 쭉 펴며 말했다.

"이 새끼들이 지금 개기는 거냐!"

건달들이 얼굴을 험악하게 하며 말했다.

"아, 이 불쌍한 중생들아."

주설방이 건달들을 돌아보면서 말했다.

"벗어라."

건달들은 그의 말이 무슨 뜻인지 이해를 하지 못했다.

"벗긴 뭘 벗어?"

건달의 말이 끝나기가 무섭게 주설방의 몸이 흔들거리면서 건달에게로 다가갔다. 건달이 미처 뭐라고 말하기도 전에 주설방의 손바닥이 건달의 배를 꾸욱 눌렀다.

"꾸엑!"

건달이 비명을 지르면서 쓰러졌다. 알 수 없는 기운이 뱃속을 휘저었다. 무공이 없어서 그 기운이 무엇인지 몰랐지만 뭔가 잘못 건드렸다는 것은 알 수 있었다. 창자가 끊어지는 듯한 고통에 거품을 물면서 바닥을 나뒹굴었다.

"어, 어, 어……."

나머지 건달들이 너무 놀라 말을 하지 못하고 있었다. 그들이 아무리 무식한 건달패라고 해도 눈은 있었다. 손바닥만 슬쩍 댔는데 동료가 저렇게 죽어라고 나뒹굴고 있었다. 그걸 보고 눈치 채지 못할 리가 없었다. 무공이었다.

"똥 밟았다."

건달 중 하나가 저도 모르게 중얼거렸다. 그런 그의 주둥이를 다른 전룡대원의 발이 날아와 짓밟았다.

"내가 똥이냐!"

"엉엉. 정말 아는 것이 없습니다."

무릎을 꿇고 있는 건달들 중 하나가 눈물, 콧물이 범벅이 된 채로 말했다 평생 맞을 매를 다 맞고 옷까지 뺏겨서 발가벗고 있는 건달들이었다.

"매가 부족해."

주설방이 다시 몽둥이를 들어 올리며 말했다. 건달들이 기겁을 했다. 그들에겐 몽둥이가 약이었다.

"아, 생각났습니다!"

건달 하나가 화급히 놀라서 말했다.

"오, 생각이 나셨다? 그래, 무사들이 움직이는 걸 봤다는 말이냐?"

주설방이 관심을 가지면서 말했다. 무사들의 움직임이라면 병력의 이동을 말했다. 그만하면 뜻밖의 수확이었다.

"그게 아니라."

건달이 다시 목소리가 작아졌다.

"지금 어른 놀리는 거냐?"

주설방이 조금 짜증을 내며 몽둥이를 흔들었다. 건달이 화들짝 놀랐다.

"아, 그게 아니라 수상한 놈을 봤습니다. 우리 동네 놈은 아니었는데 시비를 걸던 친구 놈이 박살이 났습니다."

건달의 말에 주설방이 다시 관심을 보였다.

"네깟 놈들이 무림인을 건드렸으면 살아남은 것이 기적이지 뭐가 수상하다는 것이냐?"

뭔가 있다는 느낌을 받으며 주설방이 돌려 물었다.

"그게 말입니다, 친구 놈의 상처가……."

"상처가 왜?"

"칼에 베인 것이 아니라 꼬챙이에 찔렸습니다."

"꼬챙이?"

"예. 젓가락처럼 가느다란 꼬챙이였습니다."

"흠."

주설방이 잠깐 생각에 잠겼다. 끝이 가느다란 병기도 아니고 젓가락 같은 꼬챙이를 주 무기로 사용한다면 일반적인 무인은 아니었다. 하지만 그런 종류의 암기를 사용하는 자가 없는 것은 아니었다. 그것만 가지고 수상하다고 하기에는 무리가 있었다.

"저, 대인."

주설방이 심각한 표정으로 생각에 빠지자, 자신의 이야기가 생각 외로 가치가 있다고 느낀 건달이 주설방을 불렀다.

"뭐냐?"

"그게 끝이 아니라 말입니다."

건달이 머뭇거렸다.

"끝이 아니면?"

주설방의 귀가 열렸다. 이놈은 뭔가 정보를 가지고 있었다.

"저, 그런데 약조를 좀 해주셔야……."

"약조라니?"

"헤헤, 이런 이야기에는 돈이 드는 법입지요. 그저 소인들 술값이나 좀 나눠 주시면 술술 불. 꾸엑!"

건달이 돈이라도 몇 푼 얻어보려다가 비명을 질렀다. 주설방의 몽둥이가 번쩍거리면서 타작을 하기 시작했다. 두들겨 패면서 그의 입은 계속 중얼거리고 있었다.

"매가 부족했어. 덜 맞았어. 내가 마음이 약한 게 탈이야. 독하지 못한 게 문제야. 너무 패면 죽을까 봐 망설인 게 잘못이야. 모질지 못했어. 아, 난 왜 이렇게 바보 같을까. 젠장."

주설방은 입으로 계속 후회를 했다. 그의 손에 들린 몽둥이는 바람 소리를 살벌하게 내며 건달을 두들겨 팼다. 어느 정도 타작을 한 주설방이 몽둥이질을 멈췄다. 정보를 얻어야 하는데 때려죽일 수는 없었다.

"뭐가 필요하다고?"

주설방의 물음에 박살이 난 건달이 화들짝 놀랐다.

"아, 아닙니다요. 대인, 우리가 그동안 모아놓은 돈이 제법 됩니다. 노자에 보태 쓰십시오!"

건달이 화급히 대답했다. 그 건달이 맞는 모습을 보고 공포에 빠져 허우적거리던 다른 건달들도 얼른 땅에 머리를 박았다.

"보태 쓰십시오!"

그들이 이구동성으로 외쳤다.

"알았다. 요긴하게 써주마. 그건 그거고 끝이 아니라니?"

부수입을 잡은 덕분에 기분이 조금 좋아진 주설방이 조용히 물었다. 건달이 화들짝 놀랐다.

"예. 그자가 우리 친구 한 놈을 박살을 내서, 우리는 나름대로 덜덜

떨고 있었습니다. 그자가 한 놈이 아니라 동료가 둘 정도 더 있었습니
다. 그래서 우리는 나름대로 사과드릴 돈을 준비하고 찾아갔는데."

"그런데?"

"그놈들이 오히려 달아나 버렸습니다."

"뭣이!"

주설방은 정신이 확 들었다. 고수가 섞인 일행 셋이 건달들이 무서
워서 달아날 리는 없었다. 절대로 없었다. 고수는 고사하고 칼 좀 쓴다
는 무사만 되도 건달들 따위는 안중에도 없었다. 목숨 걸고 칼질하며
사는 무사들과 남의 등이나 쳐 먹는 건달들과는 싸움에 임하는 자세부
터 달랐다. 즉, 그들이 달아난 것은 건달이 무서워서가 아니라는 뜻이
었다.

"자세히 말해 보거라."

주설방이 관심을 가지자 건달의 얼굴이 확 펴졌다.

"옛. 우리는 친구 놈이 당했다는 말을 듣고 깜짝 놀랐습니다. 그리
고 그놈이 한 놈이 아니라 세 놈이나 되는데 모두 칼을 가지고 있다는
말을 듣고 잘못 건드렸다는 것을 직감했습니다. 그래서 사과드릴 돈
을 준비해서 몰려갔습니다. 그런데 우리가 가보니까 글쎄 그놈들은
이미 허겁지겁 짐을 챙겨서 달아났다고 객점 주인이 전해주었습니
다."

주설방의 눈이 반짝거렸다. 확실한 건수였다. 심각한 생각 없이 걸
려든 놈들을 두들겨 본 것인데 의외의 결과를 얻었다.

"설방이 형, 이건 아무래도 그쪽 놈들이겠지?"

동료 전룡대원 하나가 주설방에게 말을 걸었다.

"나도 그렇게 생각한다. 몇 번 당해본 일 아니냐."

주설방이 긍정했다.

"저, 대인."

건달 하나가 주설방을 불렀다.

"뭐냐?"

뭔가 새로운 정보가 있을까 싶어 주설방이 얼굴을 환히 밝히며 대답했다. 그 밝은 얼굴을 본 건달들 중 하나가 용기를 냈다.

그 건달도 그들이 왜 달아났는지 내내 궁금했었다. 잠이 안 올 지경이었다. 그런데 이들은 그들이 누구인지 아는 것 같았다. 호기심을 이기지 못했다.

"그놈들이 누구인데요?"

건달이 조심스레 물었다.

잠시 정적이 흘렀다.

"아직도 매가 부족했어!"

주설방의 몽둥이가 다시 춤추기 시작했다.

"광역 조사를 해본 결과입니다."

최초로 적과 접촉한 주설방이 조사의 책임을 맡았다. 그는 대단위 인력을 투입해 빠른 시간 내에 자료를 수집했다. 그리고 그들이 있는 객잔에 혼자 들른 광룡에게 주설방이 보고했다.

"어느 정도더냐?"

광룡이 물었다.

"총 다섯 개 마을에서 그자들이 움직인 흔적을 찾아냈습니다."

"일반 무사들을 잘못 본 것은 아니더냐?"

광룡이 확인차 물었다.

"틀림없습니다. 모두 주변의 시선을 끄는 행동을 우연이라도 하게 되면 그 마을을 급히 떠난 것으로 파악되었습니다."

주설방이 확신을 가지고 말했다.

"놈들의 숫자는 얼마나 될 것 같더냐?"

"그것까지는 파악하기가 어려웠습니다. 하지만 적은 숫자는 아닌 것으로 생각됩니다."

주설방이 자신하지 못하고 말했다.

"참 오랜만이구나."

광룡이 담담하게 말했다.

"이제는 감히 시도하는 놈이 없을 줄 알았는데 저도 의외입니다."

주설방이 이상하다는 듯이 말했다.

"우리가 목적이 아니다."

"그 말씀은?"

"표국이 목표겠지. 우리임을 알고 그리 어설프게 움직일 리가 없지 않느냐?"

"흠."

주설방이 고개를 끄덕였다. 그럴싸한 말이었다. 자신들을 노리려면 자신들의 행보를 파악하고 있어야 했다. 그럴 가능성이 있는 곳은 그들이 아직 정체를 파악하지 못한 비밀 세력 한곳뿐이었지만 이건 그들이 그동안 해온 방식과 너무 달랐다.

"그럼 의뢰를 한 것은 중원표국이었군요?"

"그렇다고 봐야 하겠지. 확실한 건 시간이 지나면 알겠지. 어디 그 물을 좀 쳐볼까?"

광룡이 기운이 나는 목소리로 말했다. 다가오는 놈들은 악당들 중에서도 상급의 악당이었다. 걸리는 족족 잡아 죽여야 했다.

숲 속에는 이십여 명의 복면인들이 모여 있었다. 칠흑같이 어두운 밤에 그들은 사주를 경계하며 조심스럽게 움직였다.

"당주님, 우리가 이렇게까지 조심할 필요가 있습니까?"

당주의 신중함이 지나치다 싶은 생각이 든 부당주가 조용히 말했다.

"부당주, 그래서 네가 당주 그릇이 못되는 거다. 살수는 적이 어떤 상태이든 항상 최선을 다해야 하는 법이다. 살수가 일을 할 때 방심하면 죽음밖에 얻을 것이 없다."

당주가 조용히 말했다.

"하지만 우리 혈살당 전원이 움직이고 있습니다. 그놈들이 산동에서 이름깨나 떨친다고 하지만 그래도 표국 아닙니까? 표국주 하나 암살하는 것이 뭐 그리 대단한 일이라고 이리 조심하라고 하시는 겁니까?"

"아아, 안 된다니까. 그런 정신이 틀려먹은 거야. 간단한 놈들이면 중원표국에서 우리에게 의뢰를 했겠냐? 뭔가 있는 놈들이다. 그러니까 주의에 주의를 기울여야 해."

당주는 고집을 꺾지 않았다. 그의 이런 조심스러움이 살수 단체인 혈살당이 망하지 않고 살아남은 비결이었다.

"그래도 우리는 암살자가 이십 명이나 되는데……."

부당주가 계속 투덜거렸다.

살수들의 집합이라고 하는 곳은 큰 세력을 유지할 수 없었다. 살수는 정파와 사파의 목을 가리지 않았다. 무림인들은 은혜와 원수, 특히 원수에 민감했다. 하는 일마다 원수를 만드는 살수들의 근거지가 밝혀지면 그 즉시 무림 전체에서 척결 대상이 되었다. 무림에는 지금 혈살당처럼 이십여 명의 살수를 보유한 곳은 꽤 큰 살수 집단으로 평가되었다. 규모가 더 커지면 결국은 근거지가 표가 나는 법이고, 위치가 알려지면 그 살수들에게 원한을 가진 정파들이 몰려가서 토벌해 버렸기 때문이었다. 수백, 수천의 살수를 거느릴 방법이 없었다.

이십 명의 살수들이라고 하는 것은 대단한 전력이었다. 살수들의 특징상, 그들은 암습을 주로 했다. 등 뒤에서 찌르는 칼은 정면에서 날아오는 것보다 몇 배는 위험한 법이었다. 쉽게 볼 수 없었다.

그리고 이십 명의 살수들을 유지하면서 오랜 세월 유지되어 온 조직이라면 그동안 그들이 먹고살기 위해서 죽인 사람들의 수가 셀 수 없을 정도였다.

"너처럼 덜렁대다가는 함정에 걸려서 몰살당한다. 귀살문의 일을 잊었냐?"

당주가 귀살문을 언급하자 부당주의 입이 다물어졌다. 귀살문이라고 하면 혈살당과 맞먹는 전력을 가진 유명 살수 단체였다. 그들은 몇 년 전 광룡과 전룡대가 한창 이름을 떨치기 시작하던 시절에 어느 사파의 의뢰를 받고 광룡을 살수 대상으로 접수받았다.

그들은 처음에는 성공적으로 활동했다. 최초의 암습에서 혼자 떨어져 있던 전룡대원 하나를 살해하는 업적을 남겼다.

그리고 광룡이 분노했다. 광룡은 스스로를 미끼로 내걸고 귀살문을 유혹했다. 귀살문은 광룡의 꼬임에 빠져 그를 암살하려고 모든 살수를 동원했다가 함정에 빠져 몰살당해 버렸다.

광룡의 복수는 그것으로 끝나지 않았다. 생포한 귀살문의 문도들에게서 귀살문의 본거지에 대한 정보를 뽑아낸 후, 전룡대를 휘몰아쳐 그곳에 풀 한 포기 남겨두지 않았다. 말로만 비유한 것이 아니라 정말 마지막에는 불까지 질러 재만 남겨놓았다. 그뿐만 아니라 귀살문의 본거지가 있던 인근 지역까지 살수들을 색출해서 씨를 말려 버렸다.

그 이후로도 광룡에 대한 몇 번의 의뢰가 있었지만 그 의뢰를 받아들였던 모든 살수 조직은 처참하게 박살이 나고 존재 자체가 지워졌다. 이제 중원의 모든 살수 단체들은 어떠한 대가를 제시하더라도 광룡에 대한 살인 청부는 절대로 받지 않았다. 그건 살수들의 불문율이었다.

당주는 광룡의 첫 번째 먹이가 되었던 귀살문을 언급하였다. 부당주도 그 말을 들으니 뜨끔하기는 했다.

"하지만 광룡이 칠성표국에 있을 리도 없는데 일을 꼭 힘들게 하신다니까."

부당주가 투덜거렸다.

목표 지점에 가까워지자 혈살당의 암살자들은 소리를 더욱 줄이면서 접근했다.

"다시 한 번 확인하자. 이 너머에 있는 공터에 그놈들이 자고 있단 말이지?"

당주가 확인 차원에서 물었다.

"틀림없습니다. 먼저 움직인 녀석들이 비밀 표지를 확실히 남겨놓았습니다."

부당주가 당연하다는 듯이 말했다.

"그런데 표지 붙인 놈들은 도대체 어디 있는 거야?"

당주가 의아해서 물었다. 사전 정찰조는 습격조와 임무가 서로 달랐다. 만만한 적을 상대할 때는 이렇게 필요한 정보만 남겨두고 일찌감치 물러나 버리는 경우가 흔했다. 하지만 아무리 그래도 당주인 자기가 직접 지휘하는 습격조가 왔으면 정찰조도 얼굴은 내밀어야 하는 법이었다. 이것들이 요사이 좀 개긴다 싶더니 이따위로 물을 먹인다고 생각했다. 한따까리 해야겠다고 다짐했다.

"이놈들이 군기가 빠졌나 봅니다. 돌아가면 제가 잘 교육시키겠습니다."

부당주가 미안해하면서 말했다. 부하들을 갈구는 것은 원래 그의 임무였다.

"할 수 없지. 보고서를 가져와라."

당주는 정찰조가 표식 아래에 숨겨두었을 적정 상세 보고서를 요구했다. 그곳에는 표적이 어느 위치에서 자고 있으며 현재 어떤 복장인지가 대충 적혀 있었다.

당주가 주변의 살수들을 불러 모았다.

"목표는 하나. 적의 총표두다. 그 사이에 걸리적거리는 표사들이 있으면 모두 제거해 버리고, 총표두의 목을 따면 즉시 퇴각한다. 정찰조가 남겨둔 소식에 의하면 놈들의 총표두는 넓게 퍼진 야영지의 한가운데에서 혼자 자고 있는 놈이다. 운이 좋으면 그놈 목만 따고 돌아갈 수 있다."

당주가 조용히 말했다. 다른 놈들 목은 따봤자 돈이 안 됐다. 대금은 총표두의 목숨 값으로 받은 것이었다. 가능하면 조용히 총표두만 제거하는 것이 제일 이익이었다.

"모두 조용히 전진."

당주가 마지막으로 명령을 내리면서 몸을 움직였다. 최악의 경우 적과의 전면전을 벌여야 할지도 몰랐다. 그럴 때 병력이 흩어져 있으면 안쪽으로 침투해 들어갔다가 포위되는 자들은 위험해진다. 자신이 직접 습격조를 이끌고 있는 상황에서 그런 꼴을 당할 수는 없었다. 아무리 유명해진 표국이라고 해도 표사들의 무공은 일반 무사들보다도 못할 거라고 예상했기 때문에 당주는 병력의 집중을 택했다.

야영지에는 보초를 서는 자들조차 없었다. 모두 사방에 넓게 흩어져서 곤히 잠들어 있었다. 그 덕분에 그들은 꽤나 여유있게 야영지의 한가운데로 침투해 들어갈 수 있었다.

야영지 한가운데는 정말 쪽지에서 말한 듯한 인상의 남자가 자고 있었다. 당주는 자신의 검을 조심스럽게 뽑았다. 조용히 목만 따려고 했다.

혈살당 당주가 갑자기 튕기듯이 몸을 뒤로 뺐다. 그리고 곧바로 자는 척하고 있던 오십여 명의 사내들이 자신의 무기를 들고 벌떡 일어섰다. 혈살당은 순식간에 포위되었다.

광룡이 여유있는 모습으로 몸을 일으켰다.

"이런다고 살아날 것 같으냐! 우리가 누군지 아느냐!"

혈살당주가 고함을 쳤다. 이미 판은 깨졌다. 호통을 쳐서 기세를 자신들 쪽으로 끌어들이려고 했다.

살수들은 명성에 비해서 그 가진 바 무공에 손색이 좀 있었다. 이만한 숫자의 표사들과 정면으로 대결한다면 살수들이 좀 죽거나 다칠 수 있었다. 그럼 적자였다. 물론 질 거라고는 생각하지 않았다. 어쨌든 상대의 사기를 떨어뜨릴 필요가 있었다.

"우리는 바로!"

"살수 조직인 혈살당의 혈살당주와 살수 열아홉. 정찰조 세 명을 제외한 혈살당의 모든 전력. 혈살당주의 독문무공 은자절영검법. 제법 뛰어난 편인 고수. 부당주의 독문무공 연옥십자쌍검술. 그럭저럭 쓸 만한 수준의 고수."

혈살당주의 말을 끊으며 섭병삼이 한쪽에서 중얼거렸다. 혈살당 살수들의 고개가 그쪽으로 확 돌아갔다. 모두 경악에 찬 얼굴이었다. 그걸 저들이 어떻게 아는지 이해가 가지 않았다.

"우리가 누군지는 아느냐?"

주설방이 반대쪽에서 물었다. 살수들의 고개가 다시 그쪽으로 확 돌아갔다.

"산동의 표국인 칠성표국. 산동의 떠오르는 별. 총 인원 백여 명으로 약간명의 고수 보유. 실질적인 지휘자는 총표두 일수삼검 강대영. 독문무공 일수삼검. 그 외 고수로 항산적 장석민 보유. 고수 급으로 추측되는 약간명의 표두 보유."

혈살당주가 질 수 없다는 듯이 그들이 알고 있는 칠성표국의 정보를 읊었다.

"지랄하고 있네."

학도림이 뒤쪽에서 말했다.

혈살당주는 함정에 빠졌음을 깨달았다. 그의 머리에 의문이 들었다. 표국이 함정을 팔 수는 있었다. 산적들을 대상으로 했다면 얼마든지 있을 수 있는 일이었다. 그런데 문제는 상대는 혈살당이 쳐들어왔음을 명확하게 알고 있었다. 일개 표국으로서는 대가리에 화살을 맞지 않고서는 저지를 리 없는 일이었다. 고수가 두엇 있다고 하지만 그것만으로 이런 여유를 부리는 것은 좀 이상했다. 입 안이 바짝바짝 말랐다.

성질 급한 부당주가 먼저 나섰다. 그의 짧은 생각으로는 일단 눈앞의 한 놈이라도 제압하고 이야기를 해야 할 것 같았다. 그는 상대를 표국 이상으로 보지 않고 있었다.

"이놈! 목을 내밀어라!"

부당주가 내공이 실린 호통 소리를 지르며 광룡에게로 달려들었다. 두 손에는 어느새 그의 독문병기인 두 자루의 낫이 들려 있었다. 이 낫으로 펼치는 연옥십자쌍겸술에 걸려 목이 잘린 자들이 한둘이 아니었다.

광룡이 그의 도를 들었다.

부당주는 공격 방법을 재빨리 결정했다. 눈앞의 상대가 도를 쓰면 연옥십자쌍겸술 제사초 십자포박으로 그 도를 낚아채고, 그 다음 빈손이 된 적의 목을 낫으로 위협하며 인질로 삼으려고 했다.

광룡이 도를 높이 들어 올렸다.

부당주도 두 자루의 낫을 위로 들었다. 언제든지 상대하려고 했다.

어느새 부당주가 광룡의 근거리로 접근했다.

광룡의 단전에서 일어난 한줄기 내공이 오른 다리를 타고 뻗어나갔다. 그의 오른발이 바닥을 차는 순간, 땅이 둥근 반구를 그리며 움푹 꺼졌다. 광룡의 몸이 달려오던 부당주보다 몇 배의 속도로 쏘아져 나갔다. 부당주는 뭐가 어떻게 되는지도 모르고 본능적으로 들고 있던 두 자루의 낫을 더 높이 들어 올렸다. 허리가 훤히 비었다.

광룡의 단전에는 아직 내공이 충만해 있었다. 그의 온몸을 휘몰아치는 내공은 그의 도에서 결실을 맺었다. 광룡의 도가 허공에 은빛 반월을 그렸다. 그의 도가 지나가는 길을 두 자루의 낫이 방해하고 있었다. 조금도 저항하지 못하고 잘려 나갔다. 부당주의 머리가 있었다. 두부처럼 자르며 지나갔다. 부당주의 몸이라고 예외는 아니었다. 광룡의 도는 거침없이 공간을 찢고 제자리로 돌아갔다.

찢어지는 공간의 비명 소리가 들렸다. 언제나 한발 늦게 몰아치는 게으른 광풍이 부당주의 몸을 양쪽으로 쩍 하고 갈라 버렸다. 피가 폭발했다.

단 일 초식에 혈살당 부당주가 두 조각이 나서 죽었다. 하남에서 다른 사람을 살해하고 돈을 받는 일로 명성을 쌓던 자객의 최후였다.

혈살당 당주의 머리 속이 텅 비었다. 이빨이 요란하게 부딪치기 시작했다. 그의 손에서 빠져나온 장검이 그 날카로운 날을 땅에 묻었다.

"과, 과, 과, 광룡……."

덜덜 떨리는 그의 턱 사이로 신음 같은 목소리가 새어 나왔다.

몰라볼 수가 없었다. 제대로 펼쳐진 일보경혼과 일도단천, 그것도 그 둘이 동시에 펼쳐졌을 때의 특징을 모를 수가 없었다. 살수 조직을 이끌고 있는 그로서는 더 더욱 모를 수가 없었다.

중원 살수 단체에서 절대로 의뢰를 받지 않는 대상이 전룡대, 특히 광룡이었다. 전룡대원에 대한 청부 살해 의뢰를 받아들인 살수 조직들은 모두 복구가 불가능할 정도로 박살 났다. 전룡대원에게 상처라도 입힌 살수 조직은 풀 한 포기 남지 않았다. 딱 한 번 전룡대원 한 명의 목숨을 끊을 수 있었던 조직은 그들만이 아니라 그 조직과 가까운 지역에 있던 살수 조직 전체가 궤멸당해 버렸다. 근거지의 위치를 숨기는 것이 생존의 주요 수단인 살수 조직이었지만 머리 쓰는 건 광룡이 한 수 위였다. 광룡은 숨은 조직들을 잘도 찾아내서 하나하나 갈아버렸다.

전룡대의 보복은 당문도 한 수 접어주었다.

거금에 고용되어 광룡을 노렸던 몇 명의 특급살수들도 모두 소속 문파와 함께 한입에 잡아먹혔다. 중원의 살수들의 능력으로는 광룡을 어찌할 수 없었다. 광룡이 적수가 거의 없는 절대고수이기도 했지만 그의 무공은 어두운 감옥에 혼자 있으면서 몇 년 동안 수련한 것이었다. 옥지기 노인 이외에는 다가오는 사람조차 없는 곳에서 절대고수가 될 정도로 수련했다. 그는 주변에 다가오는 자들을 파악하는 능력이 대단히 발달해 있었다. 살기를 조금이라도 품고 오는 살수들을 놓칠 리가 없었다. 한줄기 자그마한 살기라도 있으면 광룡은 그것을 눈치챘다.

이젠 감히 전룡대를 노리는 살수는 없었다. 전룡대를 노리는 살수는 인근 조직에 의해서 먼저 살해당할지도 모르는 것이 살수계의 분위기였다.

혈살당주는 그때서야 자신이 누구의 목을 따겠다고 나섰는지 알았다. 의뢰 내용이야 어쨌든, 그는 자기가 전룡대원 정도가 아니라 광룡 본인의 목을 따겠다고 나섰다는 것을 깨달았다.

"으아아아!"

그는 비명을 지르면서 달아나기 시작했다. 그가 말한 광룡이란 소리에 다 같이 덜덜 떨고 있던 그의 부하 살수들도 모두 비명을 지르며 그의 뒤를 따랐다.

이성을 잃고 달아나는 살수들을 향해서 전룡대원들의 도와 검 등등이 어지러이 날아왔다. 순식간에 대부분의 살수들이 저항조차 제대로 못하고 도륙당해 버렸다.

그 와중에 그래도 제법 실력이 뛰어난 고수였던 혈살당주는 포위망을 뚫고 달릴 수 있었다.

그는 엉엉 울고 있었다. 그의 모든 것이었던 혈살당은 이제 박살이 났다. 혈살당은 이제 끝났다. 그들이 전룡대를, 그리고 광룡을 노렸다는 사실이 소문나면 혈살당의 살수들이 얼마가 살아남든 상관없이 모두 죽은 목숨이었다. 다른 살수 조직들은 자신들이 상관없음을 증명하기 위해서라도 살아남은 혈살당의 살수들을 살해하려고 광분할 것이 틀림없었다.

그 자신이라고 하더라도 자기와 가까운 거리에 근거지를 둔 어느 미친 살수 조직이 광룡을 노렸다는 소식이 들리면 같은 일을 할 터였다. 아마 앞장서서 토벌하려고 할 것 같았다.

그리고 그런 문제는 둘째 치고 광룡이 추격해 올 것이 너무 무서웠다. 달아나고는 있지만 살 자신이 없었다.

죽어라고 달리는 그에게로 갑자기 검이 날아들었다. 혈살당주는 기겁을 하며 몸을 땅바닥으로 굴렀다. 수중의 검은 이미 광룡을 보고 놀라 떨어뜨린 후였다. 검술이 주력인 그가 가진 것이 없으니 제 실력을 발휘할 수 없었다. 그리고 그런 그를 향해 덮쳐 드는 것은 외곽 포위망을 구성하던 전룡대원들이었다.

전룡대원들은 고수 아닌 자가 없었다. 그들 몇 명이 한꺼번에 병장기를 날리니 빈손의 혈살당주는 도저히 상대할 방법이 없었다. 등이 뜨끔하고 한쪽 팔이 허전하더니 곧바로 배가 화끈거렸다. 곧바로 그의 머리가 공중으로 날아갔다.

"스무 구의 시체를 확인했습니다. 정찰조라던 놈들을 심문해서 알아낸 숫자와 동일합니다."

섭병삼이 보고했다.

"그럼 이제 남은 놈들은 없겠군."

광룡이 만족한다는 듯이 중얼거렸다. 전룡대의 희생자가 없으니 이 정도 선에서 정리하는 것도 나쁘지 않았다.

"그렇습니다. 그들의 모든 전력이 제거되었습니다. 설사 놈들의 본 거지에 남은 놈들이 있더라도 살수들은 아닐 겁니다."

섭병삼이 자신하며 말했다 그의 손에 죽은 정찰조의 살수들은 거짓말을 하지 않았다. 따로따로 심문해서 얻어낸 최종 결과가 모두 동일했으니 믿어도 좋았다. 굳이 찾아가서 때려죽이는 수고를 할 가치가 없었다.

"나는 이만 돌아가 보겠다. 자리를 너무 오래 떠나 있는 것도 좋지는 않겠지. 수고했다."

광룡이 그렇게 말하면서 표국 쪽으로 발걸음을 옮겼다.

혈살당의 살수들은 본업에 맞게 기척을 숨기고 움직이는 것에 대해 충분한 훈련을 받았었다. 하지만 그들의 상대인 전룡대는 전원이 실전 경험이 풍부한 고수들로 구성되어 있었다. 중원의 날고 기는 문파들의 첩자들도 모조리 색출해서 잡아 죽일 정도로 이목이 예민한 그들이었다. 살수 몇 마리가 그들의 감시망을 피해갈 수 없었다.

그리고 광룡은 정찰조를 쥐어짜서 얻어낸 정보를 토대로 적의 이목을 속였다. 그들은 혈살당의 주력인 습격조를 칠성표국이 있는 곳과는 전혀 다른 곳으로 유도했다. 정찰조의 표식만 믿은 혈살당은 그렇게 해서 전룡대의 손아귀에서 녹아버렸다.

광룡이 표국의 노숙지로 돌아올 때, 정사협동문의 비천단창 금천교가 표국의 야영지 근처를 어슬렁거리고 있었다. 다른 표사들은 모두 잠들어 있었지만 광룡이 사라진 마당에 그가 속 편하게 자고 있을 수는 없었다. 중원의 절대고수들 중 한 명인 이 대단한 자가 무슨 볼일이 있어서 이렇게 오래 사라져 있는지 궁금했다.

"오셨습니까?"

광룡이 돌아오는 기색을 느낀 그가 조금 마중 나오면서 물었다. 어디 갔다 온 것인지 궁금하기도 했다. 새벽이 머지않은 시간까지 자리를 비워야 하는 일이었다. 똥 누러 간 것은 절대로 아니었다.

"처리할 놈들이 있어서."

광룡이 짧게 대답했다. 그의 말에 금천교가 바짝 긴장했다. 광룡의 몸에서 은근히 피 냄새가 풍기는 것 같기도 했다.

"어떤 놈들을……."

금천교가 그가 조심스럽게 물었다.

"혈살당."

광룡이 짧게 대답하고 자신의 자리로 걸어갔다. 귀찮아서였다. 비천단창 금천교가 하북 지방에서 날리는 고수라고 하더라도 광룡과 비교할 수는 없었다. 광룡의 입장에서 보면 금천교 따위는 세상에 널려 있는 제법 쓸 만한 고수들 중 하나일 뿐이었다.

줄 것은 주고, 받을 것은 받은 관계일 뿐이었다.

금천교의 몸이 딱딱하게 굳었다. 그도 혈살당이 누구인지는 알고 있었다. 이삼십 명 정도의 실력 좋은 살수들로 구성된 곳으로, 꽤나 골치를 썩이는 곳이었다. 정사협동문에서도 그들에게 살해당한 피해자가 있을 정도였다.

살수 단체라고 하는 곳이 다 그렇지만, 혈살당 정도는 정사협동문의 힘으로 몰살시켜 버릴 수 있었다. 문제는 그들은 살수들이기 때문에 좀처럼 정체가 파악되지 않고 있다는 데 있었다. 어디 있는 놈들인지 알아야 가서 잡아 족칠 텐데 그걸 알아낼 수가 없었다. 정사협동문의 고수 하나가 암살된 후 그들에게 복수를 하기 위해서 꽤나 공을 들였지만 성과는 별로 없었다. 거짓 의뢰에 속아 다가온 살수 하나를 잡아 죽였을 뿐이었다. 어쩔 수 없이 그것으로 복수를 마무리지었다.

그런 혈살당을 하룻밤도 채 안 되는 시간 동안 자리 비운 사이에 처리했다는 말이었다.

그는 광룡과 전룡대가 자신들을 노린 살수들을 어떻게 처리하는지 잘 알고 있었다. 전룡대원 하나를 암살에 성공했다고 의기양양해하다가 자신들은 물론 그 인근 지역의 살수 조직까지 완벽하게 몰살당한 살수 문파의 이야기는 무림에서 무척 유명했다. 그가 알기로 광룡과 전룡대를 노렸던 살수 조직 중에 망하지 않은 곳은 단 한 군데도 없었다. 어디든 예외없이 완벽하게 박살이 났다.

"이렇게 짧은 시간에……."

금천교가 중얼거렸다. 그 시간 안에 혈살당을 처리했다고 한다. 도대체 이 남자의 능력은 어디까지가 한계인지 궁금해졌다.

第十一章

"여, 이게 누구야. 뺀질이 재호 아냐? 이번엔 꽤 오랜만이구만."

표국의 행렬을 보다가 남궁재호를 알아본 사내 하나가 따라붙으며 손을 흔들었다. 재호는 뜨끔했다. 올 것이 왔다.

"아, 권씨. 그래, 오랜만이야."

재호가 떨떠름하게 대답했다.

"그래. 자네가 한동안 안 보여서 어떻게 된 건지 궁금했지. 아무리 자주 사라지는 친구라고는 하지만 이번엔 좀 길었잖은가? 그런데 자네 왜 그 표국에 있나? 아무리 봐도 우리 표국은 아닌 것 같은데?"

권씨라 불린 사내가 고개를 갸우뚱거리면서 말했다.

"아, 그게 말이지. 나 여기 취직했다네."

재호가 시선을 주지 않고 계속 걸으면서 말했.

"취직? 표사가 된 건가? 정말 잘됐네. 하지만 위험할 텐데 몸조심하라고. 이따가 찾아와. 오랜만에 한잔해야지?"

그 사내가 손까지 흔들어주었다.

재호만이 그런 것이 아니었다. 소표두들 중 다섯이 중원표국에서 활동했다. 총국이 있는 이 지역에 아는 사람이 많은 것이 당연했다. 그들을 아는 사람들은 그들이 표행에 끼어 있음에도 불구하고 아는 체를 해왔다. 중원표국의 일꾼이나 시장통의 사람들은 칠성표국 같은 듣도 보도 못한 표국은 인정하지 않았기 때문에 대열에 끼어드는 것에 거침이 없었다.

중원표국의 일꾼들은 평소에 표사들을 부러워했다. 표사들은 일꾼들보다 더 나은 봉급을 받았고 더 싸움을 잘했으며 더 폼이 났고 더 뻐기고 다녔다.

그래서 일꾼들은 자신들을 깔보는 표사들을 욕하면서, 반면에 그 위치를 부러워했다. 싫은 건 사람이지, 시켜만 준다면 열심히 해보고 싶었다.

그리고 자신들의 동료 하나가, 처음 보는 곳이지만 어떤 표국의 표사가 되어 이곳으로 표물을 가지고 왔다. 아는 체를 하고 싶은 것이 당연했다.

다섯 명의 중원표국 출신 칠성표국 소표두들은 모두 안절부절못하게되었다. 자신들이 이곳 출신임은 민택이 알고 있었다. 죽을 줄 모르고 설치고 나서는 것이 불쌍해서 자신들을 훈계하고 거둬주는 것이라고 했다. 다른 칠성표국의 비밀 고수들은 그 사실을 모른다고 알고 있었다.

그런데 이곳에서 사람들이 자신들을 아는 체하는 것을 보니 똥줄이

탔다. 비밀 고수들이 자신들을 의심할까 봐 무서웠다. 민택 하나에게
도 박살이 났는데 다른 고수들이 조사를 들어오면 살아남을 수가 없을
것 같았다.

"야, 이게 누구야. 뺀질이잖아?"

다시 새로운 사내 하나가 대열로 따라붙으며 재호에게 말을 걸었다.
이제 재호는 아예 말을 걸어오는 사람을 외면해 버렸다.

"야, 왜 그래? 너 뺀질이 맞잖아?"

사내가 이상하다는 듯이 물어보았지만 재호는 여전히 대답을 하지
않았다. 사내의 얼굴빛이 변했다.

"뭐야 이거? 어디 쪼매난 표국에 표사가 되더니 우리 같은 사람들과
는 이제 말도 하기 싫다는 거야?"

재호는 뭔가 말을 하고 싶었지만 그럴 수 없었다.

그는 본래 고수였고 중원표국의 숨겨둔 수가 되기 위해서 일꾼으로
위장하며 지냈었다. 이들은 그 시절에 알게 된 사람들이었다. 비록 그
의 지위에 비해서 많이 부족하다고 생각하는 일꾼들이라 내려다보는
마음이 조금은 있었다. 하지만 그들과 쌓은 친분 자체가 거짓은 아니
었다. 오랜만에 보니 반가웠고, 옛날처럼 술이나 한잔하고 싶었지만
그럴 수가 없었다. 속이 탔다.

"변했구나, 변했어. 너 그러는 게 아니다. 너 잘나가게 됐다고 그렇
게 안면 바꿔 버리는 게 아니다. 사람이 그러는 게 아니야. 에이, 더러
운 놈. 잘 먹고 잘살아라. 퉤!"

그가 바닥에 침까지 뱉으며 행렬에서 멀어졌다.

"왜 그랬느냐?"

총표두 강대영이 남궁재호에게 다가와 물었다.

"뭘 말입니까?"

재호는 딱 잡아뗐다.

"아는 사람들 같았는데 어째서 그리 박대하게 대했느냐?"

강대영의 질문에 재호는 더 이상 숨길 수 없다는 생각이 들었다.

"그게 말입니다, 사실 저놈들을 알기는 압니다(식성까지 알지요). 그런데 저놈들이 저만 보면 뜯어먹어 보겠다고 어찌나 달려드는지 모릅니다(같이 술 퍼마시면서 몰려다니던 때가 그립습니다). 저런 놈들은 그냥 봐도 못 본 척하면 알아서 제풀에 떨어집니다(미안해. 관씨. 천씨. 기타 등등)."

재호가 궁색한 변명을 했다. 그러나 강대영이 보기에는 그런 사이 같지는 않았다. 총표두 생활이 수십 년이었다. 그는 곰탱이가 아니었다.

"이곳에는 너를 아는 사람들이 많은 듯하구나. 다른 소표두 몇도 그런 느낌이 들지만 특히 네가 더 많은 것 같구나. 이곳에 머물렀던 적이 있느냐?"

그가 의심스러운 눈초리로 남궁재호를 바라봤다.

"아, 예. 사실 오다 가다 잠깐, 정말 아주 잠깐 머문 적이 있습니다."

재호가 당황하면서 말했다. 부정하고 싶었지만 도망갈 구멍이 없었다.

"하필 머문 곳이 중원표국이 있는 곳이구나."

대영이 캐묻자 재호가 땀을 삐질삐질 흘렸다. 사실 자기도 믿어지지 않는 말이었다. 자기 부하 중 하나가 적대 세력의 근거지에서 아는 놈들을 만난다면 의심부터 하고 볼 일이었다. 당장 붙잡아 두들겨 패서

첩자인지 알아봐야 했다.

"이곳저곳 돌아다니는 곳이 많다 보니 그렇게 됐습니다. 우연입니다, 우연."

재호의 변명은 설득력이 없었다. 강대영이 재호를 뚫어져라 쳐다보았다.

'표사 채용의 조건을 완화시키느라 이들이 이전에 무슨 일을 했는지에 대해서 따로 조사하지를 않았다. 특별히 캐묻지도 않았다. 이전에 무엇을 했든 이제 표사가 됐으면 과거는 묻지 않을 생각이었다. 그런데 말하는 그대로를 믿었던 것이 실수였을까? 남궁 소표두는 아무래도 수상하구나.'

그의 마음속에 의심이 들었다. 사람 사이는 서로 믿고 사는 것이 좋았다. 하지만 깊게 믿을수록 뒤통수를 맞았을 때는 더 아픈 법이었다.

"지국이 있는 곳에서 만났다면 모를까, 본국에서 이리도 아는 사람이 많다니. 네 발이 생각보다 넓은가 보구나."

그가 한마디 톡 쏘아주고 걸어갔다. 마음속에는 이미 남궁재호와 몇 명의 소표두들에게서 약간의 거리를 두기 시작했다. 그는 주의해야 했다. 중원표국은 그가 아는 한 칠성표국의 최대 적이었다.

재호의 등에 식은땀이 흘렀다. 다른 동료들은 다 놔두고 하필 그에게 이리 따져 물어서 난감했다. 그가 아는 사람이 제일 많은 것이 원인이었다. 총표두는 민택이라고 하는 무식하게 쌈만 잘하는 통제 불능의 나쁜 놈을 뜻대로 움직일 수 있는 사람이었다. 그런 사람에게 밉보였으니 눈앞이 캄캄했다.

운상원이 그의 등을 툭 쳐주었다. 재호가 자신처럼 뭔가 사연이 있는 사람일 거라는 건 그도 알고 있었다. 그도 칠성표국에 잠입되어 온 첩자로 표사 일을 시작했다. 중원표국의 안마당에서 알아보는 사람이 많다면 바보가 아닌 다음에야 그의 출신을 알 수 있었다.

"걱정 마라. 대인을 믿어라."

그가 재호를 위로했다. 물론 그가 말한 대인은 광룡 한민택이었다. 그러나 재호가 듣기에 대인은 방금 이야기를 나눈 총표두 강대영이었다. 의심스런 눈초리로 노려보다가 간 사람을 믿으라니 뭔 소린지 알 수 없었다.

어쨌든, 당장 급한 것은 지금 이 사태의 불을 끄는 것이었다. 잘못하면 끝장이었다. 그들의 충성심을 보여줄 계기가 있어야 했다. 동료들과 방법을 연구해야 했다.

"하하하. 전 대인, 잘 말씀하시었소. 본인도 그리 생각한다오. 나에게 전룡대만 있었다면 광룡의 칭호는 그자가 아니라 나에게 떨어졌겠지. 암."

사내 하나가 술잔을 기울이며 호탕하게 말했다.

"동소천 대인이야말로 그 그릇이 되지 않습니까? 동소천 대인의 뒤에 정의문이 있고 동 대인의 손에 전룡대가 있다면 어찌 광룡만한 명성도 얻지 못했겠습니까? 당연히 그 백배 천 배의 명성을 얻으셨겠지요."

전종구가 동소천의 잔에 다시 술을 따라주면서 말했다.

"하하, 이거 전 대인께서 제 얼굴에 금칠을 하십니다."

동소천는 전종구가 띄워주자 마냥 즐거워서 어쩔 줄을 몰랐다.

그는 전종구가 불러 모은 고수들 중에서 나름대로 발언권이 있는 자였다. 그리고 그는 허명에 관심이 많고 명성에 욕심이 많았다. 이번 일의 수단으로 삼기에 적당한 자였다.

"광룡보다 멋진 무림명도 필요하겠습니다. 이 참에 한번 추진해 보시지요?"

전종구가 동소천의 귀를 솔깃하게 하는 말을 술자리 농담처럼 늘어놓았다.

"하하하, 무림명은 사람들이 붙여줘야지 자기가 만드는 것이 아니잖습니까?"

동소천이 말도 안 된다는 듯이 말했다. 그러나 욕심이 생기지 않는 것은 아니었다.

중원표국의 본거지에 도착했다고는 하지만 곡부가 모두 칠성표국의 것이 아니듯이 이 도시가 모두 중원표국의 것은 아니었다. 중원표국이 숭산을 아우르는 소림사도 아니고, 무당산을 지배하는 무당파도 아니었으며 화산의 절대강자 화산파도 아니었다. 표행을 주업으로 하는 표국일 뿐이었다. 단지 중원에 퍼뜨려 놓은 무력이 강대하고, 가진 돈의 힘이 충분하며, 다른 정파들과의 협력 관계가 돈독하여 아무도 우습게 보지 못할 뿐이었다.

어쨌든 긴 표행의 반환점이었다. 이곳에서 가져간 물건을 내려놓고 새 표물을 인수받아야 했다. 그런데 받아야 할 것은 아직 도착하지 않았다고 하니 그들은 하루 이틀을 객잔에서 쉬어 가야 했다.

평소라면 목적지에서 며칠 쉬는 것이 전혀 문제될 것이 없었지만 지금은 달랐다. 여기에 어떤 함정이 파져 있을지 몰랐다. 강대영은 그래서 초조함을 감추지 못하고 있었다.

그들의 총 인원은 백 명이 넘었다. 국주와 표국을 지킬 몇 명만을 제외하고 모두 몰려왔으니 표사들의 수가 거의 구십여 명이었다. 그리고 정사협동문의 비천단창 금천교를 비롯한 무사들과 마부들이 수십 명이었다. 그들을 다 합치면 백 명이 훨씬 넘는 인원이었고, 그들이 모두 함께 있으려면 아주 큰 객잔이 필요했다.

다행히도 이곳은 중원표국의 총국이 있는 곳. 즉, 다른 표국이 표물을 이곳으로 가져와 중원표국에게 넘겨주는 일도 왕왕 있는 곳이었다. 그래서 그들을 수용할 만한 대형 객잔도 영업을 하고 있었다.

"주인장! 주인장 있나! 술, 술을 가져와라!"

항산적 장석민이 호탕하게 외치며 객잔의 문을 열고 들어섰다. 객잔은 삼층으로 되어 있었다. 가운데는 트여 있고 바깥쪽을 두르며 이층과 삼층이 있었다.

점소이가 쪼르르 달려왔다.

"어서 오십시오, 손님. 어서 드시지요."

"그래. 어서 오셨으니 술을 가져오너라. 음식도 잔뜩 가져오너라. 우리 어르신들께서 여행에 노곤하시고 배가 고프시단 말이다. 진수성찬에 비단금침을 준비하거라. 으하하하!"

석민의 큰 목소리를 따라 칠성표국과 정사협동문의 사람들이 우르르 밀려들어 오기 시작했다. 대박이란 느낌이 들자 주인이 직접 달려왔다.

"어서 오십시오. 언제나 쾌적한 잠자리와 맛있는 음식, 향기로운 술을 제공하는 화양객잔의 주인을 맡고 있습니다. 대인들께서는 몇 분이나 되시는지요?"

주인장이 계속 밀려들어 오는 표사들을 보면서 물었다. 혹시 방이 부족하면 곤란했다.

"우리? 글쎄다. 한 백삼사십 되는 것 같은데? 세어보지는 않아서 말야. 왜? 방이 없어?"

석민의 말에 주인장이 깜짝 놀라는 시늉을 했다. 대박을 놓칠 수는 없었다.

"방이 없을 리가 있습니까? 마침 딱 백오십 명분의 방이 남아 있습니다. 큰 방에는 열 분씩 쉬실 수 있고 어르신들을 위해서는 작은 독방도 여러 개 있습니다. 걱정 마십시오."

주인장이 큰소리를 쳤다. 방이 넉넉한 것은 아니었지만 대여섯 명용인 다인실에 열 명씩 재우면 되는 일이었다. 사람이란 끼워서 자면 혼자 자는 독방에 열 명을 구겨 넣을 수도 있었다. 그것이 주인의 생각이었다.

"그럼 여기가 너무 북적거리잖아!"

갑자기 이층에서 호통 소리가 들렸다. 모두 고개를 들어서 위를 쳐다보았다.

"아 어떤 씨발놈이 또 이 항산적 장석민님에게 교훈을 받고 싶어서 씨부랄거리는 거얏!"

석민이 마주 고함을 쳤다. 광룡도 계시고 하북의 유명 문파 정사협동문의 서열 이위 비천단창 금천교도 계시고 산동의 떠오르는 별 칠성표국의 총표두 일수삼검 강대영님도 계시며, 특히 항산적 장석민님께서 말씀하시고 계신 와중이었다. 시비를 거는 술주정뱅이는 용서해줄 수가 없었다. 그런 것 다 용서하고 다니면 그건 장석민이 아니었다.

"뭐? 네놈이 호랑이 간이라도 삶아 먹었나 보구나!"

사내 하나가 호통을 치면서 이층에서 툭 떨어졌다. 그를 따라 몇 명의 사람들이 더 떨어졌다. 대충 몸을 날린 것 같은데 바닥에 떨어지는 순간 현란한 발동작을 보이며 충격을 분산시켰다. 그 모습이 너무 자연스러워 고양이가 살짝 뛰어내리는 것 같았다.

무공을 익혔다고 하면 이층 정도에서 뛰어내려 오는 것이 뭐 대단한 게 있을까마는, 이들처럼 부드러운 동작으로 충격을 해소하는 것은 일반 무사들이 할 수 있는 일이 아니었다.

'이놈들은 고수다.'

강대영의 머리 속에 경고가 요란하게 울렸다. 그들이 남의 안마당에서 일거리를 받겠다고 나타났는데 가만히 있을 중원표국이 아니었다. 밥그릇을 뺏기는 기분일 게 틀림없었다.

상대의 전력을 제대로 파악하지도 못한 석민은 그 모습을 보고도 땀 한 방울 흘리지 않았다. 제법 재주가 괜찮은 것 같았지만 곡마단을 보는 것 같아 감흥이 없었다. 그리고 결정적으로, 석민의 뒤에는 고수들이 널려 있었다.

"나는 항산적 장석민님이시다."

"첨 듣는 것을 보니 별 볼일 없는 놈이구나."

석민의 말에 사내가 맞대응을 했다.

"산동을 울리고 하남에도 쫙 깔려 있는 나의 명성을 들어보았다면 그렇게 건방진 소리를 할 리가 없다. 역시 네놈은 강호의 소식에 어두운 무명소졸이구나!"

석민이 의기양양하게 말했다. 고수가 된 건 정말 좋은 것이었다. 이렇게 자신의 무림명을 당당하게 말하며 상대의 기를 죽일 수 있었다. 즐거웠다.

"감히 나 일보경천하 일도단우주 동소천님을 보고도 무명소졸이라니. 네놈의 눈은 살가죽이 모자라서 뚫어놓은 구멍이란 말이냐!"

동소천이 석민 못지않게 가슴을 펴며 말했다.

"쿨럭."

석민이 깜짝 놀라 기침을 했다. 석민의 놀라는 반응에 동소천의 기분이 좋아졌다. 정말 이게 무림명이 됐으면 좋겠다는 생각이 들었다. 그러나 무림명은 원하는 대로 집을 수 있는 것이 아니었다. 사람들 사이에서 저절로 소문이 나야 하는 것이었다.

석민이 뒤를 힐끗 돌아보았다. 광룡의 신분을 알고 있는 열 명의 칠성표국 소표두들도 광룡을 쳐다보았다. 비천단창 금천교도 예외는 아니었다.

광룡이 모른다는 뜻으로 고개를 살짝 저었다.

그러자 안심한 여러 고수들이 동소천 쪽으로 고개를 돌렸다.

"아 그 씨방새. 주둥이도 살가죽이 모자랐나. 뭐시라? 니가 일보경천하 일도단우주? 그럼 니 무림명은 혹시 쾅룡이나 꽝룡이냐!"

조장림이 먼저 흥분해서 한 걸음 나서며 외쳤다. 석민은 조장림을 좋아하지는 않았지만 그의 의견에는 적극 동의했다.

"씨발놈이 어디서 감히 그 무림에 명성이 자자하신 전룡대장님의 별칭을 함부로 써? 내가 무림에 발을 디디고 있는 자로서 그런 건 용납 못하겠다. 개면 개답게 바둑이나 멍멍이라고 해야지 어디 감히 그런 과분한 걸 원하냐? 씨발놈이 죽고 싶어 환장했냐?"

석민이 조장림의 말을 받아 욕을 해댔다. 곱게 듣고 있을 동소천이 아니었다.

"이 표사 따위들이 죽으려고 환장한 게 맞구나. 죽는 값으로 가르

238

쳐 주마. 광룡이 별거냐. 정의문이 전룡대를 만들고 전룡대가 광룡을 만들었잖느냐. 나는 비록 크지 않은 정파의 소문주이다. 하지만 우리 문파가 정의문만큼 커다랗고 내게 전룡대가 있다면 나는 그의 명성보다 더 큰 명성을 얻을 자신이 있다. 광룡 정도의 놈이 일보경혼 일도단천이라면 내가 일보경천하 일도단우주인 것이 뭐 그리 이상하겠느냐. 기회가 없어 아직 잠룡일 뿐, 나의 이상은 원대하다. 으하하하!"

동소천이 호탕하게 웃으며 자신의 검을 뽑았다. 정파의 젊은 고수들 중 여럿은 질투와 오해 때문에 광룡을 평가절하했다. 그도 그 범주를 벗어나지 못했다. 전종구가 바람까지 불어넣은 마당에 이 정도면 양호한 것이었다.

"동 대인, 표사 따위에게 너무 말을 많이 하시는 것 아니오? 표사 따위에게 지나친 은혜를 베푸시는 듯하오. 으하하하."

동소천의 뒤에 있던 고수 하나가 따라 검을 뽑으며 말했다.

그들이 검을 뽑자 이층에 있던 다른 고수들도 모두 병장기를 잡았다. 칠성표국의 구십여 명의 표사들도 모두 검의 손잡이를 쥐었다. 일촉즉발의 긴장감이 객잔 안을 감돌았다.

"진정들 해라."

총표두 강대영이 나섰다. 이곳은 중원표국의 한복판이었다. 이들의 정체는 알 수 없었다. 그러나 동소천은 방금 자신은 크지 않은 문파의 소문주라고 했다. 하지만 이만한 숫자의 고수들을 거느린 문파가 작을 리가 없었다. 따라서 그가 거짓말을 한 것이 아니라면 이들은 여러 문파의 고수들이 모인 것이라고 볼 수 있었다. 그리고 저렇게 건방진 동소천이 그들에게 거짓말을 할 리 없었다.

뭐가 됐든 목적이 있으니 이만한 인원이 모여 있을 터였다. 조심해야 했다.

그리고 중원표국의 안마당에서 이런 큰 싸움을 일으키면 칠성표국에 안 좋았다. 언뜻 보기에 상대는 오십여 명. 고수의 비율이 얼마나 될지는 모르겠지만 전원이 고수일 거라는 느낌이 들었다. 위층에서 뛰어내려 온 자들의 몸놀림이 하나같이 범상치 않았다. 아직 내려오지 않은 여러 무사들도 어리숙해 보이지 않았다.

그가 아는 칠성표국의 전력은 자신을 포함한 열여섯 명의 고수들과 팔십여 명의 표사들. 그것이 다였다. 물론 정사협동문의 전력이 꽤 되어 보이니 그들과 힘을 합친다면 지지는 않을 것 같기는 했다. 그러나 그걸 믿고 일을 벌일 수는 없었다.

정사협동문이 꼭 도와줄 거란 보장이 없는 것도 문제였다. 하지만 이만한 인원이 이런 좁은 곳에서 검을 들고 싸운다면 다수의 사상자가 발생하는 것을 피할 수가 없었다. 이건 사소한 시비 거리에 수많은 사람의 목숨을 걸 수는 없었다. 강대영은 현실적인 사람이었다.

싸워야 한다면 달아날 수 없지만, 싸움은 피할 수 있으면 피해야 했다. 칠성표국은 어떠한 이유로든 져서는 안 된다. 일단 지면 칠성표국의 명성은 끝장이었다. 지는 날이 오더라도 지국 두어 개는 세워두고 져야 했다. 그래야 성장의 기반이 마련되었다.

지휘자는 물러설 때를 알아야 부하들이 죽지 않는 법이었다. 용맹한 것은 표사들로 충분했고 총표두는 표국 전체를 봐야 했다.

순간의 감정에 지배되기에는 그는 경험이 너무 많았다.

'나는 정의문주가 아니고 내게는 광룡이 없다. 성장 기회가 있을 때 최대한 커야 한다.'

그런 생각이 강대영을 지배했다. 무림의 이야기들을 돈을 주고서라도 사서 들어야 하는 중소 표국의 책임자답게, 그는 광룡이 정의문 성장의 핵심임을 들어 알고 있었다. 하가장도 아는 이야기를 그가 모를 리가 없었다.

강대영이 동소천에게 포권을 했다.

"실례가 많았습니다. 아이들이 아직 철이 없어 그러니 이해하시지요. 우리는 다른 곳을 알아보도록 하겠습니다."

강대영이 자존심을 죽이고 말했다. 그들이 칠성표국임은 말하지 않았다. 안 좋은 일은 소문나지 않는 것이 좋았다.

"총표두님, 우리는."

"시끄럽다."

강대영이 장석민의 입을 닥치게 만들었다. 다른 고수들은 감히 총표두 강대영께서 말씀하시는 데 끼어들지 못했다.

"그럼 이만."

강대영이 포권을 한 번 더 했다. 그의 휘하 표사들이 검에서 손을 떼었다.

동소천은 그런 강대영을 보고 자신도 검을 집어넣었다. 이곳은 중원표국의 본거지였다. 이곳에 찾아오는 대부분의 표국들은 중원표국에게 표물을 넘기거나 표물을 받기 위해서 오는 것이었다. 그들은 중원표국주의 손님이었다. 표사들을 상대로 칼부림을 하기에는 껄끄러웠다.

그리고 명색이 정파임을 자부하는 그들이 겨우 이만한 일로 표사들 백여 명을 살해할 수도 없었다. 이만큼 했으면 충분했다.

"진작 그럴 것이지. 그만 가보거라."

동소천이 깔보는 투로 말했다. 그와 함께 있는 많은 고수들이 비웃음을 지었다. 표사들의 얼굴이 경직되었다.

"가자."

강대영의 명령이었다. 표사들은 이제 가야 했다.

"추태를 보였습니다. 다른 곳으로 옮기시지요."

그가 객잔 바깥에서 기다리고 있던 정사협동문의 비천단창 금천교에게 다가가며 말했다.

정의문이나 녹림맹 출신의 소표두들은 속으로 이를 갈았다. 오십여 명의 고수들이라고 하면 적은 전력이 아니었지만, 예전의 그들이라면 이리 쉽게 물러서지 않았다. 그때는 그들의 뒤에 받쳐 주는 세력이 있었다. 물론 지금도 칠성표국의 전력이 저들 정도는 녹여 버리고도 남을 거라고 생각하고 있었다. 칠성표국에는 광룡이 있었다. 그것이면 충분했다. 별 같잖은 놈들을 두고 물러서라니 원통했다.

중원표국 출신의 다섯 소표두들은 더 원통했다. 이곳은 예전에 그들의 안마당이었다. 그런데 이제 이런 수모를 당하니 속이 부글부글 끓어올랐다.

정사협동문의 비천단창 금천교는 이 사태를 나름대로 이해하고 있었다. 비록 말하지는 않았지만 그가 끌고 온 전력만 해도 상당했다. 무사라고 데려온 자들은 모두 고수였고, 마부라고 데려온 자들은 모두 뛰어난 무사들이었다. 칠성표국이 설사 전원 평범한 표사로 구성되어 있다고 하더라도 그들과 힘을 합친다면 이렇게 쉽게 물러날 전력은 아니었다. 실력이 뒷받침되면 이런 문제로 쉽게 물러설 필요는 없었다. 어차피 적도 작은 문제로 목숨 걸고 싸움을 하려고 들지는 않을 것이기

242

때문이었다.

무림인은 생명을 뺏고 잃는 문제에 현실적으로 접해 있는 존재들이었다. 그들에게 있어서 싸움은 단순히 시비를 가리는 일이 아니라 목숨을 내놓을 각오로 해야 하는 일이었다.

상대가 만만한 상대라면 쉽게 검을 빼 들 수 있었다. 하지만 적을 쳐 죽이기 위해서 내 팔 하나가 날아가야 한다면 그걸 감수할 가치가 있지 않은 이상 함부로 칼을 뽑지 않았다. 그건 적도 마찬가지였다.

그래서 금천교는 칠성표국이 이리 쉽게 물러서는 것이 이해가 가지 않았다. 혹시 칠성표국의 실체에 대해서 잘못 생각하고 있는 것이 아닌가 하는 의심이 조금 들었다.

"크음, 거 참 짜증나는 놈들이네."

중원표국주가 투덜거렸다. 그의 부하들이 칠성표국이 중원표국의 안마당이라 할 수 있는 지역에 도착했음을 전해주었다.

"그놈들 그거 너무한 거 아냐?"

중원표국주가 전종구에게 말했다.

"우리를 안중에 두지 않는 짓거리입니다."

전종구가 중원표국주의 입맛에 맞춰 대답을 했다. 편지에 적혀 있던 두 가지 지시 사항 중 두 번째를 할 때였다. 어차피 첫 번째 지시인 살수 투입이 성공할 거라고 눈곱만큼도 생각하지 않았다. 중원의 살수들이 광룡에 대한 청부를 받지 않는 것은 다 이유가 있기 때문이었다. 광룡이 머무는 곳에서 그들이 칠성표국 총표두의 목을 따는 데 성공할리가 없었다.

"에잉, 보기 싫은 놈들 같으니라고. 확 쓸어버렸으면 좋겠지만 정사협동문 때문에 그럴 수도 없고."

중원표국주가 입맛을 다셨다. 칠성표국을 노리고 덤벼들던 만사대행문이 정사협동문에게 걸려 박살이 났다. 그 말은 정사협동문과 칠성표국이 모종의 관계가 있다는 뜻으로 보였다.

천여 명의 표사를 거느린 중원표국이었다. 비록 중원 천지에 흩어져 있다고는 하지만 강한 힘이었다. 정사협동문을 두려워할 필요는 없었다. 그렇다고 의식하지 않을 수도 없었다. 예전에도 공개적으로 싸움을 걸어 밀어버리기는 곤란한 칠성표국이었지만, 이제는 그런 일이 더 껄끄러워졌다.

"조금 손을 봐주는 것은 어떻겠습니까?"

전종구가 조심스레 말했다.

"손을 봐? 어떻게? 그놈들이 모두 다 몰려왔다면서? 우리 총국의 병력만으로는 조용히 해결하기 어려울 것 같다. 공연히 우리 안마당에서 싸움을 크게 벌였다가 피해를 많이 입으면 안 돼. 설사 이기더라도 얼굴에 먹칠을 하는 거야. 그럴 수는 없지. 아하! 그게 그놈들의 함정이로구나. 우리가 지들을 건드려 주면 대판 싸워서 명성을 올릴 계획이구나!"

중원표국주가 무릎을 치며 말했다. 이제 왜 그놈들이 여기까지 기어왔는지 이해가 갔다.

"속아줄 수는 없지. 누구를 바보로 아나. 하하."

중원표국주가 시원하게 웃었다. 전종구는 초조해하지 않았다. 중원표국주가 저리 몸을 사려서는 곤란했다. 하지만 그에 대한 대비는 충분했다. 공연히 군소 정파 고수들을 모아다가 잘 먹인 게 아니었다.

"그냥 놔두기에도 거슬리지 않습니까? 게다가 저놈들이 그냥 돌아간다면 꽤 명성을 얻을 수 있을 겁니다. 다른 표국이라면 모를까, 칠성표국이 우리 안마당에 들어왔다가 그냥 돌아간다니요. 좋지 않은 소문이 돌 것 같습니다."

전종구가 중원표국주의 속을 슬슬 긁었다.

"그건 그렇지만, 그놈들이랑 싸우는 건 껄끄러운 점이 많단 말야. 아무래도 조용히 처리할 수도 없을 것 같고 말야. 쩝."

중원표국주가 입맛을 다시면서 말했다.

"대책이 있습니다."

전종구가 조용히 말했다. 그 말에 중원표국주의 귀가 번쩍 트였다. 이 심복 부하가 지난번에 낸 계책은 비록 실패했지만 거의 완벽했었다. 실패 이유는 정사협동문이 갑자기 끼어들었기 때문이라고만 믿고 있는 중원표국주였다.

"어떤 묘안이 있느냐?"

중원표국주가 눈을 반짝반짝 빛내면서 물었다.

"마침 가까운 곳에 몇 개 문파의 고수들이 제법 많이 와 있습니다. 우리와 꽤 가까운 정파들의 고수이지요. 제가 그들을 선동해 보겠습니다. 그들이라면 칠성표국에 창피를 줄 수 있을 겁니다."

"잉? 그런 일이 있었어? 무슨 일로 온 건데?"

중원표국주가 의아해하면서 물었다. 그가 알고 있는 칠성표국을 혼내주려면 고수들이 꽤 많이 필요했다. 몇 명 정도라면 모를까, 그만한 숫자의 고수들이 찾아와 있었다면 당연히 자기도 알고 있어야 했다. 전종구는 아는데 자기가 모르는 건 이상했다.

"여러 문파가 각자 볼일이 있어서 지나가다가 우연히 이곳에 모이게 된 듯합니다. 저도 조금 전에 보고를 받아서 미처 문주님에게 말씀을 드리지 못했습니다."

그가 적당히 변명을 하면서 중원표국주를 어르고 달랬다.

"오, 그런 일이 있구나. 그래서 어떻게 하겠다는 것이냐?"

중원표국주가 반색을 하면서 전종구에게 물었다. 이런 중요한 일에 개입된 우연을 이상하게 보지 못하는 것이 중원표국주의 한계였다. 물론, 우연히 일어나는 일들 중에서 음모의 냄새를 맡는 사람 자체가 흔치 않기는 했다. 그런 것은 녹림맹 맹주 구지룡 정배나 광룡 한민택 정도의 특별한 사람들이나 가지고 있는 재능이었다.

"제가 그들을 모아서 칠성표국에 시비를 걸어보겠습니다. 칠성표국 놈들, 싸움 한 판 벌릴 생각으로 왔을 테니 쉽게 걸려들 겁니다. 그놈들이야 몰려간 사람들이 우리 중원표국 소속일 거라고만 믿고 있겠지요. 그리고 그놈들이 미끼에 걸려들면, 모두 신분을 밝히고 그들을 밟아주는 겁니다. 일이 다 끝나면, 국주님께서 표사들을 거느리고 오셔서 사태를 정리하십시오. 그놈들이 박살이 날 때 나타나셔서 화해를 시키고 그놈들의 목숨을 구해주는 겁니다. 그리고 나서 그놈들을 쫓아내 버리시면 됩니다. 감히 남의 안마당에서 소란을 피운 죄로요. 국주님의 명성도 올리고 칠성표국을 바보로 만들 수 있는, 일석이조의 계책입니다."

전종구가 편지에 적혀 있던 두 번째 계책을 그의 의견인 양 말했다. 그는 지시대로 움직여야 했다. 편지에는 중원표국의 안전이 보장되어 있었다. 그대로만 하면 중원표국은 별로 다치지 않고 넘어갈 수 있었다. 중원표국은 일시적으로 침체기에 들어서겠지만 대업이 완수되고 난 후에 중원표국은 지금보다 더한 성세를 노릴 수 있었다.

246

안전이 보장되지 않은 것은 그 자신에 대해서뿐이었다. 수하들은 수족으로 부릴 뿐, 그가 직접 뛰어 지금의 일을 완성시켰다. 적이 이 일의 뒤를 캔다면 자신은 제일순위의 표적이었다.

"좋은 생각이다. 역시 종구 너는 나의 믿음직스런 오른팔이로구나. 그런 사람들이 마침 이곳에 와 있다니 하늘도 우리를 돕는군."

중원표국주가 전종구의 어깨를 치며 말했다.

"별말씀을요."

전종구가 고개를 숙이며 중원표국주에게 인사를 했다.

그 고수들이 마침 이곳에 와 있은 것일 리 없었다.

전종구는 칠성표국이라고 하는 곳이 사실은 사파의 은밀한 지원을 받는 곳이라는 정보를 만들었다. 그리고 그 거짓 정보를 인근 문파들에게 기밀로 처리하여 보냈다. 그리고 그들이 곧 중원표국의 안마당에 나타날 것 같으니 한 손 보태서 그들을 무찔러 달라는 요청을 보냈다. 물론 전원 고수들로 편성해 달라고 부탁했다. 당연히 그 행동 자체를 비밀리에 해줄 것을 요구했다. 대신에 대가는 충분히 지불하기로 했다.

그리고 그 모든 것을 중원표국주의 이름으로 처리했다.

국주에게는 계속 미안했다. 모든 것은 대의를 위해서, 그리고 중원표국이 일보 후퇴 뒤에 열 보, 백 보를 전진하기 위해서였다.

그렇게 스스로에게 이야기했다.

오십여 명의 고수들이 웅성대고 있었다.

전종구가 전달받은 칠성표국의 전력은 고수 열여섯에 광룡 하나였다. 나머지 표사들은 제외하고 생각했다. 정의문과 싸운 사파 삼대 연

247

합은 광룡 한 명을 상대하기 위해서 삼십 명의 고수를 준비했었다. 비록 계략에 걸려 제대로 써먹어보지 못한 삼십 명이었기 때문에 그 정도 숫자로 상대가 가능할지는 잘 알 수가 없었다. 하지만 그 일을 감안한다면 준비된 오십 명의 고수를 가지고 광룡에게 삼십, 나머지 열여섯의 고수에게 이십을 배당할 수 있었다.

전종구도 그것에 일말의 기대를 가지고 있기는 했다. 그리고 표사들 중에 광룡이 섞여 있다는 것을 이들에게 비밀로 해야 했다. 진실을 알게 되면 십 리 밖으로 달아날 놈들이 대부분이었고 나머지는 중원표국에 칼을 들이댈 판이었다.

"이보시오, 전 대인. 뭘 그리 신중히 하자고 하는 것이오? 우리를 믿지 못해서 그런 것이오? 이거 섭섭하구만. 그놈들이 오면 한번 화끈하게 밟아줍시다. 매로 다스리면 그놈들도 깨닫는 것이 있지 않겠소이까?"

인근 정파에서 보내준 고수들 중 하나가 전종구에게 타이르듯 말했다.

"만사불여튼튼이라고 했습니다. 그들은 그리 만만하게 볼 자들이 아닙니다."

광룡이 끼어 있기 때문에 무서운 것이라고 대놓고 말할 수는 없었지만, 어쨌든 이들을 데리고 무작정 몰려갈 수도 없었다. 광룡에 대해서 대비를 철저히 하던 곳도 예외없이 박살이 났다. 가장 최근의 일만 봐도 만사대행문의 경우는 광룡의 존재를 모른 덕분에 압도적인 전력을 가지고도 일방적으로 녹아버렸다. 이런 고수 한 줌 따위로는 생각없이 나섰다가는 광룡의 술안주거리로도 부족했다. 이들은 제법 치열하게 싸워줘야 했고, 꽤 많은 피가 흘러야 했다. 그가 받은 지시는 그걸 요구하고 있었다.

"표사들이 만만하지 않으면! 그럼 우리가 만만하다는 뜻이오? 이거 참 섭섭하구만. 전 대인이 우리를 그렇게밖에 생각하지 않고 있다니. 허, 참."

다른 고수 하나가 그의 말에 불만을 토했다.

"표사들이라 하면 아까도 우리가 있는 객잔에 들어오려다가 쫓겨난 놈들이 한 무더기 있었소이다. 우리가 상대할 놈들이 비록 사파의 지원을 받는 곳이라고 하더라도 그놈들은 어차피 표사 따위 아니오? 나 참, 중원표국주가 지나치게 소심해지신 것 아닌가 모르겠소."

다른 고수가 투덜거렸다. 그 말을 들은 전종구는 뜨끔했다. 이들이 중원표국에 대해서 우습게 보기 시작하면 나중에 필요할 때 적절한 도움을 받기 어려워졌다. 강호의 가장 중요한 가치는 힘이었다. 중원표국이 힘이 있고 돈이 있고 수많은 표사들이 있다고 생각할 때 이런 우호 세력들이 유지되는 법이었다.

"아, 이미 말씀드렸듯이 우리 국주님께서는 그자들과 안마당에서 드잡이질을 하는 것을 그리 달가워하지 않으시는 것입니다. 하지만 아무리 그렇다고 해도, 우리 국주님께서 이만큼이나 신경을 쓰실 만큼의 상대입니다. 대표두 몇 보내서 쥐어박아 줄 만한 전력이 아니라는 뜻이지요. 대비를 철저히 해야 혹시 실수로 손해를 보는 일을 막지 않겠습니까?"

전종구가 중원표국의 입장도 지키고 고수들의 자존심도 상하지 않도록 선을 잘 타면서 이야기를 했다. 광룡을 두고 저리 쉽게 말하는 자들을 보니 불쌍했지만, 어쨌든 지금은 이들이 필요했다.

"그래 봐야 표국 아니오? 표국이 결국 표국이지 뭐. 아, 물론 당신네 중원표국은 예외이오.”

“물론 우리 중원표국의 힘이 그들보다 강합니다. 누차 말씀드리지만 힘이 없어 참는 것이 아닙니다. 당장 총국의 힘만으로도 이곳에 찾아 온 칠성표국을 무찌를 수 있습니다. 하지만 그 과정에서 얼마간이라도 피해가 생기게 된다면 그건 우리 중원표국의 이름값을 땅에 떨어뜨리는 일이지요. 그래서 우리는 이곳에서는 함부로 싸움을 시작할 수는 없습니다. 그리고 우리가 그런 이유로 그들을 그냥 놓아보낸다면 그것 역시 우리 중원표국의 얼굴에 먹칠을 하는 일입니다. 그놈들은 그것을 눈치 채고 저리 당당하게 나타난 것입니다.”

전종구가 중원표국주에게 했던 것과 같은 논조의 말을 했다. 중원표 국주도 넘어간 말에 이곳의 사정을 잘 모르는 이 고수들이 안 넘어갈 수가 없었다. 어차피 만만한 적이라는 소리에 긴장이 많이 풀린 처지 였다.

“뭐, 그렇다면야 우리가 움직이는 것도 나쁘지 않겠지.”

이야기가 길어지자 동소천이 별일 아니라는 듯이 나서며 말했다.

전종구는 좀 전부터 다른 생각을 하고 있었다. 이들이 아까 한 무더 기의 표사들을 쫓아냈다고 했다. 이곳은 중원 각지의 표국의 왕래가 잦은 곳이기는 했다. 객점을 잡으려고 했다는 것은 새로 왔다는 뜻이 고, 오늘 온 표국은 칠성표국이 유일했다.

‘곤란하다.’

그의 머리 속으로 스쳐 지나간 생각이었다. 이들은 칠성표국을 충분 히 흔들어주어야 했다. 광룡이 견디지 못하고 뛰쳐나올 만큼 강하게 흔들어야 했다. 그리고 광룡이 날뛰도록 만들어야 했다. 대의를 위해 서 명분을 만들어주는 것이 이들이 할 일이었다. 벌써부터 접촉이 있어서는 곤란했다. 대비하기 전에 쳐야 그나마 효험이 있지, 광룡이 미리 경계하는 것은 좋지 않았다.

"그런 의미에서 이 참에 단번에 몰려가서 처리하시는 것이 어떠실지요?"

전종구는 광룡이 무슨 수작을 부리기 전에 이들을 써먹고 싶었다.

"아아, 서두르지 맙시다. 그래서 그 칠성표국이라는 놈들은 언제 도착하는 것이오?"

동소천이 여유있게 물었다. 그의 입장에서는 바쁠 게 없었다. 어차피 여기 머무는 비용은 모두 중원표국에서 제공되고 있었다. 시간을 끈다고 손해 볼 것이 없었다.

"이미 와 있습니다."

"그래? 그렇다면 우리 오늘 하루는 좀 잘 먹고, 내일 다 같이 가서 한 번에 치도록 하지. 여러분들은 어떻게 생각하시는지요?"

그가 다른 고수들에게 물었다. 각자 소속 문파가 다른 고수들이었다. 동소천이 대표로 나서기는 했지만 그들의 의견을 그가 대표할 수는 없었다. 의견을 물어보고 결정해야 했다. 물론 반대하는 사람이 있을 리가 없었다.

"그렇지. 우린 아직 좀 덜 쉬었단 말이지. 내일쯤 되면 피로가 풀리겠군."

"내일이라고, 내일. 내일 화끈하게 끝을 냅시다."

"사파 놈들이 표국의 탈을 쓰고 있어봤자, 내일이 되면 그놈들도 끝이라고."

"아아, 까짓거 시간 끌지 말고 내일 중으로 끝내 버리겠소이다."

고수들 중 놀고 싶은 몇 명이 동소천의 말에 적극적으로 동조했다.

전종구로서는 할 수 없었다. 이들을 다그칠 수는 없었다. 이들은 그를 도와주러 온 손님이었다. 대의를 위해 희생하도록 수작을 부리고 있다는 생각에 미안한 마음이 들어서라도 독촉할 수는 없었다.

"할 수 없지요. 그렇게 하시지요. 일단 내일까지 제가 같이 있으면서 여러분들에게 접대를 하도록 하겠습니다."

전종구가 어쩔 수 없다는 듯이 말했다. 그가 해주는 마지막 친절이었다.

"그들 오십여 명은 저희가 예의 주시하고 있던 자들입니다."

섭병삼이 보고했다.

"어떤 자들이냐?"

표국이 쉬는 객잔에서 잠시 빠져나온 광룡이 물었다.

"정확한 것은 파악할 수 없습니다만, 인근에 탐문 결과 세 명의 신분을 알아냈습니다. 모두 멀지 않은 지방의 정파 사람들입니다. 다른 자들도 대동소이할 것으로 보입니다."

"정파 소속의 고수라. 역시 중원표국이려나?"

광룡이 중얼거렸다. 곱게 그들을 받아들이지는 않을 거라고 생각했지만, 그래서 대비가 있을 거라고는 생각했지만 이런 식의 대응은 좀 이상했다.

"중원표국주가 직접 움직인 것일까요?"

섭병삼이 광룡에게 질문을 했다.

"그건 아니다. 지금까지의 상황으로 보면 중원표국주는 적어도 이 일에 한해서는 허수아비다. 진짜배기는 따로 있다. 아마도 만사대행문을 움직였던 전종구라는 자겠지."

"일개 간부 하나가 저만한 인원을 움직였다는 것은 역시 중원표국주의 이름을 팔았다는 뜻으로 보입니다."

원종목이 말했다.

"나도 그렇게 생각한다. 문제는 그가 왜 그러느냐와 그의 진짜 신분이 무엇이냐라는 것이지. 대충의 것이야 중원표국주를 털어보면 나오겠지만, 제대로 된 정보는 전종구를 잡아 알아내야겠지."

"한 가지 걱정이 있습니다."

학도림이 말했다.

"무엇이냐?"

"예전에 대장님께서 염라의원 옆의 그 장원을 치셨다고 하셨을 때, 그자는 목숨을 걸고 비밀을 지키려고 했다고 하셨습니다. 그래서 지금은 그를 그냥 놔두고 사람을 사서 감시만 하고 있습니다. 그런데 이번에 전종구라는 자를 잡아도 역시 같은 반응을 보이는 것이 아닐까 합니다."

"아마 같겠지. 그러니까 달라지게 해야지."

"그럼 이번에도?"

"이번 일은 지난번과는 사정이 다르다. 지난번 염라의원 쪽의 그자는 딸린 수하도 많았고, 적극적으로 움직이지도 않았다. 조력자일 뿐이었지. 아는 게 그만큼 적어. 결정적으로, 그자는 놔두면 자기 윗선과 어떻게든 연락을 하고 활동을 하려고 할 것이다. 잡아봐야 얻을 건 별로 없었다. 그대로 놓아두고 보고 있는 편이 오히려 이익이었다. 하지만 이번에는."

그가 주위를 둘러보았다. 전룡대원들이 눈을 똘망똘망하게 뜨고 그를 쳐다보고 있었다.

"이자는 그 스스로 움직여 우리가 수차례 싸움판에 끼어들도록 수작을 부렸다. 그 자체만으로도 용서받을 수 있는 수준을 넘어섰다. 그리고 이자가 벌이는 일들로 볼 때, 이자는 적의 핵심을 꿰뚫고 있다. 단순한 조력자가 아니라 음모를 꾸미는 데 핵심적인 일을 하는 놈이란 뜻이다. 마지막으로, 아마 이자는 혼자 움직일 것이다. 즉, 중원표국이라는 세력을 등에 업고 있지만 그뿐일 가능성이 높다. 중원표국은 이자에게 이용되고 있다. 따라서 이자를 놔두면 문제만 커지고 얻을 수 있는 것은 없다. 그럴 바엔 차라리 붙잡아서 심문하는 것이 낫겠지. 그래서 전종구를 잡는다."

광룡이 말했다. 구경하던 전룡대원들이 고개를 끄덕였다. 전종구를 잡아서 쓸 만한 정보가 나올지 말지는 알 수 없었다. 그렇지만 광룡이 합당한 이유를 댔다. 그것으로 충분했다. 그들은 광룡의 말을 이해할 수만 있으면 되었고 설사 이해 못해도 별문제는 없었다. 특별한 반대 의견이 있는 것이 아닌 다음에야, 광룡이 결정하면 그것이 옳은 일이었다. 지난 사 년이 그들이 그것을 믿게 해주었다.

"대인, 분통이 터집니다."

민택이 돌아온 후, 조장림이 그의 방으로 찾아와서 비통한 표정으로 말했다. 천하의 광룡의 밑으로 들어간 지금, 그 광룡이 있는 칠성표국이 이런 수모를 당해야 하는 이유를 이해할 수가 없었다. 특히 동소천이란 자가 한 말이 거슬렸다.

"그렇습니다. 이건 참으실 일이 아닙니다. 감히 그놈들 따위가, 대장님을 뜻하는 말을 함부로 바꿔 무림명으로 삼겠다니. 그런 놈은 절대로 용서할 수 없습니다."

암룡대장 역시 분노하면서 말했다. 광룡은 정의문의 자존심이었다. 그 자존심이 손상당하는 꼴을 보고 있었더니 견딜 수가 없었다.

"아 씨발. 내가 그놈이랑 한 판 멋들어지게 붙으려고 하는데 총표두 어른이 말리다니. 아으. 내 검이 운다, 울어."

석민도 옆에서 같이 화를 내주었다. 그런데 석민이 말하면서 문득 생각해 보니 지금 분위기로 봐서는 조장림 외에 석 조장도 민택의 정체를 알고 있다고 보아야 했다. 석민은 이 비밀을 아는 놈이 얼마나 더 있을지 궁금했다.

민택이 그들을 둘러보았다.

"고수인 소표두들을 모두 모아라."

민택이 조용히 말했다.

조장림과 암룡대장의 눈에서 섬광이 번쩍였다. 그들을 왜 모으는지 자기들 생각이 맞는지 알고 싶었다. 그들이 간절히 바라던 바였다.

"대장님, 소표두들은 모아서 뭐 하시려구요?"

눈치 없는 석민이 어리둥절해서 물었다. 어차피 나머지 둘이 민택의 정체를 알고 있는 상황임을 눈치 채고 그의 호칭을 대장으로 바꾸었다.

"참지 않는다."

민택이 짧게 대답했다.

민택은 그들을 족칠 필요가 있었다. 그들이 누구이든 그들은 칠성표국을 흔들어보기 위해서 모인 병력이 틀림없었다. 하는 꼴을 보니 중원표국주 아니면 중원표국에서 암약하는 누군가가 모아놓은 정파의 고수들 같았다. 선수를 칠 필요가 있었다.

조장림의 입이 쭉 찢어졌다. 너무 기뻐 입이 찢어지도록 웃고 있으면서도 소리를 내지 못했다. 녹림의 산적 조장림이 광룡의 밑에서 그의 명령을 들으며 싸움을 하게 되었다. 총표두의 밑이 아니라 광룡의 바로 밑에서 그의 작전에 따라 그와 함께 칼을 휘두르게 되었다. 도적 놈들이 과거의 신분을 벗고 전룡대원들만큼의 명성을 얻게 되는 것도 꿈은 아니었다.

암룡대장 역시 이를 앙다물고 두 주먹을 꽉 쥐었다.

전룡대는 언제나 전면에서 영광을 차지하고 암룡대는 언제나 어두운 곳에서 지저분한 일을 했다. 암룡대는 음지에서 굴러먹지만 양지의 전룡대를 언제나 부러워했다. 그 자신이 비록 암룡대의 대장이었지만 정의문에서의 입지는 고사하고 무림에서의 위치 역서 전룡대에 비할 바가 아니었다. 이제 자신과 부하들은 광룡의 지휘를 받게 되었다. 정의문의 칼. 전룡대와 같은 존재가 되는 것이었다. 그건 그들의 꿈이었다.

석민이야 민택과 함께 싸우러 간다는 사실에 마냥 즐거울 뿐, 다른 감정은 없었다. 버르장머리없는 놈들을 혼내준다는 사실이 그저 기쁠 뿐이었다.

조장림과 암룡대장이 즉시 뛰어다니며 다른 소표두들을 불러왔다. 그들을 데려오면서 자초지종을 이야기했을 때, 녹림맹과 정의문 출신 소표두들은 모두 기쁨을 참지 못했다. 운상원처럼 너무 기뻐 눈물을 흘리는 자도 있었다.

예외라면 남궁재호를 비롯한 중원표국 출신 소표두 다섯 명뿐이었다. 민택의 정체가 광룡임을 모르는 그들에게 이 싸움은 쓸데없는 위험일 뿐이었다.

그러나 그들 역시 이번 싸움에 적극 가담할 필요가 있었다. 민택이 무섭기도 했으니 어차피 거절할 수는 없었다. 그런데 정작 그들이 당면한 문제는 따로 있었다. 낮에 이 근방에서 만난 아는 사람들 때문에 총표두가 그들을 의심하고 있었다. 어떻게든 공을 세워 총표두의 신뢰를 다시 얻어야 했다. 총표두는 저 무지막지한 고수인 민택을 통제할 수 있는 자였다. 의심을 불식시키지 못하면 민택을 시켜서 자신들을 묻어버릴지도 모른다는 두려움이 있었다.

＊

"그런데 굳이 그렇게까지 해야 했습니까? 그래서 얻는 이익이 무엇인지요?"

회의실에서 상석의 남자에게 다른 남자 하나가 물어보았다.

"허허허, 그렇게 해야 했지요. 그래야만 했지요. 광룡은 머리가 비상한 자이기는 하지만 근본적으로 그 자신을 공격해 오는 적들을 용서하지 않아요. 그의 머리 속에 구체적으로 어떤 생각이 있는지는 잘 알 수 없지만 그간 그의 행동으로 볼 때, 그는 도전해 오는 적을 쳐 죽임으로써 자신의 정의를 이루는 자였지요. 그가 키운 전룡대도 마찬가지이고. 이번에 정파의 고수들이 칠성표국을 공격한다면 그는 분노에 미쳐서 그들을 도륙할 거예요. 그럼 그것으로 된 거지요."

상석의 사내가 헐헐거리면서 말했다.

"그러면 무엇이 되는 것인지요?"

257

"생각해 보세요. 그의 뒤에는 정파의 호의적인 눈길이 있습니다. 좀 심하게 날뛰고, 일단 건드리면 복수에 미친 듯이 싸움을 해서 광룡이라 이름 붙여져 있지만 정파에서는 그를 한편이라고 보고 있지요. 전룡대 역시 마찬가지예요. 그들 역시 정파의 힘이라고 생각하고 있어요. 그런데 그가 정파의 고수들을 죽였다고 생각해 보세요. 그리고 중원표국도 일방적으로 깨겠지요. 그는 싸움만 할 수 있으면 정파든 사파든 가리지 않는 자로 인식될 거예요. 사람들은 전룡대를 언제 뒤통수를 칠지 모르는 위험한 놈들로 생각하게 되겠지요. 그럼 그들은 고립되는 거예요. 그 다음에는 우리의 대의를 위해서 이용되면 되는 거지요."

상석의 사내는 여전히 푸근한 미소를 짓고 있었다. 일은 자신의 통제를 벗어나지 않고 있다고 자신했다.

第十二章

광룡이 소표두들을 끌고 빠져나갈 때의 명분은 고수들이 모여서 따로 한잔한다는 것이었다. 총표두 강대영이 칠성표국의 최고수라고 믿고 있는 암룡대장이 그 임무를 맡았다.

"한잔이라. 거 좋지. 나도 같이 갈까?"

총표두 강대영이 반기면서 말했다.

"물론 그것도 좋습니다만, 오늘은 저희 소표두들끼리 단합을 하고자 합니다. 이해해 주십시오."

당황한 암룡대장이 땀을 흘리며 황급히 말했다. 민택에게서 총표두가 따라오지 못하게 하라는 명령을 받았다. 민택이 그를 무능력한 놈으로 찍을 수도 있었다. 자기가 비록 다른 고수들보다 좀 더 강한 무공을 가지고 있지만, 광룡 한민택만한 고수가 보기에는 어차피 그놈이 그놈일 거라는 걸 그는 잘 인식하고 있었다. 당장은 총표두에게 밉보이더라도 일단 막아야 했다.

"험. 뭐 그렇다면 할 수 없지. 과음하지 말아라."

총표두 강대영이 눈에 띄게 서운한 표정으로 말했다. 암룡대장의 등 뒤로 식은땀이 줄줄 흘렀다.

'난 찍혔다.'

그런 생각이 머리 속을 채웠다. 어디서 하수오나 삼으로 담근 술이라도 구해야겠다는 생각이 들었다. 내일 밤에라도 대작을 해드려서 마음을 풀어주어야 했다.

객잔을 차지하고 있던 오십여 명의 정파의 고수들이 모두 한자리에 가만히 있는 것은 아니었다. 모처럼 풀어진 마음에 술을 마시는 사람이 대부분이었다. 그런데 술이라고 하는 것은 마시다 보면 이차, 삼차를 가게 마련이었다. 그리고 거의 대부분의 술꾼들은 일차를 한 곳에서 이차를 하지 않았고, 이차를 한 곳에서 삼차를 하지 않았다. 자리를 옮기지 않으면 술맛이 나지 않는 법이었다.

그래서 이차, 삼차를 한다며 인근에 퍼져 있는 정파의 고수들이 민택의 첫번째 목표였다.

민택은 최종 목표가 되는 객잔에서 제법 먼 쪽 술집들부터 뒤지기 시작했다.

그러나 일반 술집 손님들과 그들을 구분하는 것이 문제였다. 술집은 크고 사람은 많은데 어느 놈들이 낮에 그들을 모욕한 자들인지 확실히 알아보는 것은 어려웠다. 민택은 직접 물어보는 방법을 골랐다.

"여기 혹시 화양객잔에 묵고 계신 고수 분들 안 계세요?"

곱게 차려입은 미진이 나서서 예쁜 목소리로 물었다. 그녀의 목소리를 듣고 술꾼들이 모두 관심을 보였다. 하지만 그곳에서 마땅히 자신이라고 이야기를 하는 자는 없었다.

그런 식으로 술집을 방문하기 시작하자, 세 번째 술집에서 네 명의 사내가 반응을 보였다.

"어이, 예쁜 아가씨야. 우리가 화양객잔에 묵고 있다. 왜 그러느냐?"

한 탁자에 앉은 사내들 중 하나가 손을 흔들면서 말했다.

"그곳에 묵고 계신 무공 고수 분들이 틀림없으신지요?"

미진이 확인 삼아 다시 물었다.

"아, 그래. 우리들이 그곳에 묵고 있고, 무공도 고수이시지. 그런데 너 같은 아이가 화양객잔에 있었던가? 왜 못 봤지? 하여간 이리 와서 한잔 따라보거라."

술에 취한 사내가 미진에게 집적대기 시작했다.

"예. 소녀는 화양객잔에서 보내서 왔습니다. 그런데 다른 분들은 어디에 계시는지요?"

미진이 화를 꾹 눌러 참고 다시 조심스레 물었다.

"모르지. 길 건너 쪽 객잔에 간다는 자들이 몇 있었던 것 같은데. 그게 중요한 게 아니잖아. 어서 이리 오라니까."

그 사내가 연신 손을 흔들면서 말했다.

임무는 완수되었다. 미진이 요염하게 미소 지으며 오른손을 들었다. 딱 소리가 나도록 손가락을 튕겼다.

"쳐라."

미진의 신호를 받은 민택이 짧게 명령했다. 술집 밖에서 대기하던 열다섯 명의 소표두들이 그의 명령과 함께 우르르 몰려들어 그 네 명의 고수들을 덮쳤다.

"어, 어, 이 새끼들 뭐얏!"

술이 확 깬 고수들이 자신들의 무기를 잡으면서 다급히 외쳤다.

그러나 거의 네 배의 숫자 차이였다. 무공이 가장 뛰어난 암룡대장과 다음으로 뛰어난 조장림이 앞장서서 적을 제압했고, 나머지 고수들이 뒤를 따라 검을 뺐었다. 적어도 열 명은 광룡에게 잘 보이기 위해서 최선을 다해 움직였다.

"으, 으악!"

고수들 중 하나가 어깨를 검에 찔리며 비명을 질렀다. 나머지 고수들도 필사적으로 저항했지만 숫자의 차이가 너무 컸다. 그들 네 명이 제압되는 시간은 차 한 잔 마실 시간밖에 걸리지 않았다.

잠깐의 싸움이 끝나고 나자 네 명 모두 제법 큰 부상을 입고 정신까지 잃은 채 바닥에 널브러져 있었다. 그러나 목숨까지 끊지는 않았다. 광룡은 정파의 고수였다. 비록 이들이 음모에 이용되고 있기는 했지만 정파의 사람을 쉽게 죽이고 싶지는 않았다.

"가자."

싸움을 물끄러미 바라본 광룡이 술집 바깥으로 몸을 돌렸다. 광룡의 지시에 의해서 미진을 지키느라 싸움에 참여하지 못한 석민만이 서운해할 따름이었다.

다음번 주점에 들렀을 때도 미진이 적을 확인하는 일을 맡았다. 험악한 남자들보다는 그녀처럼 약해 보이는 아리따운 아가씨가 의심을 받지 않는 법이었다.

"화양객잔에서 오신 고수 분들께서 계시온지요? 지금 객잔에서 다른 분들이 급히 찾고 있사옵니다."

미진이 사람을 찾는 듯이 다시 곱게 목소리를 높여 말했다.

"우리가 거기서 왔는데 낭자는 누구신가? 낭자 같은 미녀는 한 번 봤다면 기억하지 못할 리가 없는데?"

술을 마시던 세 명의 고수가 미진을 쳐다보고 물었다.

"화양객잔에서 보내서 왔사옵니다. 그런데 세 분뿐인가요? 다른 분들은 어디 계시는지 모르시는지요? 제가 가서 연락을 드려야 하는데요."

미진은 한 번 해본 일이라 더 익숙해져서 물었다.

"음, 아마 맞은편 객잔에 가면 몇 사람이 있을걸? 그것보다도 이리 좀 와보라고. 내가 머리에 털나고 낭자 같은 미녀는 처음 보는데 말야. 이름이라도 좀 알자고. 객잔에 낭자가 있는 줄 알았으면 우리가 여기까지 와서 술을 마시진 않는 건데 말야."

"아냐아냐, 저 낭자가 우리를 찾아왔으니 우리 셋이서 독점할 수 있잖아. 객잔에서 알았어봐. 오십 명이나 있는데 우리랑 술 한잔이라도 같이할 수 있었겠어?"

미진이 화양객잔에서 데리고 있는 기생이라고 생각한 고수들이 하대를 하면서 농담을 따먹고 있었다.

"부끄럽사옵니다. 그리고 맞은편 객잔 분들에게는 이미 연락을 드렸습니다. 네 분이 계시더군요."

"아아, 그래? 잘했군. 그곳 말고는, 그래 저쪽에 가면 타박네라는 술집이 있을 게야. 거기도 몇 있겠지. 하지만 알아봐야 소용없어. 낭자는 이제 우리랑 밤을 새워서 술을 마셔야 하니까 말야. 어서 이리 와서 술을 따라봐. 소식을 전하는 건 내가 여기 점소이라도 사서 보내줄게."

고수들은 미진에게 계속 수작을 부렸다.

그 말을 들은 미진이 눈썹을 살짝 찡그렸다.

"주제에 눈은 있어가지고. 하여간 고마워, 아저씨들."

미진이 툴툴거리면서 말했다. 그녀의 말을 들은 고수 하나가 따끔히 혼을 내서 미진의 기를 죽여야겠다고 생각하고 탁자를 쳤다.

"뭐? 고마워? 네가 버릇이 없구나. 오늘 내가 너의 버릇을 고쳐 줄 테니 어서 이리 오지 못하겠느냐?"

그 고수의 고함 소리에 미진은 피식 웃으면서 손을 들었다. 딱 소리 와 함께 열다섯의 소표두들이 우르르 몰려들었다.

"어? 저 씨방새. 그 자리에서 본 기억이 난다. 너 우리보고 표사 따 위라고 했지? 너 잘 걸렸다."

조장림이 소리친 고수를 알아보고 소리쳤다. 동소천의 뒤에서 칼을 뽑던 자였다.

"어? 아, 이놈의 자식들. 아까 찾아왔던 표사 놈들이구나. 표사 따위 가 어디서 몰려다니는 거야? 어? 죽고 싶냐?"

그 고수도 조장림을 알아보고 소리쳤다.

조장림이 혹시나 해서 민택의 눈치를 보았다. 민택이 고개를 끄덕였 다. 조장림의 얼굴이 확 펴지며 앞으로 튀어나갔다.

"표사 따위의 맛이나 봐랏!"

조장림의 도가 전진하는 그를 따라 현란하게 반원들을 그려 나갔다.

"허억!"

그 고수는 기겁을 했다. 급히 자신의 검을 뽑아 조장림의 공격을 막 았다. 요란한 칼 부딪침 소리가 객잔을 시끄럽게 울려댔다.

조장림의 도법에는 패도적인 기세가 있었다. 그가 그려대는 반원들

264

을 검 한 자루로 막기에는 무리가 있었다. 거기다 공세를 잡은 것도 조장림이었고 무공이 더 높은 것도 조장림이었다. 그 고수는 연이어 뒷걸음질을 치며 조장림의 공격을 막아갔다.

그 고수의 동료 두 명은 즉시 검을 뽑아 조장림의 뒤를 치려고 했다. 그러나 놀고 있는 소표두가 석민을 제외하고도 열넷이나 있었다. 그들이 두 명의 고수들을 순식간에 제압했다.

조장림의 공세를 막으며 물러서던 고수는 등 뒤에 단단한 것이 부딪치는 충격을 느꼈다. 벽까지 물러선 후였다. 더 이상 몸을 뒤로 빼서 충격을 해소할 수가 없었다.

그런 그에게로 조장림의 패도적인 도는 계속해서 반원을 그리며 날아들었다. 반격할 틈이 없었다.

마침내 조장림의 도가 그린 반원이 고수의 어깨를 스치고 지나갔다.

"으윽."

그 고수는 신음 소리를 냈다. 부상의 충격으로 검이 눈에 띄게 느려졌다. 그리고 그 검은 조장림의 다음 공격을 제대로 버텨내지 못하고 뒤로 쑥 밀렸다. 검끝이 벽에 박혀 버렸다.

"이 씨방새야."

조장림의 도가 그의 목을 겨누었다. 고수가 침을 꿀꺽 삼켰다.

"표사 따위의 칼 맛이 어떠냐?"

"우, 우리 말로 합시다."

고수가 얼굴이 창백해진 채로 더듬거리면서 말했다. 그런 그에게로 조장림의 주먹이 무수히 날아들었다.

"좋은 주먹 놔두고 말은 무슨 얼어죽을 말이야!"

타박네라는 술집으로 들어서는 미진은 이제 이 일에 아주 익숙해져 있었다.

"여기 화양객잔에 묵고 계신 정파의 영웅 분들 계시온지요? 소녀가 전할 말이 있사옵니다."

미진이 객잔에 들어서며 자연스럽게 외쳤다.

"낭자. 여기요, 여기."

"이야, 정말 쥐기는 낭자네. 어서 오시오, 어서."

"뭣들 하느냐. 당장 자리를 내지 않고!"

여덟 명이 모여 있는 탁자에서 난리가 났다. 미진이 그들을 보고 반색을 하며 다가갔다. 이번엔 한 번에 여덟 놈이었다. 대박이었다.

"화양객잔에 묵고 계신 영웅 분들이시온지요?"

미진이 다소곳한 폼으로 물었다.

"그래. 근데 무슨 일인데 그러시오?"

"이놈이 버릇이 없구나. 일단 이리 앉으시지요? 목마르실 텐데 소생의 술 한잔 쭉 들이키시고 말씀을 하십시오."

"어허, 이놈들아. 낭자에게 쓰던 잔을 드릴 셈이냐? 점소이! 점소이 뭐 하나! 어서 이 집에서 제일 좋은 술이랑 제일 비싼 안주를 내오란 말이다. 한번도 쓰지 않은 최고급의 술잔도 가져오고. 서두르지 않으면 경을 칠 줄 알아라!"

고수들이 서로 난리를 치면서 미진을 자리에 앉히려 했다.

미진이 그들의 손길을 피해 뒤로 물러섰다. 고수들이 보기에는 수줍어하며 빼는 것처럼 보였다.

"예. 지금 급히 화양객잔으로 돌아오시라는 연락이옵니다."

미진은 싸움이 시작됐을 때 자신이 저들의 수중에 있어서는 곤란하다는 생각에 거리를 유지하면서 말했다.

"어허, 어떤 개자식이 낭자 같은 아가씨에게 그런 하찮은 심부름을 시킨 거요? 말씀만 하시오. 내가 가서 따끔하게 혼을 내주리다."

"이 사람이. 낭자가 심부름을 하실 분으로 보이시는가?"

"낭자, 우리는 들은 것이 없소이다. 낭자, 어서 여기 앉아서 우리와 같이 풍류를 이야기합시다. 뒷일은 우리에게 맡기시고."

군자팔검 중 가장 고수이며 수장인 군자일검이 대표로 자리에서 일어나서 미진에게 다가오면서 말했다.

"죄송하옵니다. 소녀는 연락을 전하라는 말씀을 들었습니다. 다른 분들에게도 이야기를 전해야 하옵니다. 다른 분들은 어디 계시는지 말씀해 주시지요."

미진의 입에서는 이제 말이 술술 잘도 나왔다.

"거 참 말귀를 못 알아듣는 아가씨네. 다른 사람들과는 어차피 소속이 다른데 우리가 어떻게 알겠소? 몇 명이 저쪽에 거 어디더라, 그래, 삼구객잔이라고 있다는데 거기에 있을 거라고는 했지만 우리와는 상관없는 이야기지. 하여간 객잔에 있다면 술을 따른 경험도 많을 터. 아가씨가 하도 미인이라 우리가 이리 친절히 대우하는데 그만 빼고 이리 오시오."

군자일검이 미진의 팔을 잡으려 손을 쭉 뻗었다. 놓치지 않으려고 간단한 금나수를 사용해서 미진의 팔을 잡으려고 했다.

"이러시지 마시지요. 소녀, 그런 여자가 아닙니다."

군자일검의 손이 미진의 팔에 닿으려는 순간 미진이 몸을 빙글 돌리며 그 손의 영향권에서 벗어났다.

"어라? 너 무공을 익혔구나!"

군자일검이 갑자기 얼굴을 굳히면서 말했다. 아무리 대충 사용한 금나수라고 하더라도 여염집 처녀가 피할 만한 것은 아니었다. 그의 손이 번개처럼 날아와 미진의 팔을 잡았다. 미진은 다시 한 번 피하려고 했으나 군자일검이 작정을 하고 펼친 금나수를 피할 수는 없었다. 군자일검의 손가락이 미진의 팔뚝을 강하게 움켜쥐었다. 아팠다.

"아악! 대인!"

미진이 다급해지자 민택을 불렀다.

"놓아라!"

민택이 객잔으로 들어서면서 차갑게 말했다. 아파하는 미진을 보는 그의 눈이 깊게 가라앉았다. 도와줘야 하는지 말아야 하는지에 대해서 작은 갈등이 일었다. 여기서 매정하게 나가야 미진을 떨어뜨릴 계기를 마련할 수 있다는 것을 알았다. 망설였다.

미진의 팔을 잡은 군자일검이 민택을 흘끗 보았다.

"이놈들은 또 뭐야? 네놈들이 우리가 누구신지 모르는구나. 그래, 모를 수도 있지. 귓구멍을 파고 잘 들어라. 우리는 말이다. 하남은검파의 군자팔검이다. 중원표국주께서 우리 문주님에게 특별히 청을 넣어서 우리가 왔단 말이다. 이제 좀 이해가 가냐?"

군자일검이 미진의 팔을 더욱 세게 움켜쥐며 말했다. 미진의 얼굴이 고통으로 창백해졌다. 민택이 그 얼굴을 보았다.

민택이 서 있던 바닥이 작게 울렁거렸다. 그 진동이 제대로 퍼지기도 전에 민택의 몸이 앞으로 길게 선을 그렸다. 그는 곧바로 미진을 잡고 있는 군자일검에게 달려들었다. 그의 뒤로 거대한 폭풍이 따라오는 듯한 착각이 들었다. 그 모습에 여덟 고수들은 깜짝 놀랐다. 명색이 고수인데 그 경공의 수준이 얼마나 대단한지 짐작하지 못할 수가 없었다.

그래도 그들이 그동안 쌓아온 무공이 어수룩하진 않아, 그 즉시 검을 뽑아 민택을 겨누었다. 그러나 미처 합공을 위한 진을 짤 시간은 없었다. 민택은 빨랐다.

민택은 군자팔검이라는 그들의 별호가 마음에 들지 않았다. 정의문주 군자검과 비슷해서 싫었다. 그리고 미진의 창백해진 얼굴을 더 두고 볼 수는 없었다. 스스로 매정해지고 싶어도 한계가 있는 법이었다.

그의 몸이 미진을 잡고 있는 군자일검을 덮치는 데 든 시간은 찰나였다.

군자일검은 더 이상 미진의 팔을 잡고 있을 수가 없었다. 명색이 정파의 고수이면서 군자팔검 여덟 명 중 최고수인 그가 아녀자를 인질로 삼을 수는 없었다. 그리고 한 팔로 미진을 잡은 채로 민택을 상대할 수 있을 것 같지도 않았다. 그는 즉시 미진을 밀치고 검을 뽑아 군자팔검법 중 하나인 파풍검법을 펼쳤다. 바람마저 자를 듯이 맹렬하게 열두 번 검을 뿌려 적의 혼백을 빼놓는 수법이었다.

그의 파풍검법의 첫 번째 칼질이 민택에게 날아들었다. 민택은 그 검날을 몸을 슬쩍 비틀어 피했다. 바람을 가르는 정도로 민택을 어찌할 수는 없었다. 파풍검법의 두 번째 초식이 펼쳐지기도 전에 민택의 오른손이 군자일검의 멱살을 잡았다.

군자일검은 기겁을 했다. 파풍검법을 펼치기 시작하자마자 적에게 붙잡혔다. 이것이 손이 아니라 단검이었다면 그는 목이 뚫려 죽었다는 뜻이었다.

광룡이 그의 멱살을 들어 올렸다. 군자일검의의 다리가 허공에서 대롱거렸다.

"네가 아프게 해도 될 아이가 아니다."

군자일검이 창백해졌다. 마음 같아서는 손에 든 칼을 돌려 이자를 쳐 죽이고 싶었다. 그러나 민택이 보여준 한 수에서 그는 자신과의 실력 차를 절실히 느꼈다. 자신의 파풍검법은 창졸간에 펼쳐지기는 했지만 제대로 검의 길을 밟았다. 그런데 이자는 그것을 무시하고 자신을 완전히 주머니 속의 물건 꺼내듯이 주워 들었다. 그는 그것이 의미하는 바를 알 만큼 고수였다. 얕은 수가 먹힐 자가 아니었다.

그러나 그건 그 혼자만의 생각이었다. 다른 일곱의 고수들은 그렇게 생각하지 않았다. 직접 당하는 것과 옆에서 보는 것은 다른 법이었다. 게다가 나머지 일곱은 붙잡힌 군자일검보다 반수라도 무공이 낮았다. 얼핏 대충 움직인 것 같은 민택의 한 수에 들어 있는 경지를 옆에서 보는 것만으로 알아보기에는 그들의 무공이 조금 낮았다. 그저 꽤 하는 고수로구나 하는 것 정도를 예상할 뿐이었다. 잡힌 군자일검이 실수를 했다고 보는 것이 그들의 상식에 맞았다.

"이놈이. 그 손을 놓지 못하겠느냐!"

군자팔검 중 하나가 민택에게로 검을 겨누며 호통을 쳤다.

"감히 칼을 어디로 놓는 것이냐. 죽고 싶냐!"

운상원이 마주 고함을 쳤다.

군자팔검은 다급해졌다. 언뜻 보기에도 상대의 수는 그들의 두 배였다. 게다가 자신들의 수장은 붙잡혀 있었다.

"후회하지 말아라!"

군자팔검 중 군자삼검이 민택에게 몸을 날리면서 외쳤다. 그의 검에서 요란한 불꽃이 튀었다. 어느새 다가온 암룡대장의 검이 민택에게로 향하던 군자삼검의 검을 막았다.

"네 상대는 나다."

암룡대장이 눈에서 불을 뿜으며 말했다.

"빈틈!"

군자오검이 민택의 반대쪽을 노리고 달려들면서 자신이 공격하고 있음을 외쳤다. 동료들과의 수련으로 무공을 쌓았지만 실전은 별로 경험한 적이 없는 자의 실수였다. 그런 그의 검을 조장림의 도가 반원을 그리며 쳐냈다.

"이 씨방새야. 지저귀어 봐라. 짹짹거려 보란 말이다!"

조장림이 도를 가지고 연이은 반원을 그려 군자오검을 몰아치며 소리를 질렀다.

나머지 군자팔검들도 검을 들고 달려나왔다. 그들은 민택을 공격하여 동료를 구하려고 했고, 소표두들은 그런 그들을 제압하려고 했다.

사실 소표두들이 조금 불리했다. 숫자는 훨씬 많았지만 그들에게는 상대의 목숨을 빼앗지 말라는 지시가 내려져 있었다. 이유야 어쨌든 그들은 정파였기 때문에 한 목숨 살려주라는 뜻이었다.

고수들의 싸움에서 상대의 목숨을 제외하고 싸움을 하려니 아무래도 불리한 점이 많았다. 그래서 두 배의 숫자를 가지고 있으면서도 싸움은 밀고 밀리는 접전을 반복하고 있었다.

민택이 손에 쥔 군자일검을 앞으로 내던졌다. 무서운 속도로 날아가는 그 고수의 방향에는 군자이검이 서 있었다. 그는 날아오는 군자일검을 받으려고 했다. 그 일을 쉽게 보지 않고 내공을 끌어올리며 두 팔을 들었다.

"크억!"

군자이검이 생각보다 훨씬 강한 충격에 신음 소리를 냈다. 그가 미처 알지 못한 것은 날아드는 고수를 던진 사람이 바로 광룡이라는 점

271

이었다. 그가 군자일검을 받아 드는 충격을 해소하느라 그의 몸의 균형이 잠깐 무너졌다.

민택은 자신이 던진 군자일검의 뒤를 따라 달렸다. 민택의 발이 바닥을 살짝 차자 그의 몸이 공중으로 가볍게 떠올랐다. 그의 발이 군자일검을 받아 드느라 두 팔을 쓸 수 없는 군자이검의 이마를 노리고 날아갔다. 군자이검은 민택의 발이 자신의 머리 쪽으로 날아오는 것을 보고 급히 다리를 구부렸다. 간발의 차이로 피할 수 있을 것 같았다. 민택의 발이 그의 머리에 살짝 못미치는 허공을 걷어찼다. 군자이검은 피했다고 생각했다.

갑자기 그 고수는 머리에 쇠망치로 맞는 듯한 충격을 받았다.

'분명히 간격이 있는 줄 알았는데.'

그는 자신의 실수를 한탄하며 의식을 잃었다. 정신을 잃은 그의 몸이 급격히 무너졌다.

민택의 몸이 방금 공격의 반동을 이용하여 옆으로 이 장쯤 날아갔다. 그곳에는 다른 소표두들과 싸우는 군자육검의 뒤통수가 있었다. 군자육검은 등 뒤로 뭔가가 날아오는 기척에 크게 놀라며 몸을 돌려 검을 휘둘렀다. 허공을 날아오고 있던 민택의 발이 그 검의 면을 툭 찼다. 군자육검의 팔이 아래로 급격히 떨어지며 상체도 검을 따라 조금 숙여졌다. 그런 그의 머리를 민택의 발이 노리고 움직였다.

민택의 발이 자신의 머리를 노린다는 것을 깨달은 군자육검은 재빨리 머리를 오른쪽으로 젖혔다. 그러나 민택은 군자육검이 소표두들과 상대함에 있어서 주로 오른쪽으로 피하는 습관이 있다는 것을 조금 전의 싸움판에서 둘러보고 이미 파악하고 있었다. 민택의 발은 처음부터 군자육검의 오른쪽을 노리고 있었다.

군자육검은 피했다고 생각하는 순간 자신의 눈앞으로 다가오는 발을 볼 수 있었다. 그는 다급히 머리를 숙였다. 민택이 군자육검의 뒤통수를 발로 짚었다. 그 반동으로 군자육검은 바닥에 얼굴을 처박으며 정신을 잃어버렸다.

민택의 몸이 부드럽게 회전을 하면서 그 옆쪽의 군자오검에게로 날아갔다. 조장림과 싸우던 군자오검은 다른 동료들이 당하는 모습을 곁눈질로 충분히 감상했다. 다음 목표가 자신이 되자 그는 오기가 솟았다. 등에 칼을 맞는 한이 있어도 꼿꼿이 선 자세로 하늘을 날아다니는 저놈은 꼭 잡고 싶었다.

군자오검의 몸이 공중을 날아오고 있는 민택을 노리고 쏘아져 날아갔다. 등 뒤의 공격을 무시한 행동이었다. 그가 두 손으로 꼭 쥔 검은 민택을 향해 일직선을 그리고 있었다. 승천비룡요격세. 그가 가진 검법 중 허공의 적을 공격하는 가장 좋은 초식이었다. 공중에서 몸의 방향을 바꾸지 못하는 적을 잡는 데는 더없이 효과가 좋았다. 그 초식은 솟구쳐 오르는 몸의 속도에 뻗는 검의 속도가 더해진 쾌의 수법이었다.

그는 허공에서 몸을 피할 방법이 없는 민택을 반드시 잡을 수 있으리라 확신했다. 능공허도나 허공답보처럼 하늘에서 걸어다니고 위치를 마음대로 옮길 수 있는 경공술들은 전설에나 듣던 것, 그런 것이 현실에 강림할 리 없었다. 이제 이자는 죽었다고 확신했다.

민택이 손에 든 검을 검집째 휘둘렀다. 검집은 검보다 훨씬 많은 바람을 자르며 움직여야 했다. 그의 검집을 따라 미처 잘리지 못한 매서운 광풍이 따라 움직였다. 민택의 검집 끝이 군자오검이 찔러오는 검 끝의 옆면을 강하게 때렸다.

군자오검의 검이 옆으로 팩 돌아갔다. 검 손잡이를 꼭 움켜쥔 고수의 팔이 그 검을 따라 돌고 그의 몸이 따라 빙글 돌아갔다. 허공에 뜬 것은 민택 혼자만이 아니었다. 군자오검 역시 발을 디딜 수 없는 상황이었다.

민택의 몸은 군자오검과 반대 방향으로 부드럽게 돌았다. 서로에게 날아가던 그들이 허공에서 반대 방향으로 한 바퀴 몸이 돌고 나자 그들은 바짝 선 채로 마주 보는 위치가 되었다. 차이라면 민택의 몸이 아직 더 높은 곳에 있다는 것이었다. 민택의 발이 군자오검의 가슴을 걸어찼다.

북치는 소리와 함께 군자오검의 몸이 뒤로 쭉 날아갔다. 그리고 객잔의 탁자들을 요란하게 부수면서 바닥에 나뒹굴었다.

민택의 몸이 바닥에 내려섰다. 부드럽게 선 것 같았는데 그의 발이 바닥에 닿는 순간 나무로 된 객잔의 바닥이 그의 발이 위치한 곳부터 부드럽게 진동했다. 아직 서 있는 네 명의 군자팔검의 고수들은 발끝을 타고 올라오는 잔 진동을 느낄 수 있었다. 그들의 온몸에 소름이 돋았다.

정적이 감돌았다.

민택이 그들 넷을 쳐다보았다. 네 명의 고수들은 민택의 눈과 마주치자 정신없이 뒤로 물러섰다. 등 뒤에 벽이 닿아 더 이상 물러설 수 없는 곳에 이르자 그들은 자신들의 검을 꼭 쥐고 민택을 겨누었다. 그러나 그 검끝은 와들와들 떨리고 있었다.

"너, 넌, 누, 누, 누, 누, 누구냐!"

남아 있는 군자팔검 중 가장 서열이 높은 군자삼검이 떨리는 목소리를 감추지 못하고 물었다. 이런 어마어마한 고수는 감히 본 적이 없었다. 군자팔검은 고사하고 하남은검파가 이런 고수와 원한을 맺었다는 이야기는 들어본 적이 없었다. 도대체 이자의 무공 수위가 어느 정도인지도 판단할 수가 없었다.

무서웠다.

"우와아!"

그 모습을 본 소표두들이 환성을 지르면서 검을 치켜들었다. 민택은 처음 하나의 고수는 주머니의 물건 쥐듯이 잡았고, 하늘을 걷는 것처럼 자연스럽게 날아다니며 잠깐 사이에 세 명의 고수들을 제압했다. 남은 군자팔검의 네 명은 전의를 완전히 상실했다.

"어떠냐, 이 씨방새들아. 어서 머리를 박고 춤을 추어라. 으하하하!"

조장림이 신이 나서 외쳤다.

"검을 버려라. 저항하면 개죽음이 있을 뿐이다. 하핫!"

암룡대장도 웃음을 미처 감추지 못하고 군자팔검에게 말했다.

남궁재호를 포함한 중원표국 출신 다섯 소표두들은 지금의 모습을 보고 감탄은 할망정 크게 놀라지는 않았다. 그들은 민택을 향해서 네 명이 철저히 훈련된 합격술을 펼치고도 단 두 수 만에 박살이 난 적이 있었다. 재호 입장에서 본다면 그들이 당한 것에 비하면 이번에는 조금 길었다고 할 만했다. 어차피 어느 경지인지도 알아볼 수 없었다. 그냥 자기들보다 훨씬 대단한가 보다 할 뿐이었다.

그러나 정의문 암룡대나 녹림맹 출신의 열 명의 소표두들은 사정이 달랐다. 그들은 광룡의 그 어마어마한 명성은 익히 알고 있었지만 그 싸우는 모습을 직접 본 일이 없었다.

암룡대는 전룡대에게 감히 수작을 부릴 엄두도 내지 못했기 때문에 광룡의 싸움을 구경할 기회가 없었고, 녹림맹의 고수들은 광룡을 이전에 만날 일이 없었다.

이제 광룡이 하늘을 날아다니며 순식간에 적들을 제압하는 모습을 보니 놀라움을 금할 수 없었다. 들어 알고 있는 것과 실제로 보는 것은 천지 차이였다.

첫 번째 고수를 어린아이 잡듯이 멱살을 잡아챘다. 그것으로 끝이었다. 너무 순식간의 일이라 무슨 일이 일어났는지 미처 파악하지 못했다.

두 번째 고수는 민택의 발을 피할 듯하다가 제대로 얻어맞았다. 모두 싸움의 와중이라 곁눈질로 봤다고는 하지만 어떻게 찼는지도 잘 파악되지가 않았다. 단지 빗나가는 줄만 알았던 발길질에 고수 하나가 쓰러졌다는 것만 알아보았다.

세 번째 고수는 민택이 확실히 빗나가게 걷어찬 발에 알아서 머리를 가져다 대었다. 그 고수도 바보는 아닐 테니 민택이 무슨 절묘한 수법을 사용한 것 같았지만 역시 알아볼 수 없었다.

그리고 네 번째 고수가 허공에 뜬 민택을 매섭게 공격했다. 그 모습을 보는 순간 소표두들은 속이 뜨끔했었다. 자신들이라면 그 위치에서 막아낼 방법이 마땅치 않았기 때문이었다. 그러나 민택은 그 공격을 너무 손쉽게 막아내고 상대를 발길질 한 번에 제압했다. 소표두들이 알아볼 수 있었던 유일한 수법이었다. 그리고 그 유일한 방법은 너무나 적절하고 간결해서 소표두들의 찬탄을 자아내게 했다. 감히 따라할 자신이 없었다.

그들이 본 것은 절대무적의 고수, 광룡이었다.

중원의 소문에는 절대적인 경지에 다다른 고수, 즉 절대고수라고 부르는 사람들이 몇 있었다. 정의문의 광룡과 군자검 하무극, 녹림맹의 구지룡 정배, 소림의 폭호 지원, 무당의 활검 동훈, 황궁의 황제수호검 승현, 그 외에 몇 명의 무림고수들이 절대고수라고 불려졌다. 그들의 특징은 무림 출도 후 한 번도 패한 적이 없다는 것과 수많은 강자들을 압도적인 무위로 꺾었다는 것이었다. 그들 하나하나를 두고 무림에서 가장 강한 자라고 선언할 증거는 없었지만, 아니라고 할 만한 근거도 없었다.

당연히 그들이 서로 싸우면 누가 이길지에 대해서 무림인들 사이에 설전이 벌어지고는 했다. 그러나 실제로 붙어보지 못한 사람들이라 누가 더 우위인지는 밝혀지지 못했다.

하지만 적어도 지금 이곳에서 중원표국 출신을 제외한 열 명의 소표두들은, 그 절대고수 중 최고는 의심할 여지없이 광룡이라고 확신했다.

그들이 보기에 저건 사람의 탈을 쓰고 할 수 있는 수준이 아니었다.

소표두들과는 또 다르게, 미진은 한쪽에서 두 손 꼭 잡고 감동에 빠져 있었다. 맨날 서운하게 하고 속을 까맣게 태우는 민택이었다. 하지만 정작 자기가 위기에 빠지자 구해준 사람도 민택이었다. 팔에 손가락 자국이 난 채로 멍이 들어가고 있었지만 그것도 느끼지 못하고 있었다.

그리고 무공의 길에 조금씩 눈을 떠가고 있는 그녀가 보기에 민택의 싸움 모습은 감동 그 자체였다. 지난번 사파 연합과의 싸움처럼 피칠 갑을 하는 것도 아니고 깔끔하게 적의 고수들을 제압하는 모습이 그녀의 눈을 가득 채웠다.

그런 식으로 몇 개의 술집을 더 뒤지고 나니 이제 더 이상 걸리는 적이 없었다. 그만큼 뒤집고 다녔는데 그 소문이 술집들 사이에 퍼지지 않을 리가 없었다. 적도 전력을 모으고 있었다. 마침내 더 이상 적을 찾을 수 없는 상황이 됐을 때, 스물다섯 명의 고수들이 우르르 몰려왔다. 대로를 돌아다니며 다음 술집을 찾던 미진과 칠성표국의 고수들도 그들을 발견하고는 민택과 미진의 주위에 늘어섰다.

"웬 놈들인데 이 행패냐!"

동소천이 대표로 나서서 고함을 쳤다. 술을 마시던 고수들이 습격을 당했다는 소식이 전해져 오자 그들은 다급히 동료들을 불러 모았다. 적의 숫자가 제법 된다고 하니 일단 세력을 모으는 것이 급선무였다. 그렇게 모아들인 숫자가 총 스물다섯 명이었다. 어느 사이에 스물다섯이 습격을 당해 정신을 잃고 부상을 당하여 전투력을 잃은 상태였다. 군자팔검 이후에도 몇 명이 더 습격을 당한 후였다.

"웬 놈들이냐니. 씨방새들이 대가리가 새대가리라 기억력이 닭이구나."

조장림이 호통을 쳤다. 광룡의 무공을 직접 구경한 이후로 더 기세가 등등해진 조장림이었다.

씨방새라는 욕설을 듣자 동소천는 이들이 누구인지 깨달을 수 있었다. 낮에 들었던 욕이었다. 사복을 입고 있어 몰라봤었지만 자세히 보니 낮에 봤던 바로 그 표사들이었다.

"이놈들, 네놈들이 감히 이러고도 무사할 줄 아느냐!"

동소천이 분노로 고함을 질렀다. 감히 일개 표사들 따위에게 그들이 이런 꼴을 당할 줄은 몰랐다. 자세한 것은 모르지만 표사들이 우르르 몰려들어 술을 마시던 고수들을 제압했다고 들었다. 그 이야기를 들으니 이들이 평범한 수준의 표사들이 아님을 알 수 있었다. 아무리 취했어도, 그리고 아무리 숫자의 차이가 난다고 하더라도 고수들이 그렇게 일방적으로 제압당할 수는 없었다. 짚이는 것이 있었다.

"네놈들… 혹시 칠성표국 놈들이냐?"

동소천이 반쯤 확신을 가지고 물었다.

"으하하하, 하남 촌놈들도 산동의 칠성표국의 명성은 들어보았구나!"

장석민이 호탕하게 웃으며 외쳤다. 멀찍이 떨어져서 구경하던 구경꾼들에게 충분히 들릴 만한 목소리였다.

"이놈들. 우리들은 중원표국의 요청으로 온 정파의 고수들이다. 네놈들 따위가 상대가 될 것 같으냐!"

동소천이 지지 않고 고함을 쳤다. 이들이 누구인지는 이제 알았다. 사파의 지원을 받으며 단단히 준비하고 온 칠성표국이라면 고수들도 섞여 있을 테고, 그러면 술에 취한 몇 명의 고수들은 각개격파당하기 쉬웠을 거라 짐작할 수 있었다.

그리고 부상당한 자는 있어도 죽은 자는 없다는 것으로 미루어 이들이 표국 간의 주도권을 잡으려고 한다는 것도 짐작이 되었다. 아무리 사파의 지원을 받는다고 하더라도, 정파들과 등을 지고서는 표국 일을 해먹을 수 없는 법이었다. 도적 놈들과 상대하려면 정파의 도움이 필요한 것이 표국의 입장이었다.

어쨌든 자존심이 상한 고수들은 칠성표국의 표사들을 충분히 훈계해 주기로 했다. 실수로 죽이는 것도 감수할 만큼 매운 수를 써서 다시는 경거망동을 못하도록 만들려고 했다. 물론 중상을 입히는 것은 기본이었다. 몇 놈쯤은 폐인을 만들어줄 작정이었다.

"하룻강아지들. 버릇을 고쳐 주마!"

동소천과 다른 고수들이 무기를 뽑아 들었다. 아까는 위협용이었지만 이번에는 진짜였다.

"여러분, 우린 정파의 고수들입니다. 저들이 비열하게 습격을 해서 우리 동료들을 다치게 했습니다. 우리가 저들을 제압하여 그들에게 저지른 죗값을 물게 해야 합니다. 모두 손속에 사정을 두지 마십시오!"

동소천이 자신의 검을 높이 들고 외쳤다.

민택이 근처를 보자 누렁이 한 마리가 사용하던 개 밥그릇이 굴러다니고 있었다. 검집 끝으로 툭 치니 밥그릇이 하늘로 톡 튀어 올랐다. 그 밥그릇을 손으로 잡은 민택이 동소천을 쳐다보았다. 동소천은 아직도 검을 세우고 목소리 높여 명분을 세우고 있었다.

민택이 개밥그릇에 내공을 싣고 동소천에게 날렸다. 둥글넙적하고 부피가 큰 개밥그릇은 맹렬히 회전하면서 공간을 헤집고 거칠게 날아갔다.

"으엇!"

날아오는 개밥그릇의 위세가 장난이 아님을 느낀 동소천은 내공을 끌어올려 검을 휘둘렀다. 개밥그릇이 그의 검에 부딪쳐 산산이 박살났다.

"크악!"

껍질인 개밥그릇은 부서졌지만 거기 담긴 경력마저 날아간 것은 아니었다. 동소천은 검을 타고 두 팔을 거쳐 가슴을 두들기는 강력한 충격에 비명을 질렀다. 뿐만 아니라 비산되는 개밥그릇의 파편들을 막고 피하기 위해서 다른 고수들도 재빨리 몸을 날려야 했다.

그들의 대열이 잠깐이지만 흩어졌다.

민택이 그 대열로 뛰어들었다. 그리고 그의 뒤로 소표두들이 뒤늦게 우르르 따라왔다.

　바람 가르는 소리를 내며 달려든 민택이 검집을 휘둘러 후려친 첫 번째 목표가 동소천이었다. 동소천은 아직 충격에서 헤어나지 못해 그 검집을 피하지 못하고 몸통을 제대로 얻어맞았다. 몸이 공중으로 뜰 정도로 큰 충격이었다. 떠오른 동소천의 멱살을 민택이 움켜잡았다. 그리고 그 상태 그대로 동소천의 몸을 거칠게 휘둘렀다.

　민택이 휘두르는 동소천의 발에 턱을 맞은 고수 하나가 바닥에 풀썩 쓰러졌다. 민택은 손에 든 동소천를 다른 고수에게로 집어 던졌다. 그 고수는 동소천를 받으려고 시도하다가 밀려드는 경력을 다 감당하지 못하고 뒤로 나뒹굴었다.

　민택이 바닥에 쓰러진 고수를 발로 툭 차서 공중에 띄웠다. 그리고 다시 그의 멱살을 잡고 휘두르기 시작했다. 그런 그의 공격에 다시 한 명의 고수가 쓰러졌다. 민택은 손에 든 고수를 다시 집어 던지고 쓰러진 고수를 집어 들었다.

　정파의 고수들은 환장할 노릇이었다. 그들이 민택의 공격을 막기 위해서 검을 들자니 동료 고수가 자신의 칼에 도륙당할 판이었다. 그렇다고 단순히 피하거나 막으려고 하니 민택의 실력이 워낙 매서워 쉽지 않았다.

　눈 딱 감고 동료 고수를 죽이면서 공격할 수도 있었다. 그러나 그들은 알고 있었다. 이 한 무더기의 표사들은 그들의 동료들을 습격하면서 한 명도 죽이지 않았다. 그 말은 이 싸움이 어찌됐든 그들도 죽을 일이 없다는 것이었다. 즉, 이것은 세력 싸움이었지 생사를 건 싸움이 아니었다. 동료를 죽이면서까지 이겨야 하는 싸움이 아니었다.

　그리고 사실 동료를 베면서 공격한다고 해서 꼭 이긴다는 보장도 없었다. 이 고수 하나의 실력도 감당하기 힘들었는데 다른 자들은 어떤지 알 수 없었다.

"자, 잠깐. 멈추시오!"

마침내 견디지 못한 정파의 고수들 중 하나가 다급히 외쳤다. 민택이 동작을 멈추자 다른 고수들이 우르르 물러섰다. 어느새 열다섯 명만이 남아 있었다. 민택의 뒤쪽에서 끼어들 틈을 찾지 못하고 멀뚱거리면서 구경하던 칠성표국의 소표두들만큼의 숫자였다.

"말로 합시다, 말로. 뭘 원하시오?"

그 고수가 협상을 해보고 싶어서 말했다. 어차피 더 싸운다고 해서 이길 가능성은 별로 없었다. 잠깐 사이에 열 명의 고수들이 정신을 잃고 나뒹굴어 있었다.

"손을 떼라. 이건 중원표국과 칠성표국 사이의 일이다."

민택이 차갑게 말했다.

"알겠소. 우리들은 이번 일에서 손을 떼겠소. 표국 간의 일이니 알아서들 하시오."

그 고수가 순순히 동의했다. 더 이상 싸워봤자 승산이 없었다. 싸워봤자 개망신이었다. 표국 간의 싸움으로 처리해 주는 것이 그들 입장에서도 체면에 손상이 적었다. 이렇게 손을 뗄 명분까지 만들어주니 손을 안 뗄 수가 없었다.

"공원객잔이란 곳에 가면 칠성표국의 총표두 어른이 계시다. 가서 아까의 무례를 사죄해라."

"그 그건……."

그 고수가 머뭇거렸다. 일개 총표두에게 사죄하라는 건 자존심이 상하는 일이었다.

"싫으냐?"

민택이 검을 검집에서 조금 뽑으면서 말했다. 이번 싸움에서 처음 보이는 검날이었다. 그의 검에서 빛나는 푸른빛이 고수의 마음을 압박했다.

그 고수가 주위를 둘러보았다. 다른 동료들도 더 이상 싸우고 싶어하지 않는 기색이 역력했다. 직접 말하기 싫을 뿐이었다.

"알았소. 당신들 뜻대로 하겠소."

그 고수가 마침내 꼬리를 내리고 항복했다. 까짓거 방문해서 좋은 말로 적당히 사과하면 될 일이었다. 오히려 좋은 대화를 하는 것이 나을 수 있었다. 잘 찾아보면 자기네 문파들에서 칠성표국의 표행에 도움을 줄 것이 있을 터였다. 협상만 잘한다면 좋은 관계가 되고 그렇게 되면 이번의 싸움 후 화해를 하는 형식을 취해서 지금의 패배에 대한 손상당한 자존심을 보상받을 수도 있었다.

물론, 구경꾼들에 의해서 중원표국이 모은 고수들이 칠성표국의 표사들에게 패배했음이 알려지겠지만 할 수 없었다. 중원표국의 체면이 좀 다치는 것이 자신들이 다치는 것보다는 나았다. 이건 잘 생각해 보면 결국 남의 일이었다.

"그럼 우리는 이만 가보도록 하겠소."

그 고수가 풀이 죽어서 말했다.

"이야기가 끝나거든 가거라."

민택의 말에 그 고수가 몸을 경직시켰다.

"우리는 물러가겠다고 했소이다. 그것이면 충분하지 않소?"

그 고수가 볼멘소리로 말했다. 이만큼을 양보했는데 더 이상 뭘 더 달라는 것인지 몰랐다.

"전종구란 자를 아느냐?"

광룡의 물음에 그 고수는 의아함을 느꼈다. 전종구는 중원표국주의 명에 의해서 그들을 끌어 모은 사람이기는 했다. 그러나 그는 중원표국주의 수하로서 움직였을 뿐이라고 알고 있었다.

"물론이오."

"내놓아라."

광룡이 한 것은 한마디의 말이었지만 그 말을 듣는 고수들은 몸이 으스스 떨리는 것을 느꼈다. 말 한마디에 담긴 살기가 감당하기 힘든 수준이었다.

"흐읏, 합. 그자는 흩어진 동료들을 불러 모으는 일을 도와주겠다고 나선 후에 아직 돌아오지 않았소."

기합을 넣어 광룡의 살기를 물리친 고수가 대답했다. 그러고 보니 일이 이 지경이 됐는데도 전종구는 나타나지 않고 있었다. 중원표국의 일이니 그가 나타나서 중재를 했으면 분위기가 좀 더 좋았을 텐데 아쉬웠다. 그리고 서운했다.

"알았다."

광룡이 대답하며 몸을 돌렸다. 뛰어야 벼룩이었다. 전룡대가 그를 추격하면 잡아들이는 것은 어렵지 않을 터였다. 이곳에 사전에 투입시켜 둔 전룡대원은 전종구의 얼굴을 잘 알고 있었고 이곳 사람들 중에도 그의 얼굴을 아는 자가 널려 있었다. 다 잡은 사냥감이었다.

284

第十三章

전종구는 경공을 펼쳐 죽어라고 달아나고 있었다. 남들의 시선 따위는 알 바 아니었다. 도시를 벗어난 후에야 그는 바닥에 털썩 주저앉아 숨을 헐떡였다.

"내가 할 수 있는 일은 여기까지다."

입에서 단내를 풍기며 전종구가 중얼거렸다. 정파의 고수들을 모아서 칠성표국과 한 판 붙이려고 했었다. 그래야 그에게 주어진 임무를 완수할 수 있었다. 그런데 광룡이 먼저 선수를 쳤다. 결과를 확인하지는 못했지만 아마 다수의 고수들이 죽었을 거라고 추측했다. 광룡의 손에 걸렸는데 살아남았을 것 같지는 않았다.

"어쨌든 마찬가지야."

그가 혼잣말로 중얼거렸다. 어차피 그 고수들로 광룡과 그의 부하들을 이길 수는 없었다. 고수들은 이래 죽으나 저래 죽으나 적당히 죽어

주면 충분했다. 그는 자신이 지시받은 임무를 완수했다고 믿었다. 도와주러 온 고수들에게 많이 미안했다.

갑자기 그가 자리에서 벌떡 일어서며 주변을 경계했다. 사람들이 뛰어오는 소리가 사방에서 들렸다. 재빨리 그 자리를 피하려고 했다. 그러나 다가오는 사람들이 한발 빨랐다. 그가 있던 곳 주위를 십여 명의 무사들이 포위해 버렸다. 그들의 움직임이 예사롭지 않았다. 전종구는 침을 꿀꺽 삼켰다.

'누굴까. 전룡대?'

그의 머리가 재빨리 돌아갔다.

"헉헉. 아 그놈의 자식 더럽게 빠르네."

뒤늦게 사내 하나가 숨을 헐떡이며 나타났다. 고급으로 보이는 옷을 입고 등에 검을 한 자루 차고 있는 사내였다.

"네놈들은 누구냐!"

피하기 어려운 상황이 된 것을 느낀 전종구가 호통을 쳤다. 그러나 주도권은 그에게 있지 않았다.

"알 필요가 있을까?"

사내가 오른손으로 부채를 꺼내 쫙 펴면서 말했다.

"당신은 누구신데 이러는 것이오? 본인은 그대와 무슨 원한이 있는지 기억하지 못하겠소."

전종구가 대장인 것처럼 보이는 늦게 나타난 사내를 노려보며 물었다. 오늘은 길보다 흉이 아주 많을 것 같았다.

"나? 난 왕기훈이라고 해. 니 식견이 모자랄 테니 아마 모를 거야."

왕기훈이 부채를 슬슬 부치면서 말했다. 가을도 깊어 꽤 쌀쌀한 날씨에 하는 부채질이었다. 완전히 폼이었다.

"왕기훈. 처음 듣는 이름이오만 무슨 볼일이시오?"

전종구가 꼬리를 살짝 내리고 물었다.

"물어볼 게 좀 있어서 말이지. 술술 대답해 주면 서로 좋을 텐데 어떻게 할래?"

왕기훈이 부채를 다시 접으며 말했다. 폈다 접었다를 반복하는 것이 꽤 자연스러웠다. 하지만 그 속에 뭔지 모르게 어색한 모습이 보이기도 했다. 뭔가 정상이 아니었다.

"무엇을 알고 싶으시오? 궁금한 것이 있으면 중원표국에 정식으로 요청하시면 될 것 아니오?"

전종구가 따지듯이 말했다.

"아니, 우리가 알고 싶은 것은 중원표국의 일이 아니지. 하북의 만사대행문이 정사협동문에게 박살난 일이 궁금하거든? 그들 간의 세력 비율로 보면 절대로 그렇게 일방적으로 깨질 수 없거든. 그런데 왜 그런 일이 일어났을까? 잘 알아봤지. 알아보는 와중에 중원표국의 전종구란 자의 이름이 나오더라고."

왕기훈의 말에 전종구의 얼굴이 확 굳었다.

"그리고 조사를 하다 보니 네 출신이 꽤 흥미롭더군."

왕기훈의 말에 전종구의 얼굴은 이제 창백해졌다.

전종구의 머리 속으로 잠깐 살아온 세월이 스쳐 지나갔다. 어차피 이 일은 목숨을 걸고 시작한 일이었다. 광룡을 건드리는 일에 그만한 각오가 없을 리가 없었다. 비밀을 밝힐 수는 없었다. 이건 자신의 목숨 하나와는 비교도 할 수 없는 일이었다.

그리고 이들이 누구인지는 몰라도 그 일을 방해할 만큼의 세력을 가진 자들임을 짐작할 수 있었다. 조그마한 동네 문파가 만사대행문의 패배에 대해서 자신의 이름이 나올 정도로 자세히 조사하고, 또 이만한 숫자를 보내서 조사할 리가 없었다.

"죽어랏!"

전종구가 왕기훈에게로 몸을 날리면서 외쳤다. 왕기훈이 이들의 지휘자로 보이기도 했고 그의 오른손이 흔드는 부채의 움직임이 뭔지 모르게 불안정한 것도 그가 왕기훈을 가장 만만하게 본 이유 중 하나가 되었다. 지휘자를 잡아 인질로 삼고 이곳을 빠져나가려고 했다.

그의 두 주먹이 내공으로 충만해졌다. 손속에 조금도 사정을 두지 않았다. 두 주먹이 왕기훈의 양 어깨를 노리고 동시에 날아들었다. 각각의 주먹에는 돌을 깨는 힘이 들어 있었다. 일반인이라면 어깨가 박살나서 죽을 만한 위력이었다.

왕기훈의 왼손이 등 뒤의 검을 잡았다. 오른손은 계속 부채를 들고 있었다. 검이 뽑혀 나오며 섬칫한 예기를 줄기줄기 뻗었다.

'대단한 보검이다!'

순간적으로 전종구의 머리 속에 떠오른 생각이었다. 검 자체의 날카로움에 더해서 왕기훈의 내공의 힘이 더해졌다. 왕기훈이 그 검으로 날카롭게 허공을 베었다.

전종구는 그대로 격돌하면 불리하다는 것을 느꼈다. 하수의 검은 단번에 제압해 버릴 수 있는 주먹이었지만 지금 맞부딪치면 손해가 너무 컸다. 특히 그는 왕기훈 하나만이 아니라 뒤에 늘어선 다른 무사들도 경계해야 했다.

전종구가 급히 두 주먹을 회수하며 속도를 늦췄다. 왕기훈의 검이 허공을 갈랐다. 칼끝이 전종구의 바로 앞을 스치고 지나갔다.

'빈틈!'

전종구는 순간 기회가 왔음을 깨달았다. 왕기훈의 검날은 지금 이 순간은 그를 위협하지 못했다.

"순순히 제압되어라!"

전종구가 고함을 지르며 다시 주먹을 뻗었다. 왕기훈이 몸을 뒤로 젖히며 그 주먹을 피하려고 했다. 그러나 전종구의 주먹이 조금 더 빨랐다. 왕기훈은 한쪽 어깨를 전종구의 주먹에 얻어맞고 말았다.

왕기훈에게 다행스럽게도 전종구는 일단 정지했던 상태에서 주먹을 뻗은 때문에 그 위력이 많이 감소한 상태였고, 왕기훈은 몸을 최대한 젖히느라 충격을 해소할 수 있었다.

하지만 그렇다고 하더라도 왕기훈이 받은 충격이 작은 것은 아니었다.

"크악!"

왕기훈이 비명을 지르면서 뒤로 몇 걸음 물러섰다.

왕기훈이 데려온 열 명의 무사들 중 다섯은 고수였고 나머지 다섯도 우수한 무사들이었다. 그들은 왕기훈이 전종구에게 기습을 당하는 바로 그 순간, 몸을 박차며 전종구에게로 달려들었다. 그리고 왕기훈이 한 대 얻어맞는 모습을 보고는 기겁을 했다.

왕기훈이 부상을 입어서는 안 된다. 왕기훈이 중상이라도 입었다가는 자신들은 모두 죽은 목숨이었다. 목이 열 개라도 살아남을 수 없었다. 아차 했다가는 일가가 몰살당할 수도 있었다.

그 즉시 열 명의 고수들이 전종구에게 살초를 펼쳤다. 열 개의 검이 전종구의 등짝을 노리고 쇄도해 왔다.

전종구는 등 뒤로 달려드는 공격을 느낄 수 있었다. 살기 위해서는 왕기훈을 잡아야 했다. 지금의 공격으로 그리 큰 충격을 주지 못한 것을 눈치 챌 수 있었다. 그러나 다른 수가 없었다. 기다리고 있다가는 등 뒤에서 느껴지는 이 무수한 살기들에게 난도질당할 것임을 잘 알았다.

전종구가 앞으로 달려나가며 왕기훈에게로 덤벼들었다. 왕기훈만 인질로 잡으면 살 수 있었다.

비틀대던 왕기훈은 전종구가 다시 달려드는 것을 보았다. 한 대 맞았다는 생각에 화가 치밀어 올랐다. 그의 검이 솟아오르며 공간을 갈랐다.

전종구는 아까처럼 피할 수가 없었다. 여기서 정지하면 기회가 없었다. 그는 자신의 두 손을 믿어보기로 했다. 오른 손바닥을 쫙 편 채로 검을 노리고 일장을 날렸다.

왕기훈이 가진 검은 진짜 보검이었다. 시퍼렇게 살아 있는 날은 그 예리함이 적수가 별로 없는 물건이었다. 그 자체만으로도 무사의 전투력을 올려줄 만한 물건이었다. 같은 무게의 금덩이를 주고도 손잡이조차 살 수 없는 물건이었다.

거기에 왕기훈의 내공의 힘이 더해져 있었다. 검의 날카로움은 배가 되었다.

그리고 왕기훈이 펼치는 초식도 평범한 것은 아니었다. 아래에서 올려치며 둥글게 그리는 원은 심한 변화를 일으켰다. 전종구가 검의 측면을 노리고 일장을 날렸으나 검은 어느새 변화를 일으켜 전종구의 손목을 잘라 버렸다.

전종구는 비명 소리가 올라오는 것을 꾹 참고 왼손을 뻗어 다시 비어버린 왕기훈의 가슴을 향해 일장을 날렸다. 왕기훈이 급히 몸을 틀어 그 일장을 피했다. 전종구는 쭉 뻗은 주먹을 펴 재빨리 왕기훈의 목을 움켜쥐었다. 왕기훈이 그 공격까지 피하지는 못하고 목을 잡혔다.

전종구는 이제 되었다고 생각했다. 다가오면 왕기훈의 목을 부러뜨려 죽여 버리겠다고 소리 지르려고 했다.

그러나 목소리가 나오지 않았다. 그의 가슴을 뚫고 나온 검날들이 보였다. 연달아 검이 그의 몸을 뚫고 앞으로 삐져 나왔다.

쭉 뻗고 있는 전종구의 왼팔이었다. 그 끝에 붙잡혔던 왕기훈이 전종구의 손가락을 하나씩 펴면서 빠져나가려고 했다. 어찌나 튼튼하게 쥐었는지 왕기훈이 힘을 쓰자 전종구의 손가락은 펴지는 것이 아니라 하나씩 부러져 나갔다.

마침내 전종구의 손에서 빠져나온 왕기훈이 목을 쓰다듬었다. 죽을 뻔했다. 눈 아래에는 온몸에 칼을 꽂고 선 채로 죽어 있는 전종구가 보였다.

왕기훈이 갑자기 무사들 중 가장 지휘가 높은 자에게 달려갔다. 그 속도 그대로 그 고수의 가슴을 발로 걷어찼다. 고수는 충분히 피할 수 있는 공격을 그대로 얻어맞았다. 피하면 큰일나는 발길질이었다. 맞은 후에 뒤로 몇 걸음 물러섰다.

"죽이지 말라고 했잖아!"

왕기훈이 갑자기 소리를 빽 질렀다.

"하지만 대인께서 위험에 빠지신 것을 보고 어쩔 수 없었습니다."

어느새 자세를 바로 한 고수가 변명 삼아 말했다.

"이 시키에게 물어봐야 할 일들이 잔뜩 있었단 말야! 겨우 잡은 꼬리라구! 네놈들이 그걸 망쳐 놨잖아. 이 일을 어쩔 셈이야!"

왕기훈이 바락바락 소리를 질렀다. 큰일이었다. 이자를 잡아가서 철저히 고문을 하면서 정보를 뽑아낼 생각이었다. 그러나 만사 도로 아미타불이었다. 죽은 자는 말이 없는 법이었다.

"죄송합니다."

왕기훈에게 얻어맞은 고수가 사죄를 했다. 기훈을 살리기 위해서 한 일이었지만 이 성질 더러운 자에게서 좋은 대접을 받을 거라고 기대하지는 않았었다. 이렇게 얻어맞는 것이 기훈이 죽도록 방치한 죄로 자신들의 일가 친척까지 몰살당하는 것보다는 백배 나았다.

왕기훈은 자기가 인질이 돼서 일을 망칠 뻔했다는 것은 처음부터 기억하지 않았다. 그에게 필요한 것은 핑계가 되어줄 희생양이었다.

그리고 이제는 전종구를 대신해서 정보를 제공할 만한 자를 찾아내는 것이 가장 시급했다. 쉬운 일이 아니었다. 머리가 지끈거렸다. 흥분했더니 오른손이 부들부들 떨렸다.

왕기훈이 물끄러미 그 오른손을 들어보았다.

"나도 그동안 무공깨나 수련했는데 말야, 이 보검을 들고도 저놈 하나 상대하기가 어려웠어."

왕기훈이 혼자 중얼거렸다.

"왜냐하면 난 오른손잡이거든. 근데 옛날에 어떤 놈이 내 오른팔을 아작내서, 이젠 아무리 애써도 오른팔에는 힘이 제대로 들어가지 않거든. 그냥 쓰는 건 괜찮은데."

그의 눈에서 살기가 흘렀다.

"오른손으로는 검을 쓸 수가 없어. 오른손잡이는 말야, 왼팔로는 무공이 강해지는 게 어렵더라고. 하지만 이제 상관없어."

그가 부하들을 돌아보며 말했다.

"나한텐 이제 무공이 강한 놈들이 잔뜩 있거든."

그의 말을 들은 무사들이 바짝 긴장을 했다.

"그런데 그놈들이 일을 망쳤어. 내 오른팔이 되어줘야 하는 놈들이 일을 다 망쳤다고. 알아?"

왕기훈이 고함을 지르며 무사들을 두들겨 패기 시작했다.

"발견했을 때는 이미 시체가 된 후였습니다."

잠시 일행에서 떨어져 나온 광룡에게 섭병삼이 보고했다.

"일이 어렵게 되었군."

"중원표국이 살인멸구를 한 것이 아닐까 하는 의심이 듭니다."

섭병삼이 조심스럽게 말했다.

"중원표국은 아니다. 그곳이 살인멸구를 할 이유가 없다. 살인멸구는 쉽게 할 수 있는 일이 아니다. 중원표국의 살인멸구라기보다는 다른 누군가에게 살해됐다고 보는 것이 맞겠지. 전종구의 뒤가 점점 궁금해지는구나. 중원표국주는 그자의 배경에 대해서 아는 것이 좀 있겠지."

광룡이 눈빛을 가라앉히며 말했다.

"국주님, 그들이 왔습니다."

중원표국의 표두 하나가 국주에게 말했다.

"나도 보고 있다."

중원표국주가 검 손잡이를 꽉 움켜잡으면서 말했다. 표사 옷으로 갈아입은 민택이 소표두들을 이끌고 중원표국의 대문을 통과하고 있었다.

중원표국에는 지금 이십여 명의 고수들과 백여 명의 표사들이 늘어서 있었다. 열일곱 명의 칠성표국 표사과 젊은 여자 하나가 찾아왔다고 해서 두려워할 필요는 없었다.

찾아온 것이 일개 표사들이면 충분히 상대할 수 있었다. 하지만 지금은 상황이 달랐다. 아주 많이 달랐다.

중원표국을 도와주기 위해서 방문한 오십 명의 고수들이 칠성표국의 열댓 명 정도에게 박살이 났다. 그 소문은 이미 근방에 파다하게 퍼져 있었다. 이들이 바로 그 칠성표국의 표사들이었다.

"종구는 어딨냐? 왜 이런 중요한 순간에 그놈이 보이지 않아?"

중원표국주가 혼잣말처럼 중얼거렸다. 전종구의 행방에 대해서 아는 사람이 아무도 없으니 대답하는 사람 역시 없었다.

"헛!"

갑자기 중원표국주가 신음 소리를 냈다. 다른 표사들도 웅성거리기 시작했다.

"저놈들은 잡부로 부리던 자들이잖아."

"뺀질거리던 창고지기도 있군."

"이 새끼들, 평소에도 뭔가 분위기가 이상한 놈들이라고 생각했어. 느낌이 왔다고. 이제 보니 그동안 우리 중원표국에 침입해 있던 첩자들이었구나!"

중원표국의 사람들은 재호와 다른 네 명의 소표두들을 보고 깜짝 놀랐다. 칠성표국을 대표해서 찾아온 사람들 중 다섯은 벌써 몇 년 이상 부리던 일꾼들이었다. 못 알아볼 리가 없었다. 그들이 몇 년 전부터 암약해 온 첩자라면, 칠성표국이 중원표국을 노리고 얼마나 일을 철저히 준비해 왔는지 짐작할 수 있었다.

"어서 오시오. 중원표국에 온 것을 환영하오."

중원표국주가 마음에도 없는 소리를 했다. 그는 저들이 자신이 데리고 있던 비밀 고수 다섯이란 것을 잘 알고 있었다. 하지만 입이 찢어져도 그걸 밝힐 수는 없었다. 저들을 부려 행한 일들 중 대부분은 절대로 밝혀져서는 안 되는 것들이었다.

하지만 그는 그들이 칠성표국의 표사가 되어 있는 것을 보고 황당함을 느꼈다. 정보 수집해 보라고 투입한 놈들이 적의 수족이 되어 있다니 화가 버럭 났다.

"모르느냐?"

민택이 걸음을 멈추고 물었다.

"이렇게 다짜고짜 찾아와서 모르냐니. 우리 중원표국이 우습게 보이느냐?"

중원표국주가 성질이 난 것을 감추지 않고 말했다. 얼굴이 많이 험악해졌다.

"씨발, 너 뭘 믿고 이리 세게 나오냐? 네가 보낸 잡것 오십 마리는 이미 질질 짜면서 고향으로 돌아갔다고."

석민이 나서며 한마디 했다. 상대는 중원표국주였다. 자신이 고수임을 증명하게 해준 중원표국 대표두보다 훨씬 높은 놈이었다. 빽이 좋을 때 한번 맞먹고 싶었다.

중원표국주의 입장에서 보기에는 모두가 다 같은 복장을 한 표사들이었다. 이놈 저놈 돌아가면서 말하면 어느 놈이 대표인지 알 수가 없었다.

"한 놈만 나서라. 아무리 무식한 시골 표사들이라고 하지만 네놈들은 대표도 없느냐? 어디서 여러 놈이 떠드냐."

중원표국주가 훈계조로 말했다.

칠성표국의 소표두들은 모두 민택이 나설 거라 생각했다. 하지만 민택은 그 말을 듣고도 움직이지 않았다.

민택이 움직이지 않자 제일 먼저 나선 것이 조장림이었다. 닭 잡는데 소 잡는 칼인 자신 정도가 나서야지 신검보도인 광룡을 쓸 수는 없다고 생각했다. 광룡이 움직이지 않는 것은 적이 상대할 가치가 없어서라고 생각해 버렸다.

"네가 가장 강한 놈이냐?"

중원표국주가 긴장하고 물어보았다. 범상치 않은 놈들이었다. 고수 오십이 그리 쉽게 깨질 리가 없었다. 뭔가 있는 놈들이었고 그놈들 중 가장 대표라면 특별한 놈이어야 했다.

"아니, 사실 내가 우리 중에 제일 약해. 무공으로 따지면 내가 막내야. 그래서 이렇게 귀찮은 일은 항상 내 몫이라니까. 젠장. 나도 얼른 실력을 키워서 이 설움 한번 면해봐야 하는데."

조장림이 투덜거리면서 말했다.

"네놈이 죽고 싶구나. 중원 최대의 표국인 중원표국주님께서 말씀하시는데 감히 반말이라니!"

조장림의 말을 순진하게 믿은 표사 하나가 호통을 치면서 달려나왔다. 대표두 급의 고수는 아니었지만 그 경지를 바라보는 뛰어난 실력을 가진 표사였다. 상대도 어차피 표사들. 그 수준이 좋아봤자 상대 못할 것은 없다고 생각했다. 게다가 가장 실력이 떨어지는 놈이라고 했다.

"이 씨방새야. 어디 함 죽여봐라. 자, 내 배를 한번 째봐라!"

조장림이 배를 쭉 내밀면서 말했다.

"이놈! 후회하지 마라!"

그 표사가 검을 맹렬히 뻗으며 달려들었다. 한 놈 잡아서 기세를 세우면 지금의 분위기를 역전시킬 것도 같았다. 적들 중 가장 약한 자를 잡아 그 일을 하고 싶었다. 만약 만만찮으면 얼른 후퇴해서 일행들 사이로 숨으려고 했다.

조장림의 도가 허공을 요란하게 가르면서 반원을 그렸다. 애시당초 둘의 실력 차이는 컸다. 아직 고수의 반열에 들어서지 못한 표사와 고수들 중에서도 힘 좀 쓴다는 조장림의 실력 차이였다.

조장림의 도가 중원표국 표사의 검을 거세게 후려쳤다.

표사는 손이 찢어질 듯한 충격에 기겁을 하며 몸을 뒤로 뺐다. 그런 그에게로 조장림의 도가 다시 날아들었다.

"후회해라!"

조장림이 한 소리 외치며 도를 크게 휘둘렀다.

"이놈!"

가까이서 구경하던 대표두 급 고수 하나가 다급히 자신의 검을 뻗어 조장림의 도를 걷어냈다. 거친 쇳소리와 함께 조장림의 도가 궤도를 벗어나 땅바닥을 찍었다.

"두 놈이냐? 에이, 씨방새들. 어디 좋다. 석 형님, 형님 실력이 내 바로 위 아니오? 다른 형님들 움직이시게 하려 하는 거요? 어서 나오시오. 나와서 나를 좀 도와주시오."

조장림이 암룡대장을 불렀다. 암룡대장이 그 말을 듣고도 가만히 있을 수는 없었다.

"이놈들. 비겁하다!"

암룡대장이 자신의 검을 뽑으며 싸움터로 뛰어들었다.

암룡대장의 공격을 받은 대표두 급 고수는 더 이상 조장림이 상대하는 표사를 도와줄 수 없게 되었다.

녹림맹 출신 다섯 소표두들 중에서도 형님 소리 듣는 조장림이었다. 표사가 되고 나서부터 동생들이 조금씩 개기는 것이 느껴졌지만 그래도 아직은 그가 형님이었다. 이런 쓸 만한 수준의 표사 하나쯤은 가지고 놀 수 있었다.

암룡대장도 마찬가지였다. 정의문의 비밀 무력 부대장인 그였다. 일반 수준의 고수 하나쯤은 쉽게 찜 쪄 먹을 수 있었다.

조장림과 암룡대장이 중원표국의 표사와 고수를 농락하는 모습을 보자 중원표국의 다른 표사들은 모두 기가 죽기 시작했다. 지금 조장림에게 놀림당하고 있는 표사는 평소에 다른 표사들보다 뛰어난 실력을 자랑하며 안하무인으로 행동하던 자였다. 싸우고 있는 고수는 그들에게 무술을 가르치던 교관이었다. 둘 다 일반 표사들보다는 훨씬 윗줄의 자들이었다.

그런데 칠성표국이라고 하는 군소 표국에서 온 자들 중에서도 가장 약하다고 말한 두 명에게 농락당하고 있었다. 기가 안 죽을 수가 없었다.

"그만!"

사태가 이상하게 돌아간다는 것을 느낀 중원표국주가 고함을 쳤다.

그의 고함 소리에 싸움은 순식간에 멎었다 칠성표국 입장에서는 어차피 적의 목숨을 끊겠다고 하는 싸움도 아니었다. 조장림과 암룡대장은 가지고 놀던 장난감을 놓아주고 민택에게로 돌아왔다.

"씨발. 한 놈만 나오라더니 지들은 두 놈이나 나오고. 질 것 같으니까 그만 하라고 하고. 애들 싸움도 아니고 이게 뭐야."

석민이 투덜거렸다. 이렇게 보니 중원표국도 아무것도 아닌 것처럼 보였다. 말이 성질대로 나왔다.

"싸우자고 하는 것이 아니다. 대화로 풀어보자고 대표를 부른 것이다. 너희들이 이런 행패를 부리는 이유가 무엇이냐!"

중원표국주가 다시 강하게 나갔다. 꿀리는 것이 있으니 더 강하게 나갔다.

"너희가 그동안 한 짓을 여기서 다 터뜨리기를 바라는 것이냐?"

민택이 조용히 말했다. 그 말을 들은 중원표국주는 뜨끔했다. 그동안 한 짓도 많았고, 증인도 넉넉했다. 저 다섯 놈의 배신자들이 가지고 있는 비밀만 다 터져도 중원표국은 매장당할 수 있었다.

"알았다. 조용히 이야기해 보자. 따라오너라. 한 놈만 오너라."

중원표국주가 양보를 했다. 버틸 일이 아니었다.

중원표국주와 민택이 건물 안으로 들어간 후, 그 건물의 입구에서부터 길게 두 줄이 생겼다. 한 줄은 칠성표국의 소표두들이었고, 그 맞은편 줄은 무공순으로 늘어선 중원표국의 표사들이었다. 칠성표국 소표두들의 줄 중에서 가장 앞에는 미진이 섰다.

미진을 제외하고 열여섯 명씩 맞은편의 상대를 보며 눈빛을 빛내고 서 있었다. 나머지 중원표국의 표사들이 바깥을 둥글게 감싸고 있었지만 칠성표국의 소표두들은 누구도 두려워하지 않고 있었다. 광룡을 빽으로 깔고 있었고, 최악의 경우에도 일신상의 무공으로도 달아나는 것 정도는 무리가 없었다. 굳이 겁을 먹을 이유가 없었다.

갑자기 방 안에서 낮고 무거운 울림 소리가 터졌다. 문짝이 와들와들 떨리고 나무판자로 된 바닥으로부터 진동이 퍼져 나왔다.

마주 보고 선 칠성표국과 중원표국의 표사들이 깜짝 놀라며 모두 검의 손잡이를 움켜쥐었다. 서로의 얼굴을 노려보면서도 그들은 경거망동하지 못했다. 방 안을 보기 위해서 고개를 돌렸다가는 맞은편 적의 검에 베일 수도 있었다.

　그렇게 긴장된 순간이 지나고 나서 갑자기 방문이 벌컥 열렸다.

　중원표국주가 먼저 걸어나왔다. 그 모습을 본 중원표국 표사들의 얼굴이 환해졌다. 그들이 먼저 검에서 손을 놓았다. 칠성표국의 표사들도 검의 손잡이를 놓았다.

　그리고 바로 뒤를 따라 민택이 따라 나왔다.

　중원표국주의 얼굴은 창백해져 있었다. 뒤늦게 그것을 깨달은 중원표국 표사들의 얼굴도 굳어졌다. 그들이 다시 검의 손잡이에 손을 가져갔다.

　"무슨 짓들이냐. 모두 물러서라."

　중원표국주가 다급하게 말했다. 그 말에 중원표국 표사들이 어쩔 수 없이 우르르 물러섰다.

　"가자."

　민택이 소표두들에게 말하면서 걸음을 옮겼다. 그의 뒤를 칠성표국 소표두들이 어깨를 펴고 따라붙었다.

　그들의 거침없는 걸음을 중원표국의 표사들이 몰려들어 막았다.

　"물러서지 못하겠느냐. 어서 보내 드려라!"

　중원표국주가 깜짝 놀라 외쳤다. 그의 심한 반응에 의아해하면서도 중원표국의 표사들은 다시 길을 내줄 수밖에 없었다. 명령은 명령이었다. 그들이 양쪽으로 갈라지며 가운데에 길을 텄다.

　민택이 앞장서서 걸어가고 그 뒤를 미진과 칠성표국 소표두들이 팔을 넓게 흔들며 당당하게 걸어갔다.

　그들이 사라지고 나서 중원표국의 대표두 하나가 국주에게로 다가갔다.

"그대로 보내줘도 괜찮겠습니까? 우리 표국의 명성에 누가 되는 일입니다."

"좋게 합의했다. 놓아두어라."

중원표국주가 여전히 질린 얼굴로 대답했다.

"어떻게 합의하셨길래."

"시끄럽다! 좋게 했다고 하지 않느냐!"

중원표국주가 버럭 화를 냈다.

"칠성표국과는 좋게 이야기가 되었다. 그리 알고 앞으로는 신경 쓰지 말거라!"

그가 한 소리 단단하게 선언을 하고는 자신의 방으로 들어가 버렸다. 방 안의 바닥이 움푹 꺼진 것이 힐끗 보였다.

"위험한 일을 했구나."

총표두 강대영은 다음날이 돼서야 수하의 소표두들이 한 일을 전해 들었다. 전날 만났던 고수들도 다 쫓아내고, 또 중원표국에 들어가서 국주와 담판을 지었다는 소식이었다. 그사이의 이야기를 전해 들으니 기쁘면서도 안도가 되었다.

"별것 아니었어요. 짜식들, 한주먹거리도 안 되더라고요."

석민이 신이 나서 말했다. 그 자신은 별로 한 것이 없었지만 같이 우르르 몰려다녔다.

"수고했다. 그렇지만 앞으로는 그러지 말아라."

강대영이 씩 웃으면서 말했다. 사실 좋아서 견딜 수가 없었다.

자고 일어나니 세상이 변해 있었다. 이곳은 중원표국의 본거지였다. 그러나 지금 길거리에서 들리는 이야기는 모두 칠성표국 이야기였다.

중원표국은 칠성표국을 상대하기 위해서 오십 명의 고수들을 모았다. 그러나 그들은 칠성표국의 열댓 명 표사들에게 깨졌다. 그리고 중원표국에 표사들이 몰려가서 중원표국주와 모종의 합의를 하고 돌아갔다.

이 이야기는 중원표국이 칠성표국을 꺼려한다는 뜻도 되고, 칠성표국이 고수 수십 명쯤은 한순간에 박살 낼 만큼 대단한 정예로 구성되어 있다는 뜻도 되었다.

무림의 생리를 잘 아는 큰 문파의 주인들은 한 귀로 듣고 한 귀로 흘릴 만한 소식이었다. 직접 보지 않는 한 믿지 않을 말이었다.

그러나 일반인들에게는 한 방에 먹히는 이야기였다. 당장 이곳에서 칠성표국의 표사들이 중원표국이 데려온 고수들을 박살 내는 모습을 본 사람들은 수도 없이 많았다.

소문이야 어쨌든 총표두 강대영은 고수인 열다섯 소표두들이 주축이 되어서 낮에 시비 걸던 무사들을 물리친 것이라고 받아들였다. 처음에는 그들이 전부 고수일 가능성을 걱정했지만, 열다섯 소표두들이 간단히 쫓아낸 것으로 봐서는 대부분 일반 무사들이었을 거라고 생각했다.

"중원표국주와 독대는 네가 했다면서? 그래, 무슨 이야기를 했느냐?"

그가 민택에게 물어보았다. 다른 건 다 소문으로 들어 알 수 있었지만 그 이야기는 아는 사람이 없었다. 정의문과 녹림맹 출신 소표두들은 그냥 민택이 무공을 드러내며 적당히 협박했을 거라고 짐작할 뿐이었다.

"자꾸 건드리면 다 죽을 때까지 끝장을 보겠다고 했습니다."

"허허, 설마 내가 너희들을 그런 죽음의 길로 밀어낼 리가 있느냐. 그래, 그 말에 넘어가든?'

총표두 강대영이 기분 좋게 웃으면서 말했다. 민택의 말은 중원표국을 몰살시켜 버리겠다고 협박했다는 뜻임을 짐작도 하지 못했다.

"앞으로는 특별히 시비 거는 일은 없을 겁니다."

"허, 그래도 중원표국주가 큰 표국을 거느리는 자라 그런지 그릇이 크구나. 다행이다."

강대영이 안심하며 말했다. 일은 좋게 끝났다. 그것이면 충분했다.

금천교는 칠성표국이 겨우 오십여 명의 무사들을 피해 물러서는 모습을 보고 이상하게 생각했었다. 광룡이 직접 일을 꾸미는 표국이라면 뭔가 비밀스러운 것이 있어야 했고, 광룡에게 어울리는 무력을 갖추고 있어야 했다. 그 정도로 물러선다는 것은 말이 되지 않았다.

"내가 생각이 짧았구나."

부하들에게서 소문을 전해 들은 그는 무릎을 치면서 감탄을 했다.

처음 그 자리에서 표국의 전력을 기울여서 싸움을 하는 것보다, 이처럼 일부 고수들만 빼서 처리하는 것이 칠성표국의 명성을 올리는 데 훨씬 효과가 좋았다.

그리고 그는 광룡의 능력에 대해서도 다시 한 번 감탄을 했다.

"정말 탐나는 남자다."

부러워하지 않을 수 없었다. 오십여 명의 정파고수들을 상대로 열댓 명을 끌고 가서 깔끔하게 무찔렀다. 그 과정에서 아무도 다치지 않았다. 이건 마치 전룡대를 이끌고 만사대행문을 농락할 때의 모습과도 비슷했다.

"지난번 싸움은 우연이 아니었어."

전룡대가 만사대행문을 운이 좋아 물리친 것이 아니었다. 두 싸움 모두 광룡이 지휘를 했다.

"가만 있자, 칠성표국 총표두가 하북에 지국을 세우고 싶다고 했던 가?"

이들과 친근한 관계가 되어야 할 필요성이 강하게 느껴졌다. 정사협 동문주를 설득해서 이들의 지국 설립을 적극적으로 도와야겠다고 다짐 했다. 어차피 하북 남부의 사파는 광룡과 전룡대 덕분에 박살이 나서 문파 유지하기에 급급한 상태였다. 정사협동문이 칠성표국을 지지한 다면 하북 남부에서는 감히 표물을 노릴 만한 놈들이 없었다.

친해놓으면 혹시 정사협동문에 위기가 닥칠 때 비장의 한 수로 사용 할 수 있을지도 몰랐다.

"그럼 너희들은 모두 중원표국의 고수들이었다는 말이냐?"

강대영이 경악을 하면서 물었다.

"총표두님, 과거에는 그랬습니다만 지금은 칠성표국의 표사입니 다."

재호가 다급히 말했다. 그를 포함한 중원표국 출신 다섯 표사들이 모두 강대영의 앞에 무릎을 꿇고 있었다.

"총표두라고 부르지 말거라. 너희들이 그런 마음으로 들어왔다면 어 째서 지금 그 사실을 이야기하는 것이냐? 여기가 너희들의 본거지가 아니더냐? 썩 돌아가거라!"

마음이 상한 강대영이 호통을 쳤다.

"총표두님, 저희들은 죽을 때까지 칠성표국의 표사들입니다. 제발 제 말을 들어주십시오."

재호가 간절히 말했다. 지금 쫓겨났다가는 칠성표국의 비밀 고수들에게 암살당할지도 모른다는 두려움에 절박해졌다. 어떻게든 총표두의 신임을 얻어서 보복을 당하지 않아야 했다.

재호의 표정이 하도 간절하니 총표두 강대영의 마음이 조금 누그러졌다.

"그래, 말이라도 한번 들어보자. 무슨 연유이냐?"

강대영의 말에 재호의 표정이 환해졌다. 삶의 실마리를 잡았다.

"사실 저희는 중원표국에서 운영하던 고수들이었습니다만, 신분을 밝힐 수 없는 비밀 고수들이었습니다. 비록 저희들이 정의로운 일만을 했다고는 하지만 당당히 이름을 드러낼 수 없는 신분에 너무 괴로웠습니다. 그런데 어느 날 중원표국주가 우리를 보고 칠성표국에 잠입해서 그 정체를 밝혀내라고 하는 것이었습니다. 우리는 생각했습니다. 정의로운 일을 해야 하는 중원표국이 이런 비열한 수법을 쓰다니. 이건 아니다. 잘못된 일이다. 그런 생각을 하다가 칠성표국에 들어가자 새로운 세상을 보는 것 같았습니다. 우리 다섯은 그때 결심했습니다. 여기가 진짜 표국이로구나. 우리는 이제 진짜 표사가 될 수 있겠구나. 이제 밝은 곳에서 살 수 있겠구나. 그래서 저희는 칠성표국의 표사가 되었습니다."

남궁재호가 술술 이야기를 했다. 그들 다섯 명이 머리를 싸매고 만든 변명거리였다.

총표두 강대영이 이들 다섯을 물끄러미 바라보았다. 이곳에 도착하면서 시장통의 사람들이 재호를 비롯한 소표두들에게 친근하게 다가왔었다. 무림고수를 상대하는 듯한 모습은 아니었다.

그리고 그가 보기에 이들이 이렇게까지 간절하게 칠성표국에 남게 해달라고 해야 할 만큼 중원표국이 칠성표국을 어려워할 리가 절대로 없었다. 즉, 이들은 칠성표국에 첩자로 남아야 할 이유가 전혀 없어 보였다. 어쩌면 이들의 말이 진실일지도 모른다는 생각이 들었다. 그러고 보니 전날 이곳을 휘젓고 중원표국에 담판을 지으러 가는 일에 이들 다섯도 같이 움직였다고 들었다.

"두고 보겠다."

강대영이 그 한마디로 이들 다섯을 용서해 주었다. 다섯 명의 소표두들의 얼굴이 환해졌다.

'살았다.'

재호는 안도의 한숨을 쉬었다.

＊

"전종구가 죽어?"

상석의 사내의 얼굴에서 수염들이 일어서기 시작했다. 언제나 웃고 있던 그의 얼굴에서 웃음기가 사라졌다.

"그렇습니다."

말석의 사내가 공손히 대답했다.

상석의 사내의 얼굴이 험악해진 것은 찰나였다. 어느새 마음의 평온을 되찾았고 그의 수염들은 다시 제자리를 찾아갔다.

"허, 전부 대의를 위해서이지. 그래, 광룡을 피하지 못했다더냐?"

상석의 사내가 아쉬운 듯이 말했다.

"그게, 광룡에게 당한 것은 아닙니다. 그가 죽던 때에 광룡은 다른 곳에 있었음이 확인되었습니다."

"그럼?"

상석의 사내가 인상을 굳히며 물었다.

"아직 파악은 못했습니다."

"어떻게 죽었더냐?"

"온몸에 칼을 꽂히고 죽었습니다. 싸움 도중에 등 뒤에서 십여 자루의 칼을 맞고 죽은 모습이었습니다."

"여럿에게라… 큰일이로구나."

상석의 사내의 얼굴이 침중해졌다.

"어떤 자들인지요?"

탁자의 사내들 중 하나가 물었다.

"이런 이야기만으로 저라고 알 수 있겠습니까? 하지만 전룡대는 아니겠지요."

"어찌 전룡대는 아니라고 하십니까?"

"열 자루의 칼이라면 열 명이 합공을 했다는 뜻. 전룡대는 그럴 필요가 없으니까요. 훨씬 쉽게 제압해서 뒤를 캐는 것이 전룡대의 방식입니다."

"그럼 혹시 녹림맹에 쓰던 계책이 발각되어 보복을 당한 것이 아닐는지요?"

"그 일은 종구와는 관계없는 것이었지요."

상석의 사내가 더 이상 미소를 짓지 못하고 말했다. 심각한 문제였다. 누가 왜 전종구를 살해했는지 알아야 했다. 단숨에 살해해 버린 것은 정보를 얻기 위해서라기보다는 복수를 위함이라고 보는 것이 타당했다. 그러나 그렇게 쉽게 생각할 수만은 없었다.

전종구는 자신들의 일에 개입되어 있었다. 그 일을 수행하는 와중에 살해당했다. 전종구는 권법의 고수였다. 고수를 살해하려면 그만한 힘을 써야 했고 그만한 힘을 쓰는 것은 아무나 할 수 있는 일이 아니었다. 도적들에게 당한 것은 절대로 아니었다.

"어떻게 죽었더냐? 상세히 말해 보거라."

상석의 사내가 말석의 사내에게 다시 물었다.

"예. 왼팔을 앞으로 내밀고, 오른팔은 늘어뜨린 상태였습니다. 등과 옆구리, 겨드랑이 등의 상체 전체에 열 자루의 검에 찔린 자국을 찾아냈습니다. 찔린 검의 깊이는 깊어 대부분이 몸을 관통한 것으로 보입니다. 그리고 오른손은 손목이 잘린 상태였으며."

"잠깐."

상석의 사내가 말석의 사내의 말을 제지했다.

"오른 손목이 잘려?"

"그렇습니다. 상처의 상태로 보아 전투 중에 잘린 것 같았습니다."

"왼팔은 앞으로 내밀고?"

"그렇습니다."

"다리 모양은 어떻더냐?"

"발견했을 때는 바닥에 쓰러진 상태라 서 있을 때의 다리 모양을 정확히 알아보기는 곤란했습니다."

"왼손은 어떻더냐? 뭔가를 잡으려는 듯한 모양새였느냐?"

"그것이."

"왜 그러느냐?"

"왼손의 손가락뼈들이 부러져 있었습니다."

"허, 이런 잔인한 놈들."

"손가락을 부러뜨리며 고문을 한 것이 틀림없습니다."

좌중의 사람들이 한탄을 하며 말했다.

그러나 상석의 사내의 얼굴은 어두웠다.

✷

"따라서 현재 중원표국은 칠성표국을 통제하지 못하고 있는 상황입니다. 칠성표국은 중원표국의 모든 방해를 뚫고 그들의 안마당을 휘저은 후, 표행을 완수했습니다."

방지허가 꼿꼿이 서서 보고했다.

"크음."

녹림맹주 구지룡 정배가 편치 않은 소리를 냈다.

"더 크기 전에 쳐버리죠?"

총관이 녹림맹주의 눈치를 슬쩍 보면서 말했다.

"치자니?"

"원래 싹일 때 잘라 버려야 쉽잖습니까? 아직 떡잎일 때 잘라 버려야죠."

총관이 자기의 이야기에 관심을 기울이는 정배의 모습에 힘을 얻어 가슴을 펴며 말했다.

"자고로 아새끼들이 개길 때는 초장에 밟아서 군기를 잡아야 하는 법 아닙니까? 한번 갈구면 두고두고 편하지요. 이놈들이 중원표국 자리를 차지하기 전에 일찌감치 목을 쳐버리는 겁니다."

"방지허!"

갑자기 정배가 방지허를 큰 소리로 불렀다.

"옛!"

방지허가 차려 자세를 취하며 절도있게 대답했다.

"우리가 지금 칠성표국을 뭉개 버리면 어떤 문제가 있는지 대답해 봐라."

방지허의 머리가 재빨리 돌아갔다.

"옛. 첫째로 우리 녹림맹이 중간 규모의 표국의 본거지를 직접 찾아가서 몰살시킨 것에 대한 경계입니다. 녹림맹이 직접 표국을 몰살시키면 다른 표국들이 모두 살아남기 위해서 힘을 모으게 될 수 있습니다. 가까운 정파들의 지원도 많이 받을 것으로 보입니다. 그렇게 되면 각 산채에서는 영업 활동을 하기가 어려워집니다. 아마도 꽤 오랫동안 표행에는 정파의 고수들이 다수 섞여 들어갈 겁니다."

"표행 중에 치면?"

"큰 싸움이 되겠지만, 후환은 덜할 겁니다. 칠성표국이 항상 표국 전체를 동원하는 표행을 하는 건 아니니 충분히 가능한 일입니다. 그런데……."

"그런데 뭐?"

"우리가 칠성표국을 공격하면, 필연적으로 광룡의 보복을 받게 됩니다. 적지 않은 피해가 예상됩니다. 지난번 세 군대의 큰 사파에서 정의문을 상대하기 위해서 고수 여럿을 포함한 총 천백 명을 투입했다가 박살났습니다. 그 직접적인 원인이 바로 광룡과 전룡대였습니다. 그리고 최근에 하북의 만사대행문 역시 하북 남부의 사파들을 쥐어짜서 이백 명의 고수와 오백 명의 무사들을 칠성표국 토벌에 투입했습니다. 그들도 싹쓸이 당했습니다."

"그래, 그랬지. 광룡은 무서운 놈이니까. 그놈이 만만한 놈이었으면 처음부터 신경을 쓰지도 않았을 테니까. 그놈이 무공만 센 고수 한 놈이었으면 걱정하지도 않았어. 그런데 아니란 말야. 지금 칠성표국을 치면 광룡의 복수를 당할 텐데, 그럼 이기더라도 우리 피해가 만만치 않지. 겨우 일개 중형 표국 하나 부수고서 우리 쪽의 피해가 크다면 그런 개망신도 없지. 그리고 정의문이 칠성표국을 명분으로 삼아 광룡을 앞세워 쳐들어온다면……. 우리 녹림은 세력이 분산되어 있단 말야. 그러면 큰 피해를 피할 수가 없고……. 녹림맹주가 바뀔 수도 있지. 어떻게 해야 할까? 어떻게 해야 하지?"

정배가 방지허를 노려보며 말했다. 방지허는 마치 자기 잘못인 것 같아서 뜨끔했다. 확인되지 않은 정보들을 써서 이 사태를 벗어나야 할 것 같았다. 맹주의 신뢰는 이미 많이 줄어들어 있었다. 급했다.

"선수를 치면 됩니다."

방지허가 마음을 단단히 먹고 말했다.

"선수? 광룡을?"

정배의 물음에 방지허가 고개를 흔들었다.

"광룡을 건드려 봤자 본전도 찾기 힘듭니다. 이겨도 녹림맹이 겨우 전룡대 하나를 무찔렀다면 자랑거리가 되지 않습니다. 오히려 정파의 대표 전투 부대 중 하나인 전룡대를 몰살시키면 다른 정파들이 경계를 할 수 있습니다. 정의문이 이 명분을 가지고 다른 정파들과 연합하여 쳐들어온다면 우리의 피해가 너무 큽니다."

"그럼?"

"정의문입니다. 정의문 정도를 무찌른다면 정파 단체와 사파 단체의 싸움으로 끌고 갈 수 있습니다."

"정의문이라니. 지난 사 년간 정의문을 공격했던 사파들은 모두 멸망당했지. 우리가 진다는 생각은 없지만 그 대가가 너무 커. 자칫하면 그 싸움으로 병력을 소모하고 엄한 놈한테 본진을 농락당할 수 있다."

정배가 한심하다는 듯이 방지허를 쳐다보면서 말했다. 방지허가 침을 꿀꺽 삼켰다. 그가 가진 정보가 진실이기를 바라면서 그가 다시 입을 열었다.

"제가 총력을 기울여 수집한 정보에 의하면 정의문은 현재 심각하게 전력이 약화된 상태라고 합니다. 워낙 벌여놓은 일이 많아 여기저기 뿌려놓은 무사들도 많고, 또 지난번에 사파 삼대 연합과의 싸움으로 사상자도 제법 생겼다고 합니다. 그 인원은 아직 보충되지 못하고 있습니다. 그리고 결정적으로 전룡대는 현재 칠성표국 쪽에서 모종의 임무를 수행하고 있습니다. 따라서."

방지허가 일단 말을 끊고 정배의 눈치를 살폈다. 정배의 눈이 반짝반짝 빛나고 있었다.

"우리는 전룡대가 없이 약화된 정의문을 기습적으로 습격해서 처치해야 합니다. 제가 조사한 자료에 의하면 우리가 동원할 수 있는 힘은 정의문이 급히 동원할 수 있는 병력보다 훨씬 많습니다. 지금이 기회입니다. 정의문이 칠성표국을 키워서 중원의 표국들을 규합하면 그때는 우리가 설 자리가 없어집니다."

"아까는 광룡의 보복이 문제라면서?"

서재걸이 잠시 끼어들었다.

"맹주님께 말씀드리는데 서 총관은 좀 가만히 있으시오. 낄 데 안 낄 데를 가리지를 못한다니까."

방지허가 정배의 눈빛을 믿고 서재걸에게 면박을 주었다. 그리고 서재걸이 폭발하기 전에 재빨리 정배에게 보고를 계속했다.

"광룡과 전룡대의 배경은 정의문입니다. 그러나 정의문이 우리에 의해서 와해되어 버린다면 광룡과 전룡대 역시 일개 전투 부대가 될 뿐입니다. 단지 좀 강한 전투 부대이지요. 이도 잇몸이 있어서 음식을 씹을 수 있는 법입니다. 전룡대만으로 할 수 있는 일은 어차피 제한적입니다. 그리고 우리는 정의문을 무찌른 후속 조치로, 잔적 소탕을 한다고 주장하며 전룡대를 쓸어버리면 됩니다."

방지허가 말을 마치고 정배의 입을 바라보았다.

"좋은 생각이다."

정배의 말에 방지허의 얼굴이 환해졌다.

"정의문을 직접 친다."

정배가 선언했다.

"정의문을 부수면 우리가 피해가 좀 있다 한들 명분이 선다. 하지만 칠성표국을 무찌르는 데 산적들이 수없이 죽어 자빠진다면 쪽팔린다."

"하지만 정의문이 말처럼 만만한 놈들도 아닌데, 방지허 따위의 말을 어떻게 믿고요?"

총관이 불안한 듯이 말했다.

"정의문을 치려고 할 때 얻을 수 있는 가장 큰 장점은."

정배가 느긋한 자세로 태사의에 몸을 묻으며 말했다.

"정의문의 목표가 될 거란 생각에 불안해하던 사파들을 몇쯤은 끌어들일 수 있다는 거지. 그놈들을 앞에 세우고 우리가 뒤에 선다면 우린 별 피해 없이 끝낼 수 있다. 압도적인 전력으로 밀어버리면 되니까. 꿩 먹고 알 먹는 거야."

정배의 말에 방지허가 무릎을 탁 쳤다. 충성을 과시하기 위한 아부였다.

"공명이 울고 갈 묘책이십니다. 역시 맹주님이십니다. 재주는 사파들이 부리고 돈은 우리가 벌겠군요. 제 계략은 맹주님의 신묘한 계책에 비하면 태양 앞의 반딧불입니다. 맹주님 덕분에 우리 녹림맹이 한층 더 커 나갈 수 있겠습니다. 감탄했습니다."

방지허의 절묘한 아부에 총관 서재걸의 얼굴이 굳었다. 또 한발 늦었다는 생각이 들었다.

"하여간 그놈들을 쳐부수는 거죠?"

마냥 신이 난 정욱이었다.

*   *   *

개봉에 도착하면서 총표두 강대영은 연일 싱글벙글이었다. 정사협동문의 비천단창 금천교와 이야기가 잘되었다. 칠성표국 하북지국을 만들고 유지하는 데 적극 협조하겠다는 약속을 받았다.

하남에도 지국을 하나 만들 계획을 세웠다. 이번 표행으로 중원표국과 맞먹을 만한 명성을 하남에도 쌓았다. 물론 하남에는 중원표국이 있었다. 그러나 하남성은 넓었다. 지국 하나쯤이야 세우지 못할 것도 없었다. 중원표국이 껄끄럽지 않은 것은 아니지만 담판이 잘되었다니 하남에서도 좀 남쪽으로 지국을 설립하고 싶었다.

돈만 준비되면 강소성에도 하나 설립할 수 있었다. 강소성의 시흥에 하가장이 있었다. 하가장이 주름잡고 있는 곳에 지국을 설립하고 그들의 우호적 도움을 받는다면, 강소지국의 표사들이 모두 표행에 나갔다고 해도 지국의 방비는 안심할 수 있었다. 적어도 시흥에서는 잡놈들이 하가장의 뜻을 거스를 수는 없었다.

웃지 않을 수가 없었다. 세 개의 성에 세 개의 지국을 설립한다면 칠성표국은 더 이상 중형 표국이 아니었다. 그만하면 대형 표국이라고 불러줄 만했다. 표사들이 더 필요했다.

사람 뽑는 것이 걱정이었다. 즐거운 걱정이었다.

그로서는 잘 이해가 가지 않는 일이었지만, 얼마 전에 정사협동문에게 박살이 난 만사대행문이, 사실은 칠성표국을 치러 가다가 그 꼴을 당했다는 소문이 돌았다. 그러나 칠성표국의 실력 자체가 헛소문에 의해서 버텨지고 있다는 것을 잘 아는 강대영은 그 말을 믿지 않았다.

심지어는 칠성표국 소속의 항산적 장석민이라고 하는 고수 하나가 만사대행문을 무찌르고 그들에게 인질로 잡힌 마을 사람들을 모두 구출했다는 소문까지 퍼졌다. 석민이 민택의 지시에 의해서 구해줬던 마을 사람들이 은혜를 갚고자 적극적으로 퍼뜨린 소문이었다. 석민의 실체를 아는 강대영으로서는 그야말로 콧방귀를 뀔 만한 내용이었다.

그 소문은 강대영뿐만이 아니라 무림에서 무공 좀 한다고 하는 사람들은 모두 헛소문으로 치부할 만한 내용이었다. 항산적이라는 무림명의 표사는 예전에 오십 명의 산적을 혼자서 무찔렀다고 알려진 자였다. 그것만으로도 믿기 힘든 일이었는데 이제는 만사대행문을 무찌른 것이 그라는 소문까지 퍼졌다.

좀 되는 규모의 문파의 문주나 그 비슷한 위치의 사람들이 듣기에 그건 정말 말도 안 되는 소리였다. 무림제일고수가 와도 혼자서는 만사대행문을 무찌를 수 없었다. 그리고 만사대행문을 무찌른 것은 정사 협동문이라고 알려져 있었다. 그런데 표사 하나가 그런 위력을 발휘한다는 것은 어떻게 보든 분명히 헛소문이었다. 석민의 이야기는 칠성표국에 관한 소문들 중 좀 심하다 싶은 것은 모두 헛소문이라는 인식을 그들에게 심어주었다.

하지만 그런 여러 가지 소문들은 은밀히, 그리고 넓게 퍼져 표국의 명성이 올라가는 데 한몫하고 있었다. 일반인들이나 상인들에게는 그런 소문들도 모두 영향을 끼치는 법이었다. 어차피 표국의 손님은 돈 많은 일반인이나 상인들이지 무림문파들이 아니었다.

칠성표국이 중원표국의 지원군을 깨는 과정에 적극 가담한 미진에 대한 소문도 널리 퍼졌다. 대단한 미모를 가진 아가씨가 무림의 사건에 적극 개입되어 있으니 사람들의 관심이 커지지 않을 도리가 없었다.

술자리에서 미녀에 대한 이야기를 할 때는 과장이 섞이기 마련이었다. 그녀에 대한 소문은 살이 제법 붙어 사람들의 이야깃거리가 되었다. 그녀가 무공도 제법 강하다는 소문까지 생겼다. 그리고 사람들은 그런 그녀에게 어느새 무림명을 붙여주게 되었다.

그녀는 예뻤지만 정파도 용서하지 않는 가시가 있었다. 그녀는 칠성표국 표사들이라는 가시를 휘둘러 정파의 고수들을 무찔렀다. 그래서 그녀는 가시를 가진 꽃, 장미라고 불리게 되었다.

그런데 그녀가 표사들을 이끌고 사파가 아닌 정파를 무찌른 것이 문제가 되었다. 그대로 놔두면 사파로 오인되어 흑도의 장미, 흑장미가 될 판이었다.

하지만 그녀는 분명히 칠성표국의 표사들과 함께 싸움을 했다. 사람들은 거의 모든 표국은 정파 편이라고 인식하고 있었다. 예쁜 아가씨가 도적 놈들인 흑도 쪽보다는 그래도 정파, 즉 백도 쪽인 것이 보기에 좋았다. 그래서 그녀에게는 백도의 장미라는 뜻으로 장미 앞에 백 자가 붙었다.

그녀는 산동성의 백장미 하미진이라 불리게 되었다. 무공을 인정받고 명성까지 쌓아야만 얻는다는 무림명을 얼떨결에 얻어버린 미진이었다.

백장미 하미진. 절세미인 여고수. 그녀에 대해서는 그렇게 소문이 퍼져 나갔다. 하미진이 두미선으로 우상을 생각했듯이, 무림에 속한 여자들 중 그녀의 활약에 대한 헛소문을 듣고 그녀를 우상으로 삼는 여자들이 하나둘씩 생겼다.

그녀가 무림명을 마다할 리가 없었다. 광룡의 아내가 되기 위해서는 명성이 있으면 좋았다. 명성이 돈 주고 살 수 있는 것이라면 옛날에 잔뜩 사두었을 그녀였다.

"와하하하! 저기 우리 표국이 보입니다. 제가 먼저 가서 문을 열겠습니다!"

석민이 큰소리를 치며 표국으로 달려갔다. 모험 끝에 돌아오는 표국은 언제나 반가웠다.

　그런 석민을 바라보는 민택은 마음이 착잡했다. 중원표국주에게서 얻어낸 전종구에 대한 정보는 그 자체로는 별것이 아니었다. 그러나 요사이 겪었던 일들과 조합해 본다면 그것이 의미하는 바는 지대했다.

　고개 들어 하늘을 보니 날씨는 참 좋았다. 구름 한 점 없었다.

〈5권에 계속〉

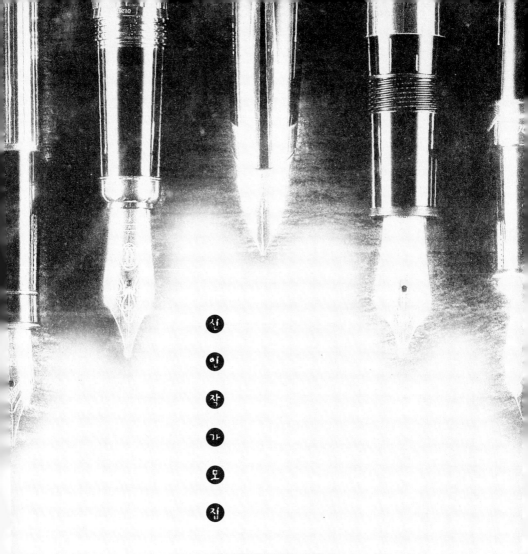

신

인

작

가

모

집

시작이 반이라고 했습니다.
작가의 길에 대한 보이지 않는 벽을 과감히 깨뜨리십시오!
청어람은 작가 지망생 여러분들의
멋진 방향타가 되어드리겠습니다.

저희 도서출판 청어람에서는
소설 신인 작가분들을 모집합니다.
판타지와 무협을 사랑하시는 분들의 많은 참여를 바랍니다.
소정의 원고(A4용지 150매)를 메일이나 우편으로 보내주시면
검토 후 출판 여부를 알려드리겠습니다.

주소:경기도 부천시 원미구 심곡1동 350-1 남성B/D 3F 우편번호420-011
TEL:032-656-4452 · **FAX**:032-656-4453
http://**www.chungeoram.com**
e-mail:chungeoram@chungeoram.com